Ute Wotschke
7/19

Tabea Halbmeyer
Celina – Die Tochter des Advokaten

TABEA HALBMEYER

Celina

Die Tochter des Advokaten

SCM Hänssler

SCM

Stiftung Christliche Medien

Bestell-Nr. 395.178
ISBN 978-3-7751-5178-8

Internet: www.scm-haenssler.de
E-Mail: info@scm-haenssler.de
Umschlaggestaltung: OHA Werbeagentur GmbH, Grabs, Schweiz;
www.oha-werbeagentur.ch
Titelbild: shutterstock.com
Satz: Satz & Medien Wieser, Stolberg
Druck und Bindung: CPI – Ebner & Spiegel, Ulm
Printed in Germany

Prolog

Seine kleinen grünen Augen waren zu dünnen Schlitzen verengt. Er hatte Mühe, seine Selbstbeherrschung nicht zu verlieren. Mit zu Fäusten geballten Händen stand er seinem nur wenige Minuten jüngeren Bruder gegenüber, der ihn um gut einen Kopf überragte. Auf den ersten Blick sahen sich die beiden nicht ähnlich, bis auf das rötliche Haar und die grünen Augen. Doch besonders die Statur unterschied sie. Der jüngere war viel muskulöser und stattlicher und deshalb auch furchteinflößender und zugleich attraktiver, besonders wenn er anfing zu lächeln. Dann zeichneten sich tiefe Grübchen in seinen Wangen ab. Aber in diesem Moment war der Mund des jüngeren Zwillings zu einem hämischen, selbstsicheren Grinsen verzogen, was dem älteren vor Wut jede Faser seines Körpers anspannen ließ. Mit seinem Bruder zu streiten, war anstrengender als eine Zwei-Tages-Reise über die unebenen Straßen Schottlands. »Ich hasse es, wenn du so redest«, zischte er mit zusammengebissenen Zähnen.

»Ach ja?«, kam die gelassene Antwort des jüngeren. Durch wütende Blicke ließ er sich kein bisschen beunruhigen. Er seufzte theatralisch und neigte sich dann vor, um tief in die Augen seines kleineren Gegenübers zu blicken. Er zog seine hellbraunen Augenbrauen hoch, die genau wie sein restliches Haar einen leicht rötlichen Ton hatten. »Leider stört mich das kein bisschen«, sagte er schließlich und richtete sich wieder auf. »Ich werde schon bekommen, was ich will, *Bruder*«, stieß er voller Verachtung aus.

Der Angesprochene biss die Zähne aufeinander, sodass man seine Kiefermuskeln an den Schläfen hervortreten sehen konnte. Es kostete ihn seine letzte Energie, keine Prügelei anzufangen. Er wusste, dass sein Zwillingsbruder sich nur zu gerne darauf einlassen würde, wenn er auch nur einen Arm heben würde. Aber es war nicht seine Art, mit Fäusten einen Sieg zu erkämpfen. Mit einem Blick, hart wie Stahl, schien er stattdessen seinen jüngeren Bruder zu durchbohren.

Es überraschte den jüngeren Bruder nicht wirklich, dass der ältere weder vorhatte, sich weiter mit ihm zu streiten, noch sich mit ihm zu schlagen. Er kannte die prüden Einstellungen seines Bruders zu Schlägereien, die schon immer ein Grund gewesen waren, weshalb er auf ihn herabschaute. Dennoch war er ein wenig gekränkt, weil ihm durch das Schweigen des Bruders der Wind aus den Segeln genommen war. Stolz richtete er sich auf und kämpfte mit dem eiskalten Blick seines Bruders. Schließlich gab er auf. »Ihr werdet euch noch alle wundern«, murmelte er in seinen kurz gehaltenen Bart, als er sich umdrehte. »Ihr alle!«, brüllte er dann plötzlich heraus und stürmte davon.

1

Es war kalt draußen. Der Himmel zeigte sich in verwaschenen, wässrigen Grautönen, und der Wind ließ die wenigen braunen Blätter, die den Winter überlebt hatten, an den Bäumen erzittern. Ein sanfter Nieselregen fiel auf die feuchte Erde und nässte die kahlen Äste und Stämme der Apfelbäume, die vor dem Herrenhaus des Guts Randolph vor den Toren der Stadt Tainbridge standen.

In einem hell erleuchteten Raum des Hauses knisterte munter ein Kaminfeuer und verbreitete wohlige Wärme. Eine junge blonde Frau saß auf einem Sofa und stickte ein Muster auf eine Tischdecke. Neben ihr hatte sich eine weiße Katze zusammengerollt und schlief.

Am Boden saß ein kleines Mädchen und spielte leise vor sich hin plappernd mit einer Puppe.

Die Ältere von beiden blickte kurz auf und schaute aus dem Fenster. Gerade fegte der Wind über die kahlen Kronen der Obstbäume im Garten. Celina fröstelte leicht. Wer wollte bei diesem scheußlichen Wetter schon draußen sein? Es wurde Zeit, dass endlich der Frühling kam, sodass die Sonne den Regen besiegen und die feuchten grünen Wiesen ihrer Heimat in England trocknen würde. Dann konnten sich die jungen Leute der Stadt wieder im Freien zum Tanzen, Kricketspielen oder Picknicken treffen ... Sie seufzte sehnsüchtig. Der Frühling, der zumindest dem Sommer etwas näher war, in dem die Wahrscheinlichkeit auf warme und heiße Tage noch höher lag. Celina blickte auf die weiße Tischdecke auf ihrem Schoß. Sie hatte angefangen, mit rotem und blauem Garn einige Sommerblumen darauf zu sticken. Der Sommer, in dem man kaum mal eine Stickerei zur Hand nehmen musste, um sich die Zeit zu vertreiben, sondern in dem man Erdbeeren pflückte, ausritt und viele, viele Picknicks veranstalten konnte.

Plötzlich sprang die Tür auf und ein neunjähriger Junge stürmte mit Geschrei herein. »Was soll das, Jeremy?« Ärgerlich sah Celina auf. So sehr ihr Geschrei im freien Gelände nichts ausmachte, so wenig konnte sie es leiden, wenn der häusliche Frieden durch das Gebrüll ihres Bruders gestört wurde.

»Überfall«, brüllte der Blondschopf und stürmte sofort auf seine kleine Schwester Joyce und ihre Puppe zu.

Joyce schrie wie am Spieß, als sie erkannte, was ihr vier Jahre älterer Bruder mit ihrer Puppe vorhatte. Jeremy dagegen wurde durch ihr Geschrei nur noch mehr angespornt, riss seiner jüngeren Schwester die Puppe aus dem Arm und hielt sie hoch in die Luft, sodass Joyce sie nicht fassen konnte.

»Hör sofort damit auf, Jeremy«, befahl Celina und sprang auf. Ärgerlich trat sie auf ihren jüngeren Bruder zu und wollte ihm die Puppe wegnehmen, doch blitzschnell duckte sich Jeremy unter dem Arm seiner Schwester durch und rannte in eine andere Ecke des Zimmers.

»Jeremy, komm her. Gib sofort die Puppe zurück«, forderte Celina ihn nochmals auf. Doch Jeremy hatte keine Lust, auf sie zu hören. Er grinste von einem Ohr zum anderen und dachte nicht im Geringsten daran, das Spiel schon zu beenden. Es lief alles genauso, wie er es sich vorgestellt hatte. Im Gegensatz zu seinen Schwestern bereitete ihm die Sache großen Spaß. »Das gibt einen schönen Skulpell«, sagte er hämisch grinsend und hielt die Puppe an ihren langen blonden Haaren hoch.

»Das heißt Skalp, Jeremy«, verbesserte Celina ihn ungeduldig. »Und jetzt gib die Puppe zurück.«

Joyce stand in der Mitte des Raumes und schrie aus vollem Hals. Celina machte einen Satz auf Jeremy zu und rannte ihm hinterher, um die Puppe wieder zurückzubekommen. Aber jedes Mal, wenn sie sich ihm fast auf Armeslänge genähert hatte, entwischte er ihr. »Joyce, hör sofort mit deinem Geschrei auf«, befahl Celina wütend.

Augenblicklich verstummte die Fünfjährige.

Celina strich sich eine Haarsträhne aus dem Gesicht, die sich bei der Jagd nach der Puppe aus ihrer Frisur gelöst hatte.

»Ich will meine Puppe wiederhaben«, weinte Joyce nun, und Tränen strömten ihr übers Gesicht. »Warum holst du sie mir nicht?«, schluchzte sie und schaute mit ihren blauen Augen zu ihrer großen Schwester auf.

»Ich versuche es ja«, erwiderte Celina ärgerlich.

»Aber es gelingt dir nicht«, schluchzte Joyce und wandte sich ab, ihr kleines Herz voller Trauer um ihre Puppe.

»Sei still«, befahl Celina ungerührt und wandte sich wieder Jeremy zu.

Weinerlich und beleidigt stellte sich Joyce ans Fenster. Plötzlich stieß sie wieder einen Schrei aus. Aber diesmal vor Freude. Der ganze Kummer schien vergessen. Ohne ein weiteres Wort stürmte sie an ihren Geschwistern vorbei und zum Zimmer hinaus. Celina blickte ebenfalls aus dem Fenster und grinste Jeremy triumphierend an. Jetzt hatte er das Spiel verloren.

»Hier, da ist die Puppe wieder«, sagte Jeremy fast flehend, um einer Strafe zu entgehen, und streckte seiner großen Schwester das umstrittene Stück entgegen.

»Du darfst sie Joyce persönlich wiedergeben«, meinte Celina herablassend und ließ ihn stehen. Hocherhobenen Hauptes stolzierte sie aus dem Raum und ging nach unten, um ihre Eltern zu begrüßen. Wie ein reuiger Hund schlich Jeremy hinter seinen Schwestern her.

Als sie in der Eingangshalle ankamen, thronte Joyce schon auf den Armen ihres Vaters William Auburn und war dabei, ihren Eltern die tragische Geschichte zu erzählen. Zum Abschluss schniefte sie noch einmal laut und genoss die Geste Williams, der ihr liebevoll die dicken Tränen von ihren geröteten Wangen strich.

Mit gesenktem Kopf stand Jeremy daneben und traute sich nicht aufzusehen. Schuldbewusst trat er auf seine Eltern und Joyce zu und streckte seiner kleinen Schwester die Puppe entgegen. »Entschuldige«, sagte er leise.

Der Vater ließ Joyce auf den Boden, und sie nahm ihre Puppe entgegen. »Oh, arme Jessie«, tröstete Joyce diese sogleich und tätschelte sie unbeholfen, während sie davonging.

William klopfte seinem Sohn auf die Schulter. »Vielleicht solltest du mal den Puppenbefreier spielen anstatt den Entführer, hm?«, schlug er ihm vor und hob das Kinn seines Sohnes, um ihm in die Augen sehen zu können.

Jeremy nickte vorsichtig. Als William nicht weitersprach, wusste er, dass es keinen größeren Ärger geben würde. Erleichtert grinste er und trollte sich dann nach oben.

Mary-Ann, die Mutter der Kinder, zog ihre Handschuhe aus und legte den Arm um ihre Älteste.

»Wie war es denn?«, wollte Celina neugierig wissen.

»Ach, du weißt ja, was ich von diesen schrecklichen Gesellschaften halte«, sagte Mary-Ann, die tatsächlich nur zu den Bekannten in die Stadt gefahren war, um niemanden zu verärgern.

Celina zog eine Grimasse. Sie wusste, wie wenig ihre Mutter von den Gesprächen der Leute bei derartigen Veranstaltungen hielt. *Im Gegensatz zu mir.* Ein erregender Schauer lief ihr über den Rücken, als sie an die ausgelassenen Bälle dachte, die sie schon erlebt hatte – und als ihr einfiel, dass in nur wenigen Wochen wieder solch ein Ereignis von ihrer Freundin Caroline geplant wurde.

»Es war …«, Mary-Ann suchte nach einem passenden Wort, »akzeptabel.« Sie legte ihre Handschuhe auf eine Vitrine. »Wo ist Lynnie?« Lynnie war eine weitere Tochter von fünfzehn Jahren.

»Sie ist in ihrem Zimmer.«

Mary-Ann seufzte. Es würde sie nicht überraschen, wenn Lynnie sich den ganzen Tag nicht blicken gelassen hätte. Sie war das ruhigste ihrer vier Kinder. Manchmal bereitete sie ihr noch mehr Sorgen, als die anderen drei mit ihren gelegentlichen Streitereien. Dankbar nahm sie die unauffällige Hilfe des Butlers an, der ihr ihren dicken Wintermantel abnahm. »Ich werde mal nach Lynnie sehen«, sagte sie zu ihrem Mann William gewandt.

»Tu das«, stimmte er ihr nickend zu.

Leise klopfte Mary-Ann an die Tür zu Lynnies Zimmer. Als keine Antwort kam, öffnete sie vorsichtig die Tür. »Lynnie?«, fragte sie, aber bekam keine Antwort. *Vielleicht schläft sie ja,* dachte Mary-Ann und trat leise in das Zimmer ein. Nein, Lynnie schlief nicht. Sie saß an dem großen Fenster in der hellsten Ecke des Raumes. Dort stand eine kleine Staffelei, vor der das Mädchen aufrecht saß. An diesem Gemälde saß sie nun schon seit Tagen.

Mary-Ann blieb stehen und betrachtete ihre zweitälteste Tochter. Mit dem Pinsel in der Hand vergaß Lynnie die Welt um sich herum.

Sie nahm nicht einmal mehr wahr, wenn jemand ins Zimmer kam. Ihre Backen waren gerötet vor Konzentration, und ihr langes, glattes braunes Haar fiel ihr offen über die Schultern. Lynnie sprach nicht oft über ihre Gefühle, aber einmal hatte Mary-Ann gehört, wie sie darüber geklagt hatte, dass ihre Haare so dünn waren – im Gegensatz zu den vollen blonden Haaren ihrer älteren Schwester Celina. Mary-Ann schüttelte den Kopf. Lynnie war wunderschön, auf ihre Weise. Ihre Gesichtszüge waren denen Williams sehr ähnlich. Auch die großen braunen Augen hatte sie von ihrem Vater. Das Maltalent hatte sie eindeutig von ihrer Großmutter väterlicherseits geerbt.

Jetzt schaute Lynnie auf. Sie erblickte ihre Mutter, aber anstatt sie zu begrüßen, richtete sie ihre Augen gleich wieder auf die Leinwand.

Mary-Ann trat zu ihr und strich ihr übers Haar. Das Bild zeigte einen grünen Wald vor einer Sommerwiese, auf den die Sonne schien. »Es wird immer lebendiger«, bemerkte Mary-Ann.

Lynnie nickte und legte den Pinsel weg. »Ich wünsche mir so sehr, dass es endlich Frühling wird«, sagte sie, während sie sehnsüchtig ihr Bild betrachtete.

Mary-Ann dachte an den kalten Wind draußen und nickte zustimmend. »Ja, ich mir auch.«

Wenig später setzte sich Familie Auburn zu Tisch: William, Mary-Ann, Celina, Lynnie, Jeremy und Joyce. Nachdem alle mit Essen fertig waren, räusperte sich William. Er tupfte sich mit einer Serviette über den Mund und legte sie neben sich. Fünf aufmerksame Augenpaare waren auf ihn gerichtet. Alle wussten, dass er nun etwas Wichtiges sagen wollte.

»Ihr erinnert euch doch sicher alle an Luke.« William blickte aufmerksam in die Runde. Die drei Ältesten nickten, Joyce hingegen schaute recht verunsichert.

»Wer ist das?«, fragte sie mit piepsiger Stimme.

»Das ist dein Cousin«, antwortete Jeremy altklug.

»Kenn ich nicht«, meinte Joyce kopfschüttelnd.

»Natürlich kennst du ihn. Er war schon mal bei uns zu Besuch«, gab Jeremy zur Antwort.

»Da war ich aber nicht zu Hause.«

»Doch, du warst da, Joyce. Aber du warst noch ein Baby«, schaltete sich Celina jetzt ein.

»War ich nicht«, schrie Joyce so schrill, dass Harry, der Butler der Familie, beinahe vor Schreck das Tablett aus der Hand gleiten ließ.

»Lasst es gut sein«, gebot der Vater mit strenger Stimme Einhalt. Celina schloss ihren Mund wieder und schluckte die Bemerkung, die ihr auf der Zunge gelegen war, nur sehr mühsam hinunter.

»Jedenfalls wird Luke für eine Weile zu uns kommen«, schaltete sich nun Mary-Ann ein.

»Ja!«, brüllte Jeremy zustimmend.

»Jeremy! Sei bitte etwas leiser«, rügte Mary-Ann und erntete einen wohlwollenden Blick von Celina, die sich theatralisch die Ohren zugehalten hatte.

»Luke spielt bestimmt mit mir Indianer«, erklärte der Neunjährige mit strahlenden Augen.

»Es würde nicht schaden, wenn ihr euch gegenseitig bekämpft, anstatt dass du die Puppenkinder der Mädchen entführst«, sagte William trocken und Jeremy lächelte verlegen.

»Was macht Luke denn hier?«, brachte Celina das Gespräch wieder in die richtige Bahn. Sie wunderte sich, weil normalerweise nicht viel Kontakt zwischen den Verwandten gepflegt wurde. Megan, Williams Schwester und Lukes Mutter, akzeptierte Mary-Ann noch immer nicht als gleichwertiges Mitglied der Familie, obwohl sie nun schon seit rund zwanzig Jahren mit William verheiratet war. Mary-Ann kam aus einer sehr armen Familie in Tainbridge, und ihr Vater war früher einmal – zu Unrecht – als Mörder verurteilt worden. Obwohl letztendlich der wahre Schuldige gefunden worden war, hatte die Heirat zwischen William und Mary-Ann allgemein große Empörung ausgelöst, weil William zu den reichsten und angesehensten Familien in der Stadt gehörte.

Megan und ihr Ehemann Charles lebten inzwischen in der Nähe von London, weil das für Charles Geschäft günstiger war.

»Er wird bei mir in der Anwaltskanzlei arbeiten«, erläuterte William seiner Tochter.

Celina nickte stumm. Wie Luke wohl nun aussah? Sie hatte ihn zum letzten Mal vor vier Jahren gesehen, da war sie 13 und er 15 Jahre alt gewesen. Trotzdem hatte sie ihn um einige wenige Zentimeter an Körpergröße überragt, was ihn jedoch kaum gestört zu haben schien. Zumindest hatte er es sich nicht anmerken lassen. Damals hatten sie beide nicht wirklich etwas mit sich anzufangen gewusst. Aber eigentlich hatte sie ihren Cousin schon immer gemocht und es schade gefunden, dass sie sich nur so selten sahen. Manchmal verstand Celina ihre Mutter, dass sie nur so ungern mit den anderen reichen Leuten aus Tainbridge zusammen war. Viele gaben ihr immer noch das Gefühl, minderwertig zu sein, obwohl William Mary-Ann stets den Rücken stärkte. Celina selbst war sehr beliebt unter all den jungen Leuten aus der Stadt. Der jungen Generation war das ganze Geschehen von früher nicht mehr der Rede wert.

»Papa, darf ich bitte spielen gehen?«, unterbrach Jeremy Celinas Gedanken.

William blickte kurz zu Mary-Ann und nickte dann. Alle Kinder sprangen wie auf Kommando auf. Die drei ältesten verschwanden auch sogleich, Joyce hingegen ging zu Mary-Ann und kuschelte sich auf ihren Schoß. »Mama?«, sagte sie und schaute zu ihrer Mutter auf.

»Ja, mein Schatz?«, fragte Mary-Ann zurück, und ihr Herz quoll über vor Liebe, als sie in die großen blauen Augen ihres kleinen Nesthäkchens schaute.

»Du bist so schön«, sagte Joyce und fasste an Mary-Anns hochgesteckte Frisur, aus der sich schon einige blonde Locken gelöst hatten. Mary-Ann bemühte sich, die Tränen zurückzuhalten, die ihr vor Rührung in ihre Augen traten.

»Du auch, mein Liebling. Wunderschön«, flüsterte sie und küsste Joyce auf ihre rosige Wange.

2

»Celina, beeil dich, bitte«, rief Mary-Ann von der Eingangshalle nach oben. Sie schaute sorgenvoll auf die Standuhr, deren Zeiger die schon viel zu weit fortgeschrittene Zeit anzeigten. Ihre älteste Tochter brauchte wie immer ein bisschen länger, um sich fertig zu machen. *Wir gehen doch nur zum Armenhaus, nicht auf den Empfang der Königin*, dachte Mary-Ann ungeduldig, sagte aber nichts zu Lynnie, die schon fertig neben ihr stand und ihrerseits das Zifferblatt der Uhr aufmerksam musterte.

Endlich stürmte Celina die Treppe herunter. »Gehen wir?«, fragte sie in einem Tonfall, als wäre *sie* diejenige gewesen, die auf die anderen gewartet hatte, und stolzierte zur Kutsche.

Mary-Ann war nicht verwundert über Celinas schnippische Reaktion. Sie kannte ihre älteste Tochter. Lynnie sagte nichts, wie immer.

Celina konnte das Armenhaus nicht leiden. Sie ging nur dorthin, weil es ihr eine Gelegenheit bot, in die Stadt zu kommen und vielleicht auf der Straße ein paar Leute zu treffen, mit denen der neueste Tratsch ausgetauscht werden konnte.

Das Armenhaus war ein großes Gebäude aus roten Ziegelsteinen. Hier lebten all diejenigen, die aus der Gesellschaft ausgestoßen waren. Die Bitterarmen, die ehemaligen Dirnen, Bettler und Soldaten, die Straffälligen und Behinderten. Alle, die noch in der Lage waren zu arbeiten, schafften dort etwas für den Staat und durften dafür kostenlos wohnen und essen. Derartige Armenhäuser wurden oft von reichen Leuten unterstützt. Familie Auburn war eine der ersten, die sich um die Armen kümmerten. Besonders Mary-Ann nahm sich ihrer an. Ihr weiches, mitfühlendes Herz, das selbst so viel Verachtung ertragen musste, konnte nicht anders als mit diesen Außenseitern Mitleid zu haben und ihnen etwas Liebe zu schenken. Regelmäßig fuhr sie deshalb mit ihren zwei älteren Töchtern dorthin und versorgte die Menschen dort mit Wäsche, Kleidung, Gebäck oder was immer ihr noch einfiel, um diesen Menschen zu zeigen, dass sie ihr wichtig waren.

Celina allerdings ekelte sich vor ihnen. Alle zusammen waren raue

Gesellen, die nicht viel von Hygiene hielten, obwohl der Zuchtmeister, der die Aufsicht führte, so gut es ging auf Anstand achtete. Und dann auch noch dieser behinderte Junge. Es war einfach ein hässlicher Anblick. Warum konnte ihre Mutter nicht einfach Kleidung, Essen und Geld spenden? Dagegen hatte Celina ja nichts einzuwenden. Wieso musste ihre Mutter es unbedingt immer persönlich vorbeibringen? Und wozu sollte sie, Celina, eigentlich mitgehen? Aber sie wollte es sich nicht entgehen lassen, danach für ein paar Stunden in der Stadt zu bleiben, wie sie es in der Regel zu tun pflegten.

Als das Backsteinhaus in Sicht kam, in dem die armen Leute arbeiteten und untergebracht waren, verkrampfte sich Celina sichtbar. Ihre Gesichtszüge wurden streng, und sie wirkte angespannt. Mary-Ann beobachtete ihre älteste Tochter, war aber kaum besorgt. Sie wusste, dass Celina sich für die Menschen wappnete, die eben so anders waren als die Gesellschaft, die Celina liebte, die aber für Mary-Ann noch so vertraut waren.

Die Kutsche hielt an, und Mutter und Töchter stiegen aus. Der Schotter knirschte unter ihren Schuhen, als sie auf das Haus zugingen. Sie waren erst ein paar Schritte gegangen, da sprang die Tür auf.

»Guten Tag, die Damen«, wurden sie vom Zuchtmeister begrüßt. Er war ein kleiner Mann mit einem dicken Bauch, den er vor sich herschob, als trage er einen wertvollen Schatz mit sich.

»Guten Tag, Mr Maine«, antwortete Mary-Ann mit ihrem herzlichen Lächeln und reichte dem Mann die Hand. Lynnie schaute zu Boden, Celina aus Trotz ebenso. Wieso sollte sie diesen Mann begrüßen?

»Treten Sie ein, treten Sie ein, bitte sehr, bitte, vielen Dank«, sagte der Zuchtmeister dienstbeflissen und schielte schon in den Korb unter Mary-Anns Arm, der mit eingelegtem Gemüse und Kuchen gefüllt war, und zur großen Kiste, die der Kutscher gerade ablud.

Celina verdrehte die Augen und stolzierte an ihm vorbei. Nur schnell alles hinter sich bringen.

Lynnie fühlte sich im Armenhaus ebenfalls nie wohl. Die armen Leute taten ihr furchtbar leid. Sie mussten unter so grausamen Umständen leben. Was hatte sie selbst doch alles, das diese Menschen nicht besaßen! Das Schlimmste war für Lynnie, dass sie so angestarrt wurde. An Celinas Blick konnte sie jedes Mal aufs Neue sehen, dass es auch nicht ihre Lieblingsbeschäftigung war, ihre Mutter dorthin zu begleiten. Doch Lynnie wusste zugleich, dass Celina nur nicht dorthin gehen wollte, weil sie sich als etwas Besseres fühlte. Lynnie hielt sich nicht für etwas Besseres, aber sie wollte nicht angestarrt werden. Wenn sie doch sowieso nicht wusste, wie sie sich am besten verhalten sollte. Die Menschen musterten sie bewundernd. Manche neidisch. Manche dankbar. Traurig. Glücklich. Niedergeschlagen. Es waren die unterschiedlichsten Menschen anwesend. Sie wollte sie nicht sehen. Mädchen, Frauen, kleine Jungen, Männer. Der behinderte Junge schaute sie eigentlich stets freundlich an. Aber er weinte auch jedes Mal, wenn er von den anderen Kindern gehänselt wurde. Lynnie konnte das nicht ertragen. Hinten im Raum saß ein junger Mann, dessen Blick sie nicht deuten konnte, und das machte ihr Angst. Er schaute irgendwie … gehetzt. Traurig, aber auch voller Bitterkeit. Aber am meisten sah sie Angst in seinem Blick. *Lieber nicht hinsehen*, sagte sie sich und war froh, als sie das Armenhaus endlich wieder verließen.

Caroline hatte vor Aufregung rote Wangen – wie so oft, denn Caroline hatte die Gabe, aus jeder Kleinigkeit eine große Sensation zu machen. »Weißt du schon das Neueste?«, fragte sie Celina und fasste sie an beiden Händen. »Der Zwillingsbruder von Mr Brown ist aus Schottland zu Besuch«, flüsterte sie ihr verschwörerisch ins Ohr. »Und das Beste ist«, sie machte eine kurze Pause. »Er ist noch unverheiratet!«

Caroline zog die Augenbrauen nach oben in Erwartung von Celinas Reaktion, deren Augen zu leuchten begannen. Genau wegen diesem Tratsch nahm sie den Besuch im Armenhaus auf sich. Heute hatte es sich auf jeden Fall schon mal gelohnt. Wie gut, dass es Caroline gab. Sie wohnte mitten in Tainbridge, direkt am Marktplatz, und war für gewöhnlich immer auf dem neuesten Stand der Dinge.

»Er müsste gleich aus dem Laden dort kommen. Ich habe ihn vorhin hineingehen sehn«, sagte Caroline und drückte Celinas Hände. »Er sieht unglaublich gut aus.« Caroline verdrehte die Augen und wippte ungeduldig auf und ab, sodass ihre dunkelbraunen Locken aus der Hochsteckfrisur zu rutschen drohten.

Celina fragte sich, ob er wohl genauso aussehen würde wie Andrew Brown und starrte erwartungsvoll zusammen mit ihrer Freundin auf die Tür des Ladens, auf den auch Mary-Ann und Lynnie gerade zusteuerten. Sie hatten das Geschäft fast erreicht, als sich die Tür öffnete und ein großer Mann mit breiten Schultern und rötlichen Haaren heraustrat. Gespannt hielt Celina die Luft an. Schon von Weitem konnte man sehen, dass er ein hübsches Gesicht hatte. Sein kurzer Bart ließ ihn noch männlicher aussehen, als es seine Statur ohnehin schon signalisierte. Als er Mary-Ann und Lynnie sah, zog er höflich den Hut und hielt ihnen die Tür auf. Celina spürte, wie Caroline ihre Hand drückte. Sie beobachtete den Schotten, wie er die kleine Stufe vor dem Laden hinuntertrat und dann auf sie zusteuerte. Ihre Blicke trafen sich, und Celina bemerkte die intensive grüne Farbe seiner Augen. Als er ganz nahe bei ihnen war, zog er wieder seinen Hut. »Guten Tag, die Damen«, grüßte er höflich mit einem lustigen schottischen Akzent.

Als er vorbeigegangen war, blickte Celina wieder auf und schaute ihm hinterher. Täuschte sie sich oder hatte er sie in einem amüsierten Tonfall gegrüßt?

»Er sieht Andrew Brown ähnlich, aber wie Zwillinge sehen sie nicht aus«, bemerkte Celina leise, und Caroline wippte immer noch zappelig auf und ab. Genau wie Celina konnte sie ihre Augen nicht von dem fremden Mann abwenden.

»Was macht er denn in Tainbridge?«, wollte Celina jetzt wissen.

»Na ja, seinen Zwillingsbruder besuchen.«

»Wie heißt er mit Vornamen?«

»Jonathan. Ist das nicht ein schöner Name? Ich werde ihn auf jeden Fall zu meinem Ball einladen.«

Celina wollte noch weiterfragen, aber aus dem Augenwinkel sah sie, wie Lynnie aus dem Laden kam und auf sie zusteuerte.

»Mama sagt, wir sollen uns beide einen Stoff für ein Frühlingskleid kaufen«, sagte Lynnie mit ihrer leisen, sanften Stimme zu Celina.

Caroline und Celina stießen beide einen Freudenschrei aus. Jonathan Brown war für einen Moment völlig vergessen. Hand in Hand stürmten sie Richtung Textilwarenladen und ließen Lynnie hinter sich zurück, die sich gemächlich auf den Rückweg machte.

Über dem Laden stand in großen Lettern *Brown's Productions*. Die ganze Stadt war übersät von allen möglichen Fabrikhallen, Lagern für Garn und fertige Stoffe und Läden, in denen die Leute die Produkte kaufen konnten, die die Textilfabrik herstellte. An jedem dieser unzähligen Gebäude hing ein Schild, das unmissverständlich verdeutlichte, welche Firma in der Stadt dominierte. *Brown's Productions*.

Als Lynnie wieder im Laden ankam, waren Celina und Caroline schon eifrig am Diskutieren, welcher der Stoffe am schönsten war. Lynnie sah sich die leichten Stoffe an, die in dem Laden aushingen und wusste sofort, welchen sie für ihr neues Kleid auswählen würde. Es war ein einfacher blassgelber Stoff. Celina wählte nach Langem hin und her einen blauen Stoff mit kleinen weißen Punkten. Außerdem kaufte sie noch ein wenig Spitze für die Ränder dazu.

Ms Strafford, die Verkäuferin im Laden, freute sich an den drei jungen Mädchen, die so begeistert bei ihr einkauften.

»Ach, dieser Stoff ist einfach wunderbar«, sagte Celina und strich sanft mit der Hand darüber. »So weich und leicht.«

»Das macht die Baumwolle«, sagte Caroline und war stolz, dass sie den Stoff benennen konnte.

»Aber nicht nur die Baumwolle«, wandte Ms Strafford ein. »Brown's Productions verarbeitet sie auf eine ganz besondere Weise, sodass die Stoffe so geschmeidig werden. Andere Firmen machen das nicht so. Dann werden die Stoffe steif.« Celina und Caroline beobachteten aufmerksam, wie Ms Strafford unter die Theke griff und einen kräftig roten Stoffballen herauszog. »Oh, eine königliche Farbe«, flüsterte Caroline bewundernd.

»Ja«, bestätigte Ms Strafford. »Aber jetzt fassen Sie ihn einmal an.«

Beide Mädchen griffen nach dem Stoff, auch Lynnie streckte ihre Hand aus und fühlte daran. Er war steif, fast hart.

»Daraus kann man kein weich fließendes Kleid machen«, bemerkte Celina.

»Dieser Stoff ist aus Lowestoft von der Firma Jonson & Morrison. Auch eine große Firma, aber Brown's Productions ist einfach besser.«

Die drei Mädchen nickten bestätigend.

Die nächsten Tage waren sowohl Lynnie als auch Celina mit der Schneiderin wegen der Schnittwahl und der Anprobe ihrer neuen Kleider beschäftigt. Mary-Ann war froh, dass ihre beiden Mädchen dadurch den ungewöhnlich langen Winter vergaßen und sich die Stimmung im Haus wieder hob.

Celina dachte immer wieder an Jonathan Brown, besonders an den amüsierten Tonfall seiner Stimme und an das Grün seiner Augen. Mindestens genauso viel dachte sie aber auch an Luke, der bald kommen sollte. Ob sie immer noch größer war als er? Und über was sie wohl reden würden? Würde er überhaupt mit ihr reden? Das Kribbeln in ihrem Bauch nahm zu, je näher der Tag rückte, an dem sie Luke wiedersehen würde. Oder Jonathan.

3

An einem Nachmittag fast zwei Wochen später, als Joyce ihren Mittagsschlaf hielt, stand Mary-Ann am Fenster und schaute in den kahlen, dunklen Garten des Gutshauses, in dem sie und ihre Familie lebten. Neben ihr, auf der Fensterbank, stand eine kleine zierliche Tasse mit gesüßtem schwarzem Tee, der dampfte und seinen angenehmen Duft verbreitete. Doch Mary-Ann bemerkte es kaum. Ihre Gedanken waren weit weg in den alten Zeiten, als sie hier noch als Dienstmädchen gearbeitet hatte. Zu der Zeit hatten die Eltern ihres Mannes und sogar Williams Großvater noch gelebt. Mr und Mrs Auburn senior waren beide vor einem Jahr an einer schweren Lungenentzündung gestorben. Auch Justin, Mary-Anns kleiner Bruder, der Arzt geworden war, hatte ihnen nicht helfen können. *Genau die Krankheit, die mich einst in dieses Haus gebracht hatte*, dachte Mary-Ann wieder einmal. Sie hatte mit fünfzehn an einer Lungenentzündung gelitten und war danach von den Auburns auf Drängen Williams, der ihren Zusammenbruch miterlebt hatte, als Dienstmädchen angestellt worden. Sie hatten sie sogar von ihrem eigenen Hausarzt versorgen lassen! Manchmal dachte Mary-Ann sogar, dass es gut gewesen war, dass sich Brown's Productions erst nach ihrer Heirat mit William in der Stadt angesiedelt hatte. Viele Frauen und auch Kinder arbeiteten unter miserablen Bedingungen in den Fabriken – und Mary-Ann war unendlich dankbar, dass sie nicht dieses Los gezogen hatte. Nach wie vor war Mary-Ann davon überzeugt, dass Gott die Herzen des Ehepaares Auburn senior bewegt und ihre Entscheidungen gelenkt hatte. Nun lebte Mary-Ann immer noch in diesem großen Haus, zusammen mit William Auburn, dem Sohn der Herrschaften, denen sie fast drei Jahre zu Diensten gestanden hatte. Damals hatten die Auburns noch mehr Bedienstete: die Köchin Mrs Peters, den Butler Henry, den Gärtner Mr Taylor, den Kutscher Mr Drake, und die Dienstmädchen Molly, Ella und sie selbst. Inzwischen beschäftigten William und sie den Butler Harry, seine Frau Emma als Köchin und das Dienstmädchen Priscilla. Mr McWire, der Hauslehrer für die Kinder, war derzeit beurlaubt, weil seine Mutter gestorben war und er sich um den Nachlass kümmern musste. Der Kutscher John kümmerte sich auch als Gärtner um das Anwesen. Mary-Ann pflegte ebenfalls den Garten rund um das Gutshaus, auch wenn das niemand aus der Stadt wusste. Es machte ihr Freude, die Rosen von Mr Taylor zu versorgen und ihre Hände in der kühlen Erde zu haben, wenn sie Unkraut jätete oder Gemüse anpflanzte. Aber Ella vermisste sie sehr. Nach wie vor war sie ihre beste Freundin. Kurz nachdem Mary-Ann und William geheiratet hatten, war Ella in ihre alte Heimat zurückgegangen und hatte wenig später dort auch geheiratet. Über Briefe blieben sie in Kontakt, aber es war nicht dasselbe wie früher, als sie jeden Tag von früh bis spät zusammen verbracht hatten. Wie sich Mary-Ann doch auch so eine Freundin für ihre Töchter wünschte! Celina kannte jeden der jungen Leute in der Stadt und liebte deren Gesellschaft, besonders die von Caroline. Aber sie hatten ja nichts anderes im Kopf als den neuesten Klatsch über die Leute in der Stadt. Mary-Anns Herz zog sich schmerzhaft zusammen, als sie daran dachte, wie genau dieser Tratsch sie, ihre Eltern und ihren Bruder damals in so großes Elend gestürzt hatte. Keiner hatte genau nachgefragt, sondern nur über das irgendwo Aufgeschnappte geredet. So war ihr Vater – obwohl unschuldig – verurteilt worden! Ihrer Tochter Celina war leider nur ihr eigenes Ansehen wichtig, nicht das, was andere Menschen vielleicht dringend benötigten. Und Lynnie … Lynnie hatte im Gegensatz zu ihrer Schwester ein so weiches Herz, so still und leise. Sie kam Mary-Ann manchmal wie ein sanfter Windhauch vor, wenn sie vorbeiging, ohne ein Wort, einfach nur mit einem lieben Blick. Mary-Ann wünschte sich dringend jemanden, dem Lynnie sich öffnen würde, der sie wahrnehmen und ihr zartes Herz erkennen würde. Jeremy brauchte auch dringend einen Spielkameraden. Seine kleine Schwester war einfach noch zu klein, um die Späße ihres Bruders verstehen zu können.

»Mary-Ann, ich habe alles unter Kontrolle«, sagte mitten in ihre Gedankengänge eine leise wohlbekannte Stimme in ihrem Herzen, bevor sie sich noch mehr in ihre Sorgen verrennen konnte.

»Ach, Herr, ich weiß ja, dass ich dir vertrauen soll«, antwortete Mary-Ann

niedergeschlagen. *»Aber manchmal ist es so schwer, alles in deiner Hand zu lassen.«*

»Verändern kannst du im Moment sowieso nichts. Warum machst du dir das Leben schwer, wenn du dich sorgst, wo du doch schon so oft erlebt hast, dass ich das für dich übernehme: Ich sorge für dich. Und ich sorge auch für deine Kinder.«

Mary-Ann seufzte. Wie oft hatte sie dieses Gespräch schon in ihrem Herzen geführt? *»Ich lege sie dir hin, Herr. Bitte beschütze du sie. Führe du sie auf den richtigen Weg. Ich alleine kann es nicht.«*

Als sie dieses Gebet sprach, erfüllte sie ein Friede, der ihren eigenen Verstand überstieg. Plötzlich fiel es ihr leichter zu glauben und zu vertrauen, dass sie die Aufgabe, ihre Kinder richtig zu erziehen, nicht alleine erfüllen musste.

Sie hörte, wie sich die Tür leise öffnete, und Jeremy kam ungewohnt ruhig herein. Er stellte sich neben Mary-Ann ans Fenster und schmiegte sich kurz an seine Mutter. Dann sah er auf, und Mary-Ann lächelte ihren Sohn an. »Mama, wann kommt Luke?«

»Ist dir langweilig?«, fragte Mary-Ann schmunzelnd.

Jeremy nickte. »Furchtbar schrecklich langweilig.«

»Es wird wirklich Zeit, dass es draußen wieder wärmer wird und du wieder öfter raus in den Garten kannst.«

»Wann kommt Luke denn nun endlich?«

»Du weißt doch, dass er morgen kommt.«

»Ja, aber in wie vielen Stunden?«

»Er kommt morgen zur Tee-Zeit, wenn er pünktlich ist. Du kannst dir selbst ausrechnen wie viele Stunden das noch sind.«

Jeremy rechnete leise. »Ungefähr vierundzwanzig«, gab er stolz Auskunft.

»Eine Nacht und ein Tag«, stimmte Mary-Ann zu. »Ist das für dich zu schaffen?«

»Na ja«, meinte der blonde Junge achselzuckend. »Wird schon gehen.«

»Gut«, lobte Mary-Ann und strich ihm übers Haar.

»Ich hole mir einen Keks bei Emma«, verkündete Jeremy und drehte sich angesichts seines Vorhabens schwungvoll um. Dabei nahm er zu

Mary-Anns Entsetzen die Teetasse auf dem Fensterbrett mit. Sie fiel zu Boden, und der Tee ergoss sich über den Teppich.

»'tschuldigung«, meinte Jeremy und schaute sorgenvoll auf die Bescherung.

Sobald Mary-Ann sich vom Schreck erholt hatte, bückte sie sich und hob die Tasse auf, die glücklicherweise nicht zerbrochen war, weil sie auf den weichen roten Teppich zu ihren Füßen gelandet war. »Bevor du dir deinen Keks holst, bringst du erst noch ein paar feuchte Lappen mit, damit du das hier sauber machen kannst. Und für mich bitte einen neuen Tee.«

Eine Windböe schüttelte die nassen Bäume draußen vor dem Fenster, als Jeremy das Zimmer verließ, um den Auftrag seiner Mutter auszuführen, und Mary-Ann war froh, dass neben ihr im Kamin ein Feuer brannte.

Jeremy hüpfte aufgeregt auf und ab, mal rannte er die Treppen hinauf oder hinunter, mal riss er die Eingangstür auf und erntete einen wütenden Schrei von Celina, weil der Wind viel zu kalt war, den er in die Eingangshalle ließ. Die ganze Familie mitsamt Harry und Priscilla hatte sich im Salon gleich bei der Eingangshalle versammelt. Die Tür zur Halle stand sperrangelweit offen, damit auch ja nicht verpasst wurde, wenn die Kutsche mit dem Sohn der O'Dwells vorfahren würde. Endlich hörte man Jeremy einen Freudenschrei ausstoßen. Er stand am Fenster neben der Eingangstür und sah die Kutsche, die den Weg zum Gutshaus eingeschlagen hatte. Alle erhoben sich freudig erregt und begaben sich in die Halle.

Harry öffnete die Tür und ging mit einem Regenschirm nach draußen, um Luke trocken ins Haus zu geleiten. Die Kutsche hielt, und ein junger Mann mit schwarzen Haaren und einem ebenmäßigen Gesicht stieg aus. Klein war er ganz und gar nicht, im Gegenteil! Er war fast einen halben Kopf größer als William! Er trug einen kurzen schwarzen Schnurrbart, wie es besonders bei den Studenten aus besserem Hause

Mode war. Als er in die Eingangshalle trat, blickten seine dunklen Augen sehr freundlich in die Runde. Jeremy machte besonders große Augen. Joyce hatte sich halb hinter Mary-Anns Rock versteckt und beäugte den Fremden vorsichtig. Lynnie stand an der Seite und begutachtete den jungen Mann ebenfalls, schaute aber zu Boden, als sich ihre Blicke trafen. Celina lächelte. Luke war ein gutaussehender junger Mann geworden. Sie würden ein hübsches Paar abgeben, wenn er mit ihr zu den Bällen gehen würde. Alle würden sie um ihren Cousin beneiden.

Mary-Ann war froh, dass ihr Neffe einen so warmherzigen Blick in den Augen hatte – nicht wie seine Mutter Augen aus Stahl.

Harry schmunzelte in sich hinein, als er die Herrschaften beobachtete. *Er* hatte auf den ersten Blick gesehen, dass Luke mehr ein Auburn als ein O'Dwell war.

Schließlich ergriff William das Wort. »Willkommen, Luke. Wir freuen uns, dass du hier bist.«

»Vielen Dank, Onkel William, ich freue mich auch sehr«, antwortete Luke und Mary-Ann bemerkte, dass seine Stimme ebenso warm war wie seine Augen.

Jemand hinter Luke räusperte sich unbeholfen. John, der Kutscher, trug zwei schwarze Lederkoffer herein. »Verzeihung, wo darf ich das Gepäck hinbringen?«

Harry war sogleich zur Stelle, nahm ihm die Koffer ab und trug sie in die Zimmer, die Priscilla für Luke hergerichtet hatte.

»Lasst uns in den Salon gehen«, lud William ein und ging voraus. »Da ist es wärmer und es gibt Tee.«

»Das klingt gut«, antwortete Luke, und man sah ihm an, dass es in der Kutsche nicht sehr gemütlich gewesen war.

William bot Luke den Sessel nahe am knisternden Kaminfeuer an. Die anderen nahmen still ihre Plätze ein.

Luke zwinkerte Jeremy zu, der noch immer seine Augen nicht von ihm, seinem neuen Vorbild, abwenden konnte. Anderen Leuten wäre die Stille unangenehm gewesen, doch Luke schien sich nicht daran zu stören.

»Nun, Luke«, ergriff wieder William das Wort. »Wie war deine Reise?«

Als wäre ein Knoten geplatzt, ging nun ein munteres Plaudern los. Die Straßenverhältnisse und das Wetter, wie es den Verwandten geht, was es für Neuigkeiten in London gibt. Joyce schlief auf Mary-Anns Schoß ein, und Lynnie hing ihren Gedanken nach. Doch Jeremy konnte seinen Blick nicht von seinem Cousin abwenden. Celina genoss es, Lukes angenehmer Stimme zuzuhören, und William war tatsächlich interessiert an den Antworten auf seine Fragen. Er genoss es, einen männlichen Gesprächspartner zu haben.

»Wie war es an der Universität?«, fragte Celina einen Tag später, als sie mit Luke alleine vor dem Kaminfeuer saß, und beäugte ihren Cousin von der Seite. Seine Nase war im Profil etwas groß, aber das änderte nichts an seiner angenehmen Erscheinung.

»Willst du die Antwort hören, die ich meinem Onkel geben würde oder die ehrlichere Antwort?«

»Beide«, antwortete Celina neugierig.

»Gut. Also«, er schaute sie kurz verschwörerisch an und richtete seinen Blick dann wieder auf das Kaminfeuer. »Meinem Onkel würde ich sagen, dass das Studium sehr interessant ist, ich viel Wichtiges lerne und ganz und gar darin aufgehe.« Er schwieg.

»Und die ehrliche Antwort?«

»Diese Antwort beinhaltet die erste, aber man müsste sie erweitern, dass es unglaublich ermüdend ist, so viele Paragraphen auswendig zu lernen. Mir sind die Menschen wichtiger als das geschriebene Wort.«

»Nun, aber die Gesetze musst du kennen, um sie anwenden zu können.« Celina bemerkte nicht den für sie typischen belehrenden Tonfall.

Luke lachte. »Ja, richtig. Aber trotzdem freue ich mich jetzt auf die praktische Arbeit mit deinem Vater.«

Celina ging nicht darauf ein, sondern blickte aus dem Fenster. »Morgen gehe ich wieder in die Stadt«, bemerkte sie. »Möchtest du mitkommen?«

»Wohin? In die Stadt?«

»Nein. Auf eine Gesellschaft. Ich könnte dich mitnehmen.« Luke hatte einen zu gelassenen Charakter, als dass er Celina die in ihrer Stimme mitschwingende Selbstgefälligkeit übel nehmen könnte.

»Sicher, würde ich gerne«, entgegnete er stattdessen.

»Meine Freundin Caroline veranstaltet übrigens nächste Woche einen Ball.«

Luke lächelte Celina an, weil er keine Ahnung hatte, ob sie darauf eine Antwort haben wollte oder nicht. Sie schien mit seinem freundlichen Blick zufrieden zu sein. Noch als Luke später am Abend ins Bett ging, dachte er lächelnd an seine »kleine« hübsche Cousine. Sie war ein bisschen überheblich, aber das störte ihn nicht. Irgendwie machte sie diese Arroganz nur noch süßer, als sie sowieso schon war.

Luke entpuppte sich schnell als geborener Indianerhäuptling, und Jeremy genoss es, endlich einen »großen Bruder« zu haben. Mary-Ann wunderte sich, wie Megan einen so netten Sohn hatte hervorbringen können, hütete sich jedoch davor, diesen Gedanken laut auszusprechen. Alle zusammen genossen sie jedenfalls Lukes Gegenwart. Besonders William freute sich, dass Luke ihm in der Kanzlei zur Hand ging. Manchmal tat er sich zwar noch etwas schwer, aber es waren eben doch zwei eifrige Hände, Ohren und Augen mehr, die zur Verfügung standen.

Lynnie empfand, dass Luke ein unkomplizierter Mensch war, an den man sich schnell gewöhnen konnte. Eines späten Nachmittags, an dem die Sonne noch hell in Lynnies Zimmer schien, saß Luke gespannt hinter seiner Cousine, die mit dem Pinsel in der Hand aufrecht vor ihrer

Staffelei saß. Luke hatte ihre Gemälde bemerkt, die im ganzen Haus verteilt aufgehängt waren und sie bewundert. Als er gefragt hatte, ob er ihr beim Malen einmal zusehen könnte, hatte sie schlecht Nein sagen können.

Während sie jetzt auf die weiße Leinwand starrte, war sie in Gedanken bereits weit, weit weg. Nach einer Weile bewegte sie ihre Hand zu der Farbpalette. Die Pinselborsten färbten sich tiefbraun. Ohne zu zögern begann Lynnie, die strahlend weiße Leinwand mit dunklen und helleren Farben in ein Bild zu verwandeln. Mit einer bewundernswerten Leichtigkeit zauberte Lynnie vor Lukes Augen einen Raum. *Sie ist gut*, dachte er immer wieder, während der Raum vor seinen Augen immer realistischer wurde. Sowohl Luke als auch Lynnie vergaßen die Zeit. Als Lynnie ihr Malwerkzeug beiseite legte, zeigte die ehemals blanke Leinwand ein Zimmer im Armenhaus.

Am nächsten Tag sagte Lynnie nach dem Abendessen leise zu Luke: »Es ist fertig.« Er wusste zuerst nicht, was sie meinte. Dann verstand er und folgte ihr in ihr Zimmer, um sich das fertige Gemälde anzusehen. Der Raum auf der Leinwand war nun angefüllt mit vielen armen Menschen. Er konnte alte Leute sehen, aber auch Kinder. Ein junger Mann saß hinten in der Ecke. Obwohl er im Hintergrund war, schien er das Zentrum des Bildes darzustellen. Luke sah Lynnie von der Seite an. Diese Menschen mussten sie sehr beschäftigen. Ihre Augen waren angefühlt von Schrecken und zugleich Mitleid, als sie mit ihm zusammen auf das Bild starrte. Lynnies Herz war so weich und mitfühlend, dass sie es kaum ertrug, wenn es jemandem schlecht ging.

»Irgendwann, Lynnie, werden diese Bilder viel Geld wert sein«, sagte Luke leise, und Lynnie lächelte bei diesem Kompliment.

4

Celina wachte an diesem Morgen mit einem Kribbeln im Bauch auf. Carolines Ball sollte heute Abend stattfinden. Celina blieb noch eine Weile im Bett liegen, voller Vorfreude und Erwartung, als ginge es um ihre eigene Hochzeit. Dann sprang sie aus dem Bett und war den ganzen Tag über nur gut gelaunt. Das sich endlich bessernde Wetter verstärkte ihre gute Laune nur noch.

Als es draußen langsam dunkel wurde, stiegen Luke und Celina in die Kutsche, die sie zum Ball bringen sollte.

Musik drang aus dem Saal, als Celina stolz an Lukes Arm durch die hohe Tür ging, mit hübsch hochgesteckten Haaren und in einem wunderschönen tiefblauen Kleid, passend zu ihrer Augenfarbe. Sie sah umwerfend aus. Immer wieder verweilte Celina bei einer Gruppe von Besuchern, begrüßte sie und stellte Luke vor. Bewundernd schauten die Damen Celinas Begleiter an und hofften insgeheim schon auf mindestens einen Tanz mit ihm. Die meisten jungen Männer blickten eher etwas neidisch. Viele von ihnen hatten bereits ein Auge auf Celina geworfen, die jedoch bis jetzt noch für niemanden eine intensivere Zuneigung gezeigt hatte. Allein um des Spaßes willen hatte sie natürlich mit fast jedem, der sie aufforderte, getanzt – je nach Lust und Laune mit dem einen länger, mit dem anderen nur kurz.

Als Celina Caroline entdeckte, ließ sie Lukes Arm los.

»Caroline!«, rief Celina und drückte die Hände ihrer Freundin, während sie ihren Blick nochmals durch den Raum schweifen ließ. Gläserne Kerzenständer, Kronleuchter an den Decken, Spiegel, Musiker, Frauen in wunderschönen Kleidern, Schmuck, überall glitzerte und funkelte es. »Es ist traumhaft!« Sie war voll in ihrem Element. »Darf ich dir meinen Cousin vorstellen?« Sie nahm Lukes Hand und zog ihn zu sich her.

Caroline strahlte ihn an. »Herzlich Willkommen!« Celina bemerkte, dass ihr Cousin Caroline gefiel.

Doch plötzlich wandte sich Carolines Blick ab. »Oh!« Sie schaute wie gebannt in Richtung Eingang. Celina und Luke wandten sich beide verwundert um, um zu sehen, was Caroline so fesselte. Es war nicht schwer zu erkennen, was der Grund für ihre abschweifende Aufmerksamkeit war. Gerade eben betrat Jonathan Brown den Saal. Alle Mädchen starrten in seine Richtung. Das Geplauder verstummte. Glücklicherweise spielten die Musiker weiter, sodass die plötzliche Stille nicht ganz so ins Gewicht fiel. Die jungen Damen begannen leise untereinander zu tuscheln, und die jungen Männer taxierten den neuen Rivalen aufmerksam. Auch Luke musterte den jungen Mann und fand, dass er ziemlich eingebildet wirkte.

Der Neuankömmling schien sich nicht unwohl zu fühlen angesichts der vielen Blicke, die auf ihn gerichtet waren. Stattdessen lächelte er charmant in die Runde und durchschritt dann selbstbewusst den Ballsaal. Die Röcke der Frauen raschelten, als sie sich nach ihm umdrehten. Als er bei Caroline angekommen war, schafften es die meisten Männer im Raum, die Aufmerksamkeit der Damen wieder auf sich zu lenken, und sowohl die Gespräche als auch der Tanz nahmen langsam wieder ihren Lauf.

»Mr Brown. Es ist mir eine Ehre, dass Sie heute Abend hier sind«, sagte Caroline mit vor Aufregung zitternder Stimme, und ihre Wangen wurden unter seinem Blick glühend rot. Er lächelte, nahm ihre Hand und küsste sie mit einer Verbeugung. »Es ist mir eine Ehre, eingeladen zu sein«, antwortete er mit charmanter Stimme, und Celina fiel wieder sein Akzent auf. Jonathans Blick wanderte zu Luke, der neben Caroline stand. Beide musterten sich kurz. Keiner wusste so recht, was er vom anderen halten sollte. Der Höflichkeit halber verbeugten sich beide stumm zum Gruß voreinander. Als Nächstes heftete sich Jonathans Blick auf Celina und blieb an dem strahlenden Blau ihrer Augen hängen. Jonathans Lächeln ließ Grübchen in seinen Wangen erscheinen, die sein Gesicht umso attraktiver machten. Unter Jonathans Blick dachte Celina nicht viel. Es war ihr gar nicht möglich, viel zu denken, wenn dieser Mann sie *so* anschaute. Sie *wusste*, dass sie hübsch war. Sie hatte sich heute oft genug im Spiegel betrachtet, und sie hatte genug Bestätigung von den Leuten um sich herum bekommen. Irgendwie hatte sie das Gefühl, dass ihre Schönheit Jonathan Brown zumindest für diesen Abend gefangen genommen hatte. Das würde sie sich nicht nehmen lassen. Ihre Arme waren schwer und ihre Hände schwach, als Jonathan auch ihre Hand nahm und sie küsste, aber anmerken ließ sie sich nichts. Als Jonathan sich wieder aufrichtete, fragte er nicht lange, ob Luke zu der Gastgeberin oder dem schönen blonden Mädchen gehörte.

»Tanzen Sie mit mir?«, fragte er Celina mit einem Blick in den Augen, als wäre er ein kleiner Junge, der fragte, ob sie ihm den Weg nach Hause zeigen könne.

Celina nickte kaum merklich und nahm seinen Arm. Als er sie zur Tanzfläche führte, versuchte sie ihr triumphierendes Lächeln nicht zu offen zu zeigen. Sie wusste, dass die meisten Augen immer noch auf Jonathan gerichtet waren – und damit auch auf seine ausgewählte Tanzpartnerin. Sie konnte sich vorstellen, wie manche der jungen Frauen nun vor Neid fast platzten.

Luke blickte Celina ebenfalls hinterher. Einen kleinen Stich gab es ihm schon ins Herz, dass der arrogante Schotte ihm seine hübsche Cousine entführt hatte. Aber nur einen kleinen. Er wandte sich zu Caroline um, statt sich länger zu ärgern, und konnte in Carolines Gesicht wie in einem Buch lesen, dass sie um ihre Fassung rang. Sie starrte Celina und ihrer Eroberung entsetzt hinterher. Caroline kämpfte gegen die Enttäuschung und die Wut, die in ihr aufstiegen, an.

»Möchten Sie tanzen?«, fragte Luke lächelnd und hielt ihr seinen Arm entgegen.

Caroline sah zu seinem freundlichen Gesicht auf. Es dauerte einen kurzen Moment, bis sie sich dazu durchringen konnte, ihren Zorn gegenüber ihrer Freundin hinunterzuschlucken. Schließlich nahm sie seinen Arm, und Luke führte sie auf die Tanzfläche. Bald schon ließ die Musik die beiden vergessen, dass sie soeben – mehr oder weniger stark – verärgert gewesen waren.

»Schau sie dir an«, sagte Katherine Whitehouse, eine große, dünne junge Frau in Celinas Alter. Sie trug eine strenge Hochsteckfrisur, die sie nur noch größer machte, als sie sowieso schon war.

Ihre Freundin Miranda drehte sich mit einem Glas Punsch in der Hand um. »Wen meinst du?«

»Celina Elizabeth Auburn. War ja klar, dass sie sich den Kerl schnappen muss.«

Mirandas Augen wurden groß vor Empörung. »Sie tanzt … mit … *ihm*.«

»Wer ist sie?«, fragte der junge Mann namens Josh neben Miranda interessiert. Er hatte lockiges braunes Haar, das etwas länger war als es die Männer gewöhnlich trugen, aber dennoch nicht so, dass es unschicklich ausgesehen hätte. Er war ein entfernter Verwandter von Katherine Whitehouse, der ihre Familie für einige Monate in Tainbridge besuchte.

»Niemand«, antwortete Miranda schnippisch und wandte sich von der Tanzfläche ab, als wäre es langweilig, dem Paar weiter beim Tanzen zuzusehen.

»Nur ein kleines arrogantes Ding, dem es nicht reicht, einen gutaussehenden Cousin als Begleitung zu haben«, sagte Katherine und schaute Josh herausfordernd an. »Deren Familie nur wenige Dienstboten beschäftigt …«, sie sah sich selbstgefällig um, bevor sie weitersprach, »weil ihre Mutter selbst mal ein Dienstmädchen war.« Der Mann, der sich nach Celina erkundigt hatte, zog verwundert seine buschigen Augenbrauen nach oben. »Nichts für dich also«, fügte Katherine noch hinzu.

»Tanzen ist etwas für richtige Frauen. Nicht für kleine Flittchen mit einem süßen Lächeln«, schaltete sich nun auch Miranda wieder ein. Mit diesen Worten hängte sie sich bei Josh ein und zog ihn zur Tanzfläche.

»Wie heißen Sie?«, fragte Jonathan leise, als er Celina auf die Tanzfläche führte.

Sobald Celina ihren Namen genannt hatte, redete Jonathan erst mal nichts mehr. Er schien so selbstsicher in seinem Auftreten, aber andererseits war etwas Zögerliches in seinem Blick. Celina musste an sich halten, um nicht ein Gespräch anzufangen. Was wollte sie ihm nicht alles für Fragen stellen! Sie wollte seinen Blick verstehen. Aber er sah sie so durchdringend an, dass sie es nicht wagte, etwas zu sagen. Sie fühlte sich wie gefangen genommen, gefesselt von der Tiefe seiner grünen Augen. Gefesselt von seinem Händedruck, gebannt von seinem Tanzen und seinen Bewegungen. Er sah sie an, als wollte er ihre ganze Geschichte in ihren Augen lesen, anstatt sie in Worten mit seinen Ohren wahrzunehmen. Es schien, als wollte er ihre Persönlichkeit mit seinem Blick erfassen, ohne sie je reden gehört zu haben. Sie tanzten ein, zwei, drei Runden lang. Es waren ruhige Tanzmelodien, bei denen man sich nicht verausgabte. Als die Musik ausgelassener wurde, machte Jonathan endlich wieder den Mund auf: »Sie beobachten uns«, sagte er leise und ließ ihren Blick noch immer nicht los.

»Ich weiß«, flüsterte sie zurück. »Das machen die immer.«

Er zog die Augenbrauen hoch. »Das wundert mich nicht«, sagte er beschwörend, und seine Augen funkelten. Celina hatte ihn nur zu gut verstanden. Sie wünschte, sie würde nicht rot werden, doch sie kannte sich zu gut.

Sie hatten aufgehört zu tanzen und standen nun beim Kaminfeuer. Celina blickte auf die Tanzfläche, wo Luke inzwischen mit einem anderen Mädchen namens Sarah viel Spaß zu haben schien. Als sie Jonathans Blick von der Seite spürte, rang sie sich dazu durch, sich wieder dem Bann seiner Augen hinzugeben. Sie musste lachen. »Warum schauen Sie so?«, fragte sie.

»Nichts. Ich freue mich nur, dass ich das schönste Mädchen dieser Stadt an meiner Seite habe.«

Celina lächelte verlegen. »Sie kennen noch nicht mal alle Mädchen.«

»So?« Er zog die Augenbrauen nach oben und ließ seinen Blick demonstrativ durch den Raum streifen. »Welche denn nicht?«

»Na ja, alle, die nicht hier sind.«

»Und wer soll das sein?«

Celina schaute sich um. Tatsächlich waren eigentlich alle jungen

Frauen anwesend, die von Bedeutung gewesen wären. Keine ließ sich so ein Ereignis entgehen.

»Meine Schwester, zum Beispiel«, fiel ihr schließlich ein. »Lynnie.«

»Und sie ist auch so hübsch wie Sie?«

Nein, wollte Celina sagen, biss sich aber glücklicherweise noch rechtzeitig auf die Zunge und nickte stattdessen stumm. »Sie ist aber erst fünfzehn«, fügte sie hinzu. Eigentlich gefiel es ihr doch ganz gut, als das schönste Mädchen der Stadt zu gelten.

»Was machen Sie hier in der Stadt?«, platzte Celina schließlich mit ihrer ersten Frage heraus.

»Ich besuche meinen Bruder Andrew.«

Erst jetzt fiel Celina auf, dass Andrew Brown gar nicht auf dem Ball war. Er zählte auch noch zu den jungen Leuten, aber da er vor zwei Jahren die Firma seines Vaters übernommen hatte, kam er nur selten zu den gesellschaftlichen Veranstaltungen. Es hieß, dass er auch spät abends noch arbeite. *Wie der Vater, so der Sohn*, sagten die Leute immer. Vermutlich spielte der Fleiß von Mr Brown Senior und seinem Sohn Andrew Brown eine große Rolle dabei, dass Brown' s Productions in so kurzer Zeit so erfolgreich geworden war. Dass Andrew Brown noch einen Zwillingsbruder hatte, wusste Celina erst seit dem Nachmittag, an dem Caroline ihr von der Ankunft Jonathans erzählt hatte. Ob er wohl auch so tüchtig war?

»Was machen Sie, wenn Sie zu Hause in Schottland sind?«, fragte Celina weiter und konnte ihre Neugier einfach nicht stoppen.

»Ich … reite, gehe auf die Jagd«, Jonathan überlegte, was er ihr noch erzählen wollte und beschloss, nichts weiter zu sagen. *Also nicht so fleißig*, dachte Celina, aber sie fand das in diesem Moment eigentlich sowieso viel sympathischer.

»Haben Sie ein großes Gut, auf dem Sie wohnen?«

Jonathan wiegte seinen Kopf leicht hin und her. »Nicht wirklich groß. Eher … überschaubar. Andere sagen klein dazu.« Er lachte, und Celina fand es schön, ihm dabei zuzuhören. *Reich muss er ja sein*, dachte sie, *wenn er außer Reiten und Auf-die-Jagd-Gehen nichts in Schottland zu tun hat.* »Warum besuchen Sie Ihren Bruder?«, fragte sie.

»Weil …«, er stutzte, »… ich ihn schon fast zwei Jahre nicht mehr gesehen habe.«

»Wie lange muss man denn von Ihnen zu Hause in Schottland bis hierher reisen?«

»Lange.«

»So lange, dass Ihr Bruder nicht mehr nach Schottland zurückgekehrt ist, seit er vor zwei Jahren die Firma übernahm?«

Jonathans Kiefermuskeln spannten sich kurzzeitig an, dann hatte er sich wieder im Griff. »So viele Fragen?«

Celina hätte am liebsten zu Boden geschaut. Es gehörte sich nicht, als Frau so viele Fragen zu stellen, aber anstatt sich zu schämen, schaute sie ihrem Gegenüber offen in die Augen. »Ich möchte einfach wissen, wer der Mann ist, der mir so schmeichelt.«

»Lassen Sie uns tanzen, Celina«, sagte Jonathan, ohne weiter auf ihr vorheriges Gesprächsthema einzugehen. Er hielt ihr den Arm hin, und Celina ließ sich, wieder gefangen von seinem Blick, auf die Tanzfläche führen.

Ihr gutes Gefühl hielt noch an, als der Abend längst vorüber war, und sie schon wieder daheim in ihrem Bett lag. Jonathan Brown ging ihr nicht mehr aus dem Kopf.

»Reiten Sie gerne?«, hatte er sie am Schluss gefragt.

Celinas Herz machte einen Satz. Er wollte sich tatsächlich mit ihr treffen! Ach, aber … reiten? »Es ist noch so kalt draußen. Und nass«, suchte sie eine Ausrede.

»Nächste Woche nicht mehr«, kam die selbstsichere Antwort.

Celina nickte langsam. Reiten gehörte nicht zu ihrer Lieblingsbeschäftigung, aber das machte nichts. »Dann in einer Woche?«, fragte sie und sah mit ihren vor Aufregung geröteten Wangen wunderschön aus.

»Am Waldrand, auf dem Weg zu Ihrem Gut? An der Weggabelung zur Stadt hin?«, fragte Jonathan, und Celina hatte genickt. Dann hatten sie noch eine Uhrzeit vereinbart, und seitdem schwebte sie wie auf Wolken, wenn sie ging.

In einer Woche! Oh, die Zeit hätte für Celina dahinfliegen können!

Wie sollte sie nur die nächsten Tage überstehen, wenn sie bereits ein paar Stunden, nachdem sie sich getrennt hatten, nicht einschlafen konnte, und die Zeit zu langsam verstrich?

Luke war seiner Cousine gegenüber ungewöhnlich schweigsam in den nächsten Tagen. Wenn Celina es bemerkte, so störte sie es nicht weiter. Auf die Idee, nach dem Grund zu fragen, kam sie schon gar nicht. Sie war in Gedanken bei dem letzten Ballabend. Vor allem bei der Person, mit der sie immer getanzt hatte.

Der Wind hatte nun endlich auch die letzten Regenwolken vertrieben, sodass der Himmel sich in strahlendem Blau zeigte, und die Sonne anfing, den feuchten Boden zu trocknen. Die Vögel zwitscherten fröhlich und verkündeten den langersehnten Frühling. Mary-Ann genoss diese ersten Sonnenstrahlen, als sie Ella einen Brief schrieb.

Liebe Ella,
du fragst, ob Luke sich gut eingelebt hat. Ja, das hat er, und er ist ein großer Segen, ich würde fast sagen, ein Geschenk des Himmels und die Antwort auf ein Gebet. Jeremy hat in ihm einen »großen Bruder« gefunden. Wie du dir vorstellen kannst, kommt das dem Frieden im Haus sehr zugute. Auch mit Lynnie versteht Luke sich gut, was für mich besonders erfreulich ist. Sie scheint Vertrauen zu ihm zu haben. Er durfte ihr sogar beim Malen zusehen, was sie normalerweise nicht so gerne hat.

Vor drei Tagen hat Celina Luke zu einem Ball mitgenommen. Celina schwebt seitdem auf Wolke sieben, sie hat wohl einen neuen Schwarm. William meint, sie sei ja auch im heiratsfähigen Alter, und es sei nur gut, dass sie sich umsähe. Ich wünschte, ich würde mich von ihm überzeugen lassen können, dass meine Sorgen unberechtigt sind. Sie ist ein so leichtfertiges Mädchen. Ich bin mir nicht sicher, ob sie in der Lage ist, die richtigen Entscheidungen in diesem Bereich zu treffen. Ich hoffe einfach, dass ich den jungen Mann bald kennenlernen kann, der es geschafft hat, dass sie mit verklärtem Blick durch das Haus tanzt. Ach, wenn ich daran denke, dass ich in ihrem Alter bis über beide Ohren in William verliebt war … Meine Hoffnung ist, dass Luke Celina ein wenig den Kopf zurechtrücken kann. Er ist ein so unkomplizierter, anständiger junger Mann.

Aber nun genug von mir. Sag, wie geht es dir und deiner Familie? Ich kann es kaum erwarten, deinen nächsten Brief in den Händen zu halten.

Ich grüße dich, meine Freundin.

In Liebe,

Mary-Ann

5

Am nächsten Sonntag machte sich die ganze Familie Auburn auf, um in die Kirche zu fahren. Mary-Ann liebte diesen Tag. Sonntag war der Tag des Herrn, ein besonderer Tag. Auch die Sonne schien sich dessen bewusst zu sein, denn sie strahlte nur so vom Himmel, als wollte sie die Wochen des Winters und des Regens wieder wettmachen.

Celina war aufgeregt, weil sie hoffte, Jonathan wiederzusehen. Gespannt saß sie in ihrer Kirchenbank und drehte sich ständig zum Eingang um, ob er nicht bald kommen würde. Dass Luke neben ihr genervt die Augen verdrehte, fiel ihr nicht auf. Als der Gottesdienst begann, war Jonathan Brown immer noch nicht aufgetaucht, aber jetzt konnte sie sich auch nicht mehr alle zwanzig Sekunden umdrehen. Sich auf die Predigt zu konzentrieren, war auch ausgeschlossen. *Er wird ja wohl in die Kirche gehen*, dachte Celina. War das in Schottland etwa nicht üblich? Jeder ging in die Kirche. Es gehörte sich. Er *musste* kommen.

Mary-Ann sah sorgenvoll zu Celina hinüber, die so unruhig und nervös wirkte. Wenn sie doch nur auf die Worte hören würde, die vorne gesprochen wurden. Doch als sie Celinas abwesenden Gesichtsausdruck sah, als das Lied »Jesus, Heiland meiner Seele« gesungen wurde, war ihr klar, dass Celina nicht bei der Sache war. Mary-Ann schickte ein leises Gebet zum Himmel, dass Celina Jesus wirklich kennenlernen durfte, dass sie ihn als Heiland ihrer Seele erfahren würde, so wie sie selbst ihn auch erfahren hatte. Mary-Ann wusste, dass ihr Gebet nicht an den Kirchenwänden abprallen würde. Gott hörte ihr zu.

Der Segen war gesprochen, die Orgel setzte ein, der Gottesdienst war zu Ende. Celina stand auf, und ein Strahlen ging über ihr Gesicht, als sie Jonathan in der letzten Reihe neben Andrew Brown sitzen sah.

Jonathan sah Celina auch und lächelte, als er zum Gruß nickte. Für Celina war der Tag gerettet. Am liebsten wäre sie bei ihm stehen geblieben, als sie mit ihrer Familie die Kirche verließ. Aber da ihr nichts einfiel, was sie hätte sagen können, ging sie langsam an ihm vorbei, sich wohl darüber bewusst, dass er sie beobachtete. Wahrscheinlich hatte er wieder diesen funkelnden Schalk in den Augen, der ihr schon bei ihrem ersten Treffen in der Stadt aufgefallen war.

Als Celina die Stufen der kleinen Stadtkirche hinuntertrat, schien ihr die Sonne zur Begrüßung freundlich ins Gesicht. Mary-Ann und William strebten auf Dr. Justin Barnes zu. Joyce hielt sich an Mary-Anns Rock fest und strahlte ihren Onkel Justin an. Onkel und Nichte verstanden sich ausgezeichnet.

Luke hatte Lynnie zu zwei jungen Mädchen mitgenommen, die er auf dem Ball kennengelernt hatte, Sarah und Mandy. Sie waren zwar ein bisschen älter als Lynnie, aber sie waren, wie er fand, sehr freundlich und konnten Lynnie nur guttun. Sie musste unbedingt ein bisschen unter die Leute kommen.

Jeremy tollte mit einigen anderen Jungen aus der Stadt über den Kirchenhof. Celina sah, wie Caroline in Richtung Luke marschierte und sie keines Blickes würdigte, obwohl sie sicher war, dass ihre Freundin sie gesehen hatte. Caroline war offensichtlich noch etwas sauer, dass sie Jonathan beim Ball ganz für sich selbst beansprucht hatte. Celina seufzte, als sie erkannte, dass sich jeder wunderbar zu unterhalten schien. Sie ging an den vielen kleinen Gruppen von Menschen vorbei, die hier nach dem Gottesdienst noch zum Plaudern verweilten, bevor die Familien dann zum Mittagessen nach Hause fahren würden. Viele grüßten Celina freundlich, und sie grüßte zurück, aber sie hatte keine Lust, mit jemandem ein längeres Gespräch zu beginnen. Sie drehte sich um, ob Jonathan schon aus dem Gebäude gekommen war, aber sie konnte ihn nirgends entdecken. Also schlenderte sie auf den kleinen Friedhof neben der Kirche. Ohne nachzudenken ging sie zu dem Grab der Eltern ihrer Mutter, Lucy und Michael Barnes. Sie blieb davor stehen und starrte auf die Inschrift auf dem Grabstein. Ihren Großvater hatte sie nie kennengelernt. Er war vor ihrer Geburt gestorben, das Arbeitslager hatte seine Spuren hinterlassen. Doch es waren ihm noch ein paar glückliche Jahre zu Hause vergönnt gewesen. Auch an ihre Großmutter Lucy hatte Celina keine Erinnerung mehr, da sie starb, als Celina noch ein Kleinkind war.

»Celina!«, rief eine Stimme, und sie schreckte aus ihren Gedanken hoch. »Komm bitte!« Ihre Mutter rief. Schnell ging Celina den Weg an den Gräbern vorbei und stieg mit ihrer Familie in die Kutsche. Erst als die Pferde sich in Bewegung setzten, entdeckte sie Jonathan, der neben seinem Bruder ging. Jonathan zog den Hut vor der vorbeifahrenden Familienkutsche und schenkte ihr ein schelmisches Lächeln. Celinas Herz machte einen Satz, und sie lächelte zurück. Mary-Ann schaute ihre Älteste verwundert von der Seite an. Jonathan Brown war also der junge Mann, der Celina den Kopf verdreht hatte. Nun, das wunderte sie eigentlich nicht, er war ein gutaussehender junger Mann, der Anstand zu besitzen schien.

Beim Mittagessen schlug William vor, dass man einen Spaziergang machen könne, da doch die Wege wieder trocken waren. Diesem Vorschlag kamen alle gerne nach.

Luke tollte mit Jeremy voraus, Joyce ging an Lynnies Hand, Mary-Ann hatte sich bei William untergehakt, und Celina ging allein gedankenverloren in der Mitte. Irgendwann gesellte sich Luke zu Celina. Er hatte Jeremy einen Stab besorgt, der ihm nun als Wanderstock und Schwert diente, sodass er beschäftigt war.

Luke hatte seine Hände in den Hosentaschen vergraben und ging schweigend neben Celina her, obwohl er sie hin und wieder anschaute. Da Celina aber nur den Weg zu sehen schien, trafen sich ihre Blicke nicht. Etwas frustriert schaute Luke sich die Umgebung an.

»Wie hat dir der Ball gefallen?« Celinas Stimme schreckte Luke fast auf. Sie hatte also doch bemerkt, dass er neben ihr herging.

Er räusperte sich. »Äh, gut. Sehr gut sogar. Ich hatte viel Spaß.«

»So, mit wem denn?«, fragte Celina neugierig.

»Luke!«, schrie Jeremy von vorne. »Komm mal!«

Luke runzelte die Stirn. Jetzt, als endlich ein Gespräch möglich schien, wollte er die Gelegenheit nutzen. »Ich unterhalte mich gerade, Jeremy. Warte noch ein Weilchen«, rief Luke zurück und wandte sich wieder seiner Cousine zu.

»Mit Caroline. Und einigen anderen Mädchen.«

Celina warf ihm einen kurzen Blick zu.

»Du hast dich ja anscheinend auch prächtig amüsiert«, sagte Luke.

»Wie meinst du das?«, fragte sie misstrauisch.

Luke zuckte die Schultern. Wie sollte er ihr das nur sagen?

Celina blieb stehen, als sie merkte, dass hinter seiner Bemerkung doch mehr zu stecken schien als eine bloße Feststellung. Luke hielt ebenfalls an. Lynnie und Joyce überholten die beiden, auch Mary-Ann und William gingen vorbei.

»Seid ihr schon müde?«, fragte William lachend, ohne eine Antwort zu erwarten, und drückte Mary-Anns Hand kurz, die wieder einmal einen viel zu sorgenvollen Blick in den Augen hatte.

Celina schaute Luke erwartungsvoll an, der seinerseits den doch noch etwas matschigen Boden und den Dreck auf seinen Schuhen betrachtete. Er holte tief Luft. »Hast du nicht bemerkt, wie die Mädchen über dich geredet haben?«

Celina war überrascht. Luke machte sich um das Gerede der eifersüchtigen Mädchen Sorgen? »Was haben sie denn geredet?«, fragte sie.

»Sie waren nicht sehr begeistert, wie du ihnen den begehrtesten Mann weggeschnappt hast.«

»Und das ist alles?«, fragte sie ein wenig amüsiert. »Natürlich sind sie neidisch.«

Luke schluckte. Nein, es war nicht alles. Er biss die Zähne zusammen, sodass sich seine Kiefermuskeln sichtbar anspannten.

»Oder warst du etwa eifersüchtig?«, fragte Celina frei heraus. Sie redete nicht gerne um den heißen Brei herum.

Luke schaute auf. *Ehrlich?,* fragte er sich selbst in Gedanken. Und er entschied sich für Ehrlichkeit. Das war ihm in Bezug auf Celina irgendwie besonders wichtig. »Ein bisschen schon«, gab er zu.

Celina schaute zur Seite. *Vielleicht hätte ich wirklich wenigstens einen Tanz mit ihm tanzen sollen*, schaltete sich ihr Gewissen ein. »Tut mir leid«, sagte sie. »Ich wollte dich nicht stehen lassen«, fügte sie noch hinzu.

Ach nein?, dachte Luke und lachte in Gedanken darüber, dass *er* versuchte, ehrlich zu sein und seiner Cousine die Heuchelei nicht allzu schwerzufallen schien. Es machte ihr wenig aus, dass sie ihn stehen gelassen hatte. Er war sich sicher, dass sie es das nächste Mal nicht anders machen würde. Aber das war nicht das eigentliche Problem. Er konnte sich schließlich auch gut selbst beschäftigen. Celina beäugte ihn von der Seite und versuchte abzuschätzen, ob er mit ihrer Entschuldigung zufrieden war oder nicht. Doch es gelang ihr nicht wirklich.

»Macht es dir denn gar nichts aus, wenn die anderen verärgert sind?«, fragte er, um das Gespräch nicht abreißen zu lassen.

Celina schob ihre Lippen vor, wie immer, wenn sie nachdachte. »Nein«, sagte sie dann entwaffnend ehrlich.

Luke nickte. »Wenn du bekommst, was du willst, ist dir alles andere egal, oder?«, sprach er seinen Gedanken laut aus.

Celina sog, überrascht über die Antwort, die Luft ein. Hatte er recht? Sie musste zugeben, dass er sie gut einschätzen konnte. Er kannte sie fast besser als sie sich selbst, wenn er sie mit solchen Erkenntnissen überraschen konnte. Es lag vermutlich daran, dass sie nicht viel über ihren Charakter nachdachte.

»Ist das schlimm?«, fragte sie ihn.

»Kommt darauf an«, sagte er und lachte leise.

»Worauf?«

»Ob du damit die anderen übergehst oder nicht.«

Celina dachte nach. Sie hatte keine Lust, auch noch auf die anderen zu achten. Sie zuckte mit den Achseln. »Es ist schon anstrengend genug, mich um mich selbst zu kümmern und für mich zu denken«, sagte sie.

Luke machte große Augen über dieses Geständnis. »Du weißt aber schon, was von einer Frau erwartet wird.« Er machte eine kurze Pause, um Celina nachdenken zu lassen. »Hilfsbereitschaft, Güte, Humor. All diese Tugenden. Nicht Denken.«

»Nicht denken? Luke, wir leben nicht mehr im tiefsten Mittelalter.«

Oh, da hatte er einen Nerv getroffen. Sie gehörte also auch zu den Frauen, die auf das Zugeständnis der Gesellschaft für eigenständiges Denken von Frauen hofften – wogegen er grundsätzlich nichts einzuwenden hatte. Doch sie hatte ihn falsch verstanden: »Ich meinte nicht selbstständiges Denken im Allgemeinen. Das ist schon in Ordnung. Ich meinte eher … egoistisches Denken, Celina.«

Das brachte ihm einen fassungslosen Blick von Celina ein. Sie schnaubte aufgebracht.

Luke reizte das zum Lachen, aber er hütete sich davor, es sie sehen zu lassen. »In Ordnung, reden wir über etwas anderes«, sagte er einlenkend, und Celina war froh, diesem schrecklichen Gesprächsthema entkommen zu sein. Er redete schon wie ihre Eltern. Eine kurze Weile liefen sie schweigend nebeneinander her. Kurz bevor sie die anderen wieder eingeholt hatten, fragte Celina leise: »Luke?«

»Hm?«

»Morgen treffe ich mich mit Jonathan Brown.«

Die Ankündigung überraschte Luke nicht. »Und?«, fragte er.

»Ich will es meinen Eltern nicht sagen.«

Das wiederum verwunderte ihn. »Und warum nicht?«

Celina kaute auf ihrer Unterlippe herum. »Ich weiß nicht.«

Luke schnaubte etwas verächtlich durch die Nase. »Ach, Celina.« Keiner von beiden sagte etwas. »Du weißt doch eigentlich genau, weshalb du es nicht deinen Eltern sagen willst«, ergriff Luke wieder das Wort.

Als Celina nicht antwortete, sprach er weiter: »Weil es sich nicht schickt, dass sich eine hübsche junge Frau alleine mit einem Mann trifft, den sie kaum kennt.«

Celina blickte zu Boden. »Es schickt sich nicht und könnte dazu auch noch gefährlich sein«, redete Luke weiter.

»Jonathan wird mir nichts tun, Luke«, wandte Celina ein.

Lukes Körper verkrampfte sich kurz. Er glaubte es ja auch nicht. Aber möglich war alles. Jonathan wirkte zwar eingebildet, aber nicht gefährlich.

»Ich … würde ihn so gerne sehen«, schwärmte Celina. »Nur für eine Stunde mit ihm ausreiten und reden, sonst nichts.« Sie schaute sehnsüchtig in den Himmel. »Ich würde ihn liebend gern näher kennenlernen … Ein Ausritt ist eine gute Gelegenheit dazu. Und es ist völlig harmlos.«

Versucht sie sich selbst davon zu überzeugen, dass es richtig ist?, fragte sich Luke mit einem mulmigen Gefühl im Bauch.

»Könntest du … Ich meine, ich wollte es dir sagen, damit du weißt, wo ich bin. Aber bitte, sage meinen Eltern nichts!«

»Was willst du ihnen denn erzählen, wo du bist?«

»Dass ich mit Caroline ausreite.«

»Und das werden sie dir glauben?«

Celina öffnete den Mund und schloss ihn wieder. »Ich denke schon«, sagte sie dann. »Vater wird sowieso in der Stadt in der Kanzlei sein.«

Luke seufzte. Eigentlich fand er die Idee nicht gut. Gar nicht gut. Trotzdem kannte er sich zu gut, als zu glauben, dass er Celina ihre Bitte abschlagen würde. »Von mir aus«, hörte er sich sagen und schämte sich selbst dafür. Er wusste, dass er sie überzeugen sollte, es doch ihren Eltern mitzuteilen. Seinetwegen sollte sie Jonathan treffen, aber nicht ohne das Wissen ihrer Eltern.

»Versprochen?«, fragte Celina mit einem schmelzenden Blick in den Augen, dem einfach keine Bitte abzuschlagen war.

Luke hatte ein zu weiches und gutmütiges Herz. »Ja, versprochen«, stimmte er zu und blendete erfolgreich alle Einwände in sich aus.

»Oh, danke, Luke!« Celina strahlte. »Du bist ein wahrer Freund.« Sie küsste ihn auf die Wange und Luke spürte, wie es ihn freute, dass sie glücklich war.

6

Luke quälte ein schlechtes Gewissen, als er mit William am nächsten Tag in der Kanzlei war und arbeitete. Er war angespannt und schwor sich, nie wieder ein solches Versprechen abzugeben.

Celina stattdessen war schrecklich aufgeregt. Am Nachmittag, als Celina sich auf den Weg zu dem Treffpunkt mit Jonathan machte, fragte sie sich, wie sie die Spannung, die sie in sich fühlte, überleben sollte. Sie blickte auf ihre zitternden Hände, die die ledernen Zügel hielten. Sie saß auf dem Pferd ihrer Mutter, Pilgrim, das langsam den Weg zum Waldrand entlangtrottete. Der Hengst war schon alt und von ihrem Vater persönlich zugeritten worden. Er war das einzige Pferd, mit dem sie sich überhaupt traute, alleine zu reiten. *Ich werde Jonathan sehen, ich werde ihn sehen, ich werde ihn sehen. Heute. Bald,* tönte es beständig in ihrem Kopf, sodass sie glaubte, sie müsse verrückt werden. *Jetzt!* Sie sah Jonathan von Weitem auf einem schwarzen Pferd thronen. Ihr Herz klopfte laut, als sie Pilgrim neben ihn lenkte.

»Hallo«, grüßte Jonathan sie.

»Guten Tag, Mr Brown«, sagte Celina und wunderte sich über den ruhigen Klang ihrer Stimme, von der sie erwartet hatte, dass sie zittern, quietschen oder versagen würde. Doch sie ließ sie glücklicherweise nicht im Stich.

Jonathan presste seine Fersen in den Bauch seines Pferdes und ritt neben Celina her.

»Ich liebe den Wald«, bemerkte Jonathan. »Da wo ich herkomme, gibt es kaum Wald.«

»Warum bleiben Sie dann nicht hier?«, platzte Celina heraus.

Jonathan schaute sie an. »Das würde ich gerne machen.«

»Und warum zögern Sie?«

»Es sind noch … einige Dinge abzuwarten.«

Celina hätte nur zu gern weitergefragt. Aber diesmal schaffte sie es, ihre Neugier zu zügeln. Eine Frau sollte nicht so viel reden und schon gar nicht so viele Fragen stellen.

»Wo würden *Sie* gerne leben?«, fragte Jonathan nach einer kurzen Pause.

»Wie meinen Sie?«

»Na ja, wenn Sie es sich aussuchen könnten: Wo würden Sie dann leben wollen?«

Sie lachte verwundert. »Das geht nicht«, sagte sie.

»Warum nicht?«

»Ich werde da leben, wo mein Mann leben wird. So ist das.«

Jonathan schüttelte den Kopf. »Denken Sie einmal nicht an die Umstände und die Gesellschaft. Blenden Sie alles aus, und malen Sie sich einen Platz aus, an dem Sie gerne sein möchten, an dem Sie jeden Morgen aufwachen würden und sich darüber freuen könnten, wie schön es doch dort ist.«

Celina schloss kurz die Augen. Dann lachte sie wieder. »Das kann ich nicht.«

»Versuchen Sie es.«

Wieder schloss sie die Augen. »Es wäre ein Ort am Meer«, sagte sie nach einer kurzen Überlegungspause. »An der Küste, mit vielen Muscheln, die ich am Strand sammeln könnte, um eine Kette daraus zu machen.«

Sie öffnete die Augen wieder. »Zufrieden?«

»Sehr.« Er grinste sie an.

»Und wo würden Sie gerne leben?«

»In Amerika«, kam die prompte Antwort.

Celina war erstaunt. *Amerika?* »Aber es geht Ihnen doch gut hier«, bemerkte sie. Sie wusste, dass die meisten Menschen deshalb die gefährliche Reise nach Amerika auf sich nahmen, um Hunger, Armut oder Verfolgung zu entkommen.

»Ich mag das Abenteuer«, erklärte Jonathan. »In Amerika ist man frei und unabhängig. So stelle ich es mir zumindest vor.« Er grinste.

»Aber sind Sie hier nicht auch frei?«, fragte sie verwundert.

Jonathan schwieg und schaute hinauf zu den Bäumen. »Manchmal schon«, sagte er schließlich und sah sie wieder an.

Und manchmal nicht?, wollte Celina fragen. Wieso sollte er nicht unabhängig sein? Es hieß, er habe ein großes Vermögen in Schottland. Doch sie kam nicht dazu ihre Frage zu stellen, denn er kam ihr zuvor.

»In Amerika gibt es auch eine Küste mit Muscheln«, sagte er schelmisch, und Celina fühlte sich geschmeichelt. Sie genoss die Zeit sehr, in der sie mit Jonathan durch den Wald ritt. Im Gegensatz zu dem Abend des Balls, an dem sie die meiste Zeit geschwiegen hatten, unterhielten sie sich erstaunlich gut. Jonathan hielt wenig von der üblichen Meinung, dass Frauen nicht auch über politische oder wirtschaftliche Dinge nachdenken und reden sollten. Er fragte sie nach ihrer Meinung und Celina hatte Freude daran, mit ihm zu diskutieren. Manchmal schwiegen sie für eine kurze Zeit, aber die Vögel sorgten dafür, dass es nicht völlig still war.

Wenn Celina Jonathan von der Seite betrachtete, spürte sie, wie ihr Herz pochte. Fühlte sich so Liebe an? Meistens bemerkte Jonathan, dass sie ihn anschaute, aber sie wandte ihren Blick nie verlegen ab, damit sie nicht verpasste, wie ein Lächeln sein Gesicht erhellte.

Nach einiger Zeit wurde der Wald lichter, und sie kamen zu einem Stück Wiese, auf das die Sonne schien.

Jonathan sprang von seinem Pferd und half Celina abzusteigen. Er band die Pferde an einem Baum fest. Leider war der Boden zu nass, als dass man sich ins weiche Gras hätte setzen können. Ein leichter Wind ging, aber er war nicht zu kalt. So schlenderten sie über die Wiese, Jonathan mit seinen Händen in den Hosentaschen, Celina ihr Reitkleid etwas geschürzt. Sie sprachen nichts, aber die Stille war nicht bedrückend.

»Heute ist ein perfekter Tag«, seufzte Celina plötzlich glücklich – und ärgerte sich einmal mehr, dass sie ihre Gedanken jedes Mal laut aussprach, bevor sie überlegte, was sie eigentlich sagte. Jonathan nahm es ihr zwar nicht übel, aber es reizte ihn jedes Mal zum Lachen, was Celina ein ums andere Mal rot werden ließ.

Auch diesmal zeichneten sich in seinem Gesicht die Grübchen ab, die Celina so gerne sah. Noch dazu sah er sie wieder so an, dass sie sich nicht aus seinem Bann lösen konnte. Es war ihr, als wäre sie im Rausch. Aber irgendwas hielt sie davon ab, sich ganz diesem Strudel hinzugeben, der sie näher zu ihm hinziehen wollte. Sie wandte sich ab, um seinem Blick zu entkommen. »Die Sonne wird schwächer«, sagte sie, um die Spannung zu lösen und um ihre eigenen Gedanken abzulenken.

Jonathan sah ebenfalls zum Himmel hoch. »Wird wohl Zeit, zurückzureiten.« Er bot ihr den Arm an, und sie nahm ihn.

»Haben Sie schon einmal darüber nachgedacht, dass die Eichhörnchen für die Vielfalt des Waldes mitverantwortlich sind?«, fragte Jonathan, als er ihr aufs Pferd half.

Celina musste wieder lachen. *Worüber macht er sich nur immer Gedanken?* Sie schüttelte amüsiert den Kopf.

»Doch, doch«, erwiderte Jonathan, während er sich auf sein Pferd schwang. »Weil sie ihre Nüsse und Beeren vergraben und nicht wiederfinden. Und im Frühling werden diese vergessenen Schätze zu neuen Sträuchern.«

Sie lachte, und er hatte sichtlich Spaß daran, sie zu verwundern und zum Lachen zu bringen.

Später am Abend, als Celina schon längst wieder in ihrem Bett lag, fiel ihr auf, dass sie ihn gar nicht gefragt hatte, weshalb er damals nicht mit Andrew und seinem Vater nach Tainbridge gekommen war, um die Textilfirma mit aufzubauen.

Nach dem langen, anstrengenden Arbeitstag in der Kanzlei war Luke froh, dass sich der Zeiger an der Standuhr im Vorzimmer auf halb fünf zubewegte. Wenn nichts dazwischen kam, räumte William um diese Zeit langsam auf und verließ seinen Arbeitsplatz, um zu Hause mit seiner Familie Tee zu trinken. Heute hatte William gleich beide Fälle abgeschlossen, an denen er die letzten Wochen gearbeitet hatte. Bagatellfälle, aber beide waren froh, dass es vorbei war. Jetzt konnten vielleicht wieder einige Sachen bearbeitet werden, die schon lange unerledigt geblieben waren, wie zum Beispiel Akten durchsehen und sortieren. Für heute jedoch hatten sie genug getan. Luke saß an dem Tisch mit Blick auf die Eingangstür in die kleine Kanzlei, die auch ein Detektivbüro hätte sein können. Menschen mit den unterschiedlichsten und kuriosesten Anliegen standen hier im Türrahmen, die nicht immer unbedingt mit der Verteidigung vor Gericht zu tun hatten, der üblichen Aufgabe eines Advokaten. Manche der Menschen, die hereintraten, hatten viel Geld, manche hatten keinen Penny. William ließ sich von seiner Intuition leiten, wann es die Arbeit wert war, einen Menschen zu unterstützen und wann nicht. Dieser Wert hing für ihn nicht immer nur von der Größe des Vermögens ab. Dafür bewunderte Luke seinen Onkel. William verrichtete seine Arbeit nicht nur wegen des entsprechenden Einkommens gut. Sein Beruf verhalf ihm zu einem guten Ansehen in der Stadt, die Menschen respektierten ihn, und viele sahen sogar voller Bewunderung zu ihm auf. Doch wichtiger war es William, seinem Gewissen und Gottes Willen treu zu bleiben. Für Luke war es eine große Hilfe, bei einem solchen Anwalt lernen zu dürfen. Und ein bisschen machte es ihn sogar stolz, dass dieser Anwalt dazu noch der Bruder seiner Mutter war. Luke legte gerade den Stoß Blätter beiseite, den er noch einheften wollte, als die Klingel über der Tür läutete, und ein kalter Windstoß einige der Blätter vom Tisch fegte. Ein älterer kleiner Mann mit gekräuselten schwarzen Haaren stand im Raum, und stapfte mit seinen schmutzigen Stiefeln über den roten Teppichboden. »Ich möchte zu William Auburn«, sagte der Mann mit einem Tonfall, der keine Widerrede duldete.

Luke war Manns genug, um den Fremden erst einmal aufzuhalten. »Er ist gerade beschäftigt. Setzen Sie sich doch bitte so lange.« Er bot dem Mann einen Stuhl an. »Vielleicht kann ich Ihnen weiterhelfen?«

Der Mann schaute ihn das erste Mal richtig an. »Wer bist du überhaupt?«, fragte er verwundert, ohne wirklich eine Antwort zu erwarten. »Ach, papperlapapp – ich muss dringend mit Will reden.« Er machte zwei weitere Schritte auf Williams Bürotür zu, die sich zu Lukes großer Erleichterung sowieso gerade öffnete. »Bill«, sagte William überrascht. »Ist etwas passiert?«

»Würde ich sonst hier nach Feierabend aufkreuzen?«, antwortete Bill brummig.

William blickte kurz zu Luke. »Du findest sicher noch etwas zu tun …« Die beiden gingen ins Büro, und William schloss die Tür.

Enttäuscht setzte sich Luke wieder auf den Schreibtischstuhl und verfolgte den Zeiger an der Uhr. Wie gerne wäre er jetzt nach Hause gefahren und hätte mit Jeremy gespielt, der ihn sicher schon sehnsüchtig erwartete. Oder Joyce auf den Schoß genommen und sich mit Celina unterhalten. Oder Lynnie beim Malen zugeschaut. Sie malte wunderschön, und er hatte das Gefühl, dass sie durch ihre Bilder das ausdrückte, was sie mit Worten nicht über die Lippen bekam. Sie war ein besonderes, talentiertes Mädchen. Er seufzte. Aber jetzt war dieser Bill aufgetaucht, und irgendwie fühlte es sich so an, als wäre dies nicht nur eine Sache von fünf Minuten. Resigniert stand er auf und hob die Blätter auf, die der Wind vom Schreibtisch gefegt hatte. Er heftete sie ein und schaute dann ins Leere. Was sollte er jetzt tun? Die letzten Tage waren so stressig gewesen. Da hatte er nie fragen müssen, was als Nächstes zu tun sei. Aber jetzt? Akten sortieren? Nein. Das lohnte sich jetzt einfach nicht mehr.

Luke ging zu dem Regal hinter dem Schreibtisch und las die Titel der Bücher, die daraufstanden. Rechtslexikon, Rechtsphilosophie, Briefe und Politik, Grundgesetz, Repetitorium zur Rechtsgeschichte, Grundlagen Strafrecht, Bürgerliches Recht, Gesetzessammlungen, die Heilige Schrift. Beim letzten Buch hielt er inne und zog es heraus. Ziemlich in der Mitte lag ein Lesezeichen. Luke schlug die Bibel an dieser Stelle auf und las den Satz, der mit einem Stift markiert war. *Herr, du hörst das Verlangen der Hilflosen. Du schenkst ihnen Gewissheit und leihst ihnen dein Ohr. Du verhilfst Waisen und Unterdrückten zu ihrem Recht und machst aller Gewalt auf Erden ein Ende.* Fasziniert setzte Luke sich auf den Schreibtischstuhl, lehnte sich zurück und las weiter.

7

»Zigarre?«, fragte William und streckte Bill eine geöffnete Schachtel hin. Sie setzten sich und rauchten zunächst schweigend jeder ein paar Züge.

»Also, was gibt's?«, wollte William wissen und schaute seinen Freund an.

»Du wirst es nicht glauben«, brummte Bill.

William nahm einen Zug von seiner Zigarre. »Vielleicht doch.«

»Brown's Productions«, sagte Bill beschwörend und lehnte sich vor. William wusste, dass Bill seit der Gründung der Firma vor zehn Jahren bei Brown's Productions arbeitete. Ganz Tainbridge war stolz auf diese Firma und Bill ganz besonders, weil sie viel Wohlstand in die Stadt gebracht hatte. »Ich habe es immer gesagt, dass dieser Kerl zu jung ist, um so ein Unternehmen zu führen.« Bill lehnte sich wieder im Sessel zurück.

William runzelte die Stirn. Der Gründer der Firma war vor knapp zwei Jahren gestorben und hatte sie seinem fünfundzwanzigjährigen Sohn Andrew weitervererbt, der seitdem die Geschäftsleitung übernommen hatte. »Die Firma hat doch unter Andrew Brown nicht weniger Gewinn erzielt«, wandte William ein. »Ich halte ihn für geschickt und sehr intelligent.«

»Das wird sie aber bald.«

»Was wird sie bald?«

»Weniger Gewinn erzielen!« Bill sprang auf. Seine Wut, die er bis zu diesem Moment ganz gut unterdrückt hatte, kochte jetzt hoch. Sein Gesicht lief puterrot an, und die Halsschlagadern traten hervor. Er ging zum Fenster und wieder zurück, wie ein wütendes Tier im Käfig, die Hände zu Fäusten geballt. Für jeden Menschen, der Bill nicht kannte, wäre der Anblick wirklich furchteinflößend gewesen. William jedoch kannte seinen langjährigen Freund gut genug, um zu wissen, dass er von einer Sekunde auf die andere stocksauer werden konnte. Gelassen rauchte er seine Zigarre weiter.

»Wer auch immer es war, ich werde ihn finden und zur Strecke bringen. Niemand wird meine Firma ruinieren«, brüllte Bill, sodass Luke im Vorraum erschrocken von seinem Buch aufschaute.

Bill baute sich vor dem sitzenden William auf und hielt ihm seinen rechten Zeigefinger vor die Nase. »Ganz egal wer, Will. Wir müssen ihn stoppen.«

»Sabotageakte also«, schloss William aus diesen Informationen und drückte seine Zigarre aus. »Welcher Art?«

»Dieser …«, und stieß einige unflätige Schimpfwörter aus »… hat zwei Pferde samt Geschirr gestohlen, eine Menge Garn verdreckt, zwei Spinnmaschinen zerstört und dazu noch …« Den letzten Teil brüllte Bill heraus: »… den Webstuhl, an dem ich arbeite, kaputt gemacht.« Bill schnaubte wie ein wütender Stier in der Arena. »Das dauert mindestens zehn Tage, bis ich den repariert habe.«

»So wie ich dich kenne, schaffst du das schneller«, bemerkte William trocken.

»Und hast du auch schon einen Verdächtigen?«, fragte William dann nach einer kurzen Pause. Die Sache begann ihn zu interessieren!

»Ha!«, lachte Bill sarkastisch. »Da brauch ich mir nicht groß den Kopf zu zerbrechen. Das hat die Stadt schon für mich übernommen.« Er ließ sich wieder in seinen Sessel fallen. Jetzt wirkte er einfach nur noch müde. Wie ein großer Teddybär saß er zusammengesunken in den Polstern und schaute niedergeschlagen auf den Boden.

William war überrascht. »Und wen?«, fragte er mit zusammengezogenen Augenbrauen.

Bill schaute auf. »Dass du mit deinem intelligenten Köpfchen da nicht von selbst drauf kommst, wundert mich. Wer kam denn neu in die Stadt und hat helles Aufsehen erregt?«

Jetzt verstand William. »Jonathan Brown.« Er nickte gedankenverloren. Nach Mary-Anns Einschätzung hatte seine Celina ein Auge auf Jonathan Brown geworfen, aber William dachte, dass sie sich auch mit Luke ganz gut zu verstehen schien. »Glaubst du persönlich auch, dass er es war?«, fragte William direkt.

Bill ließ die Schultern hängen. »Seit der Geschichte mit den Barnes glaube ich dem Gerede der Leute gar nichts mehr«, meinte er kleinlaut und schüttelte den Kopf, als er an den vergangenen Fall dachte. William hatte damals die hinterhältige Geschichte um Mary-Anns Vater, Michael Barnes, aufgedeckt. Bill war damals einer von denen gewesen, die voreilig gegen Michael Barnes ausgesagt hatten.

William nickte. »Ja, da hast du wohl recht. Dem Geschwätz der Leuten darf man nicht alles glauben. Aber oft ist die verdächtigte Person ein guter Ansatzpunkt.« Er überlegte kurz. »Was macht Andrew Brown jetzt?«

Bill schnaubte durch die Nase. »Der sitzt wahrscheinlich in seinem Salon, trinkt Tee und starrt Löcher in die Luft.«

»Vermutlich überlegt er, was er nun tun soll. Das ist gar keine so schlechte Idee. Genau das werde ich jetzt nämlich auch machen.« Er stand auf und erntete einen entgeisterten Blick von seinem Gegenüber.

»Wie bitte?«, fragte Bill entsetzt.

»Wir können im Moment sowieso nichts unternehmen.«

Bill starrte ihn an, und William konnte sehen, wie er nach einem vernünftigen Widerspruch suchte. Als sein Freund alle Möglichkeiten verworfen hatte, stand Bill ebenfalls auf. »Na gut«, brummte er. »Aber sobald dein kluger Schädel auf irgendeine schlaue Idee gekommen ist, sagst du mir Bescheid. In Ordnung?«

»Zu Befehl, Sir«, salutierte William, während er lachend die Tür öffnete – und beinahe mit einem Mann zusammenstieß, der genauso groß war wie sein Neffe Luke, aber noch breiter und muskulöser. Dieser Mann trug einen sauber gepflegten Vollbart und hatte rötliches Haar. Vor ihm stand unverkennbar der neue Schwarm aller Mädchen: Jonathan Brown. William und Bill starrten den Schotten überrascht und wortlos an.

»Guten Abend, Mr. Auburn, ich bin Jonathan Brown«, stellte sich der gutaussehende Mann vor und streckte William die Hand entgegen. Es war nicht schwer gewesen zu entscheiden, wer der beiden Männer, die vor ihm standen, der Anwalt sein musste. »Ich komme mit einem dringenden Anliegen.«

William hatte sich rasch von seinem Schock, den jungen Mann gleich heute bei sich in der Kanzlei zu sehen, erholt und schüttelte die ihm angebotene Hand. Wie nicht anders zu erwarten, hatte Jonathan einen kräftigen Händedruck. »Mit einem solchen kommen die meisten zu mir«, antwortete William und lächelte sein Gegenüber freundlich an.

»So wie Sie aussehen, kann die Angelegenheit wohl nicht bis morgen warten!«, meldete sich Bill ungefragt und frei heraus. Es behagte ihm nicht, keine Beachtung zu bekommen. Luke, der hinter dem Schreibtisch stand, hielt den Atem an, was Jonathan Brown auf diese Frechheit antworten würde. Luke war genauso überrascht gewesen wie William, Jonathan hier zu sehen. Es konnte noch nicht lange her sein, dass er mit Celina unterwegs gewesen war. *Oh bitte sag, dass du auch morgen wiederkommen kannst!*

»Ich wünschte, ich könnte noch abwarten, aber ich fürchte, dass ich noch heute mit Mr Auburn sprechen muss«, antwortete Jonathan und ging auf Bills Unhöflichkeit nicht ein. Lukes Schultern sanken enttäuscht, und seine Augen wanderten sehnsüchtig zur Uhr. Er wollte nach Hause! Gleichzeitig legte sich seine Stirn in Falten. Dieser Besuch von Jonathan Brown hatte doch hoffentlich nichts mit Celina zu tun?

William bat Jonathan in sein Büro und schloss die Tür.

»Na, das kann ein langer Abend werden«, grummelte Bill, tippte höflich zum Abschied an den Hut und trat auf die Straße hinaus, um sich auf den Nachhauseweg zu machen. Luke hätte sich ebenfalls gerne auf den Weg gemacht. Was war das heute nur für ein Tag? Und was konnte denn so wichtig sein? Ob Jonathan William wohl um die Hand seiner ältesten Tochter bat? Sobald er den Gedanken vollendet hatte, schüttelte er den Kopf über sich selbst. Das war höchst unwahrscheinlich. *Unsinn*, sagte er zu sich selbst und wandte sich wieder seiner Lektüre zu. Was konnte sonst nur vorgefallen sein?

Als William und Jonathan endlich wieder aus dem Büro kamen, ging der Zeiger bereits auf sieben Uhr zu. Wenn jetzt nichts mehr dazwischen kam, würden sie wenigstens noch pünktlich zum Abendessen kommen. Jonathan und William verabschiedeten sich mit einem Händedruck, Mr Brown setzte seinen Hut auf und nickte kurz zum Gruß an Luke. Dann verließ er die Kanzlei.

Luke wollte brennend gerne wissen, was los war. Aber als er Williams nachdenklichen Gesichtsausdruck sah, wusste er, dass er seinen Onkel jetzt besser nicht stören sollte. So saßen sie schweigend nebeneinander in der Kutsche, und obwohl Luke die Neugier unter den Nägeln brannte, freute er sich noch viel mehr, endlich nach Hause fahren zu können.

Als sie in die Allee einbogen, die zum Gutshaus hinaufführte, schien William seine Meinung zu ändern. Anstatt seinen Neffen weiter im Ungewissen zu lassen, umriss er ihm plötzlich in aller Kürze das Problem. Morgen gleich würde er anfangen, sich damit näher zu beschäftigen.

Daheim angekommen begrüßte Mary-Ann die beiden und bemerkte Williams abwesenden Blick. »Das war ja heute ein langer Arbeitstag!«, sagte sie und sah ihn an aufmunternd an, doch er schüttelte nur den Kopf. *Später*, signalisierten seine Augen, und Mary-Ann nickte zustimmend. Doch besorgt fragte sie sich, was William so nachdenklich machte.

Beim Abendessen ging es schweigsamer als sonst zu. Luke saß neben Celina und versuchte, an ihrem Verhalten zu lesen, wie das Treffen mit Jonathan für sie verlaufen war. Aber wie schon die letzten Tage auch war sie irgendwo tief in ihrer eigenen Gedankenwelt verschwunden. So scherzte er ein wenig mit Joyce und Jeremy und versuchte, Lynnie mit in das Dreiergespräch einzubinden. Mary-Ann war froh, dass seine verständnisvolle Art Lynnies zurückhaltendes Wesen langsam herauszulocken schien.

Als Celina nach dem Essen vom Tisch aufstehen wollte, fasste Luke sie sachte an der Hand. Ihre Blicke trafen sich, und Celina verstand, dass er noch mit ihr reden wollte. Sie nickte stumm, und gemeinsam verließen sie den Raum. Ohne sich abzusprechen, steuerten sie beide auf den Garten zu, um ungestört und ungehört zu bleiben. Ihre Schritte knirschten auf dem Kies, als sie in der Dunkelheit an den Beeten vorübergingen.

»Bin ich froh, dich wieder hier zu sehen«, fing Luke an.

Das brachte Celina zum Lächeln. »Hast du dir Sorgen gemacht?«

Luke sog scharf die Abendluft ein. »Vorwürfe«, sagte er dann und atmete wieder aus.

»Das war nicht nötig«, sagte Celina und strahlte. »Vielleicht war das die schönste Zeit meines Lebens …«

Luke sah sie kurz von der Seite an, doch die Dunkelheit ließ ihn ihre Gesichtszüge nur erahnen. *Im Ernst?,* wollte er fragen, aber ließ es. Er schluckte. »Celina«, begann er und seufzte.

»Was ist denn?« Sie lachte, als er nichts sagte. »Luke. Was ist los?«

»Ach nichts.« Luke schüttelte den Kopf und verbannte damit all seine Gedanken. Er schaffte es zu lächeln. »Es freut mich, dass …« Er schwieg.

»Dass was?«

»Dass du glücklich bist.«

»Und?«, fragte Celina, verwundert über das Verhalten ihres Cousins. Was hatte er nur? Ach, aber eigentlich war es ihr egal. Vielleicht sollte sie aufhören, Luke von ihren Treffen zu erzählen, wenn es ihm Sorgen bereitete.

Sie gingen ein Stückchen weiter. Endlich fasste sich Luke erneut ein Herz und hielt Celina am Arm fest. »Ich muss dir etwas sagen. Ich wünschte, es wäre nicht so, aber … Jonathan Brown …« Er versuchte, ihr trotz der Dunkelheit und des wenigen Mondlichts in die Augen zu schauen.

»Was ist denn mit ihm?«

»Brown's Productions wird sabotiert. Vielleicht von Jonathan.«

»Was?«, sagte Celina etwas zu laut.

»Sch«, machte Luke und hielt sich den Finger an die Lippen.

»Dein Vater hat es mir erzählt. Jonathan war heute in der Kanzlei«, erzählte er leise weiter.

»Was soll das heißen?«, fragte sie. Jonathan war schon bei ihrem Vater gewesen? Nach ihrem Treffen?

»Er kam vermutlich, kurz nachdem ihr auseinandergegangen seid. Deshalb kamen wir so spät nach Hause.«

»Warum sollte Jonathan das tun?«, fragte Celina. »Es ist nicht wahr. Es kann nicht wahr sein.« Sie biss auf ihre Unterlippe, die plötzlich leicht zitterte. »Ich kenne ihn.«

»Celina, du kennst diesen Mann nicht«, sagte Luke eindringlich. »Du weißt nicht, warum er hier ist.« Er sah sie an. Er mochte sie wirklich, sie war ihm wichtig, und er wollte nicht, dass irgendjemand ihr weh tat. »Es wäre besser, wenn du dich nicht mehr mit ihm treffen würdest.«

Celina traute ihren Ohren nicht. »Das sagst du nur, weil du eifersüchtig bist, Luke.« Ihr Tonfall war verletzend. »Ich dachte, du wärst mein Freund.«

»Ich bin dein Freund, Celina. Aber verstehst du nicht, dass ...«

»Nein«, rief sie wütend. »Du bist kein Freund, wenn du dem Gerede der Leute sofort glaubst. Ich jedenfalls tue es nicht. Nicht, bevor ich nicht mit Jonathan gesprochen habe.« Mit diesen Worten drehte sie sich um und eilte aufgebracht den Weg zum Haus zurück. Luke machte sich nicht die Mühe, sie zurückzuhalten. Sie wollte nicht auf ihn hören. Daran ließ sich nichts ändern. Sie würden sich nur weiter streiten, wenn er noch mehr sagen würde. Er wusste einfach nicht, was er von diesem Jonathan Brown halten sollte. Irgendetwas störte ihn, störte ihn gewaltig. War er tatsächlich eifersüchtig, wie Celina es ihm vorgeworfen hatte? Er hoffte fast, dass sie recht hatte und dass seine düstere Ahnung, wenn er an Jonathan Brown dachte, unbegründet war.

In Celina kochte es. Jonathan und Sabotage? Wie bitte? Er wollte nach Amerika und nicht die Firma seines Bruders ruinieren! Wozu auch? Das konnte einfach nicht wahr sein. Die Leute redeten viel, wenn sich wieder einmal ein Verbrechen anbahnte und dann entstanden schnell Gerüchte. Aber Luke glaubte sie auch noch! Wütend ging Celina in ihrem Zimmer auf und ab. Sie hatte gehofft, dass er auf ihrer Seite wäre, aber da hatte sie sich wohl getäuscht. Luke war eifersüchtig, und wenn jemand eifersüchtig war, konnte man sich nicht auf ihn verlassen. Sie war enttäuscht von ihm und nahm sich vor, es ihm in den nächsten Tagen unmissverständlich zu zeigen. Plötzlich blieb sie stehen und schaute aus dem Fenster. Dort unten ging er gerade ins Haus. Seine Körperhaltung drückte Niedergeschlagenheit aus. Wütend schloss Celina die Vorgänge. Sie würde sich nicht erweichen lassen. Morgen würde sie eine Möglichkeit suchen, sich mit Jonathan zu treffen. Sie *musste* mit ihm reden, um sich Klarheit zu verschaffen.

8

Mary-Ann saß auf dem Stuhl vor ihrer Kommode im Schlafzimmer und öffnete ihr Haar, während sie William im Spiegel beobachtete, wie er langsam sein Jackett auszog und auf einen Stuhl legte. Sie kämmte ihre blonden Locken und dachte wieder einmal, wie sehr sie William liebte. Er war ein wunderbarer Mann, ihre Stütze, ihr bester Freund, ihr Geliebter. Es kam öfter vor, dass William völlig in Gedanken verloren nach Hause kam, wenn wieder ein Fall seinen Sinn für Gerechtigkeit weckte und ihn fesselte. Mary-Ann wusste aus Erfahrung, dass es das Beste war zu warten, bis William von selbst darüber sprechen würde.

Als sie sich ins Bett legten, begann William zu erzählen: »Bill war heute bei mir und teilte mir mit, dass in Brown's Productions Maschinen zerstört und Pferde und Material gestohlen wurden.«

Mary-Ann war erstaunt, das zu hören, aber wartete darauf, dass er weitersprechen würde.

»Die Leute in der Stadt glauben, dass es Jonathan Brown war.«

Nun erschrak Mary-Ann. Der Schwarm ihrer Tochter? Mary-Ann hasste vorschnelle Urteile, nicht zuletzt wegen ihrer eigenen Vergangenheit. Aber wenn es um ihre Kinder ging, war sie noch vorsichtiger. »Mit was für einer Begründung?«, fragte sie, als sie ihren ersten Schreck überwunden hatte.

»Nun ja, der Sabotageakt und Jonathans Besuch überschneiden sich. Man erzählt sich, dass Jonathan vor zwei Jahren auf die Hälfte des Firmenerbes gehofft hatte, aber nur das kleine Gut in Schottland bekam, auf dem die beiden Brüder aufgewachsen sind. In Jonathans Augen bedeutete dies wohl, leer auszugehen. Bei dem Gewinn, den die Firma jedes Jahr abwirft, ist das nur zu verständlich.«

»Also … Rache?«

William schwieg. »Möglich«, sagte er dann ausweichend.

Mary-Ann hörte die Vorsicht in seiner Stimme und stützte sich auf ihren Ellenbogen, um ihn ansehen zu können. In ihren Augen stand die Angst um ihre Tochter. »Du glaubst also nicht, dass er es war?«, fragte sie behutsam – und hoffnungsvoll.

William kaute auf seiner Unterlippe herum, wie immer, wenn er nachdachte. Wie oft hatte sie das schon gesehen!

»Ich weiß es noch nicht. Ich frage mich nur, was für ihn herausspringt, wenn er die Firma ruiniert, die er so gern selbst geführt hätte. Das passt irgendwie nicht zusammen.«

Stimmt, dachte Mary-Ann. *Wie gut, dass William, statt sich von Gerüchten beeinflussen zu lassen, schon immer zuerst selbst Gedanken gemacht hatte. Und dass er stets das tat, was er für richtig hielt – nicht das, was die anderen von ihm erwarteten. Sonst wäre sie niemals seine Frau geworden, weil jeder ihn davon hatte überzeugen wollen, dass es dumm wäre, wenn er sie heiraten würde.*

»Er war heute auch bei mir«, sagte William plötzlich.

»Jonathan?«, sie war überrascht.

William nickte.

»Was wollte er?«

»Er …« William sprach nicht weiter, als er daran dachte, was Jonathan ihm heute erzählt hatte:

Als ich vor einer halben Stunde nach Hause kam, saß mein Bruder Andrew im Salon. »Wenn du nicht willst, dass ich dich vor Gericht anklage, solltest du schnellstmöglich wieder dorthin gehen, wo du hergekommen bist, Jonathan«, sagte er in diesem ruhigen, sachlichen Ton, der so typisch für ihn ist, wenn er etwas wirklich ernst meint.

»Wie bitte?«, hatte ich völlig entsetzt gefragt. Das Verhältnis zwischen mir und Andrew hatte man noch nie als sehr entspannt bezeichnen können, aber ich hatte in den letzten Tagen gehofft, dass wir wieder besser miteinander auskommen könnten. Ohne mich anzusehen, erklärte er mir dann, weshalb er mich vor einen Richter zerren wollte …

Am Ende seines Berichts hatte Jonathan gesagt: *Ich will nicht nach Schottland zurückkehren. Aber falls die Sabotageakte nicht aufhören, wird mein Bruder mir nicht glauben, dass ich nichts damit zu tun habe. Kann ich auf Ihre Hilfe zählen? …*

»William?«, fragte Mary-Ann.

Er schreckte auf. »Ja?«

Ihre Stirn war in sorgenvolle Falten gelegt. »Machst du dir auch Sorgen um Celina?«, fragte sie leise.

»Nein«, William lächelte sie beruhigend an. »Nein, keine Sorgen. Ich denke nur nach.« Er strich ihr liebevoll über die Wange. »Gott hält auch unsere Tochter in der Hand, Mary-Ann, darauf vertraust du doch auch.«

Mary-Ann nickte und schluckte. »Ich versuch es zumindest«, flüsterte sie leise.

William nahm sie in den Arm, und sie kuschelte sich an ihn. »Jetzt lass uns schlafen, Liebste«, sagte er und küsste sie auf die Stirn. Es dauerte eine Weile, bis William die gleichmäßigen Atemzüge seiner Frau wahrnehmen konnte. Ihm selbst gelang es noch lange nicht einzuschlafen. Seine Gedanken wollten einfach nicht zur Ruhe kommen. Hatte Jonathan heute gelogen? War er einfach nur ein guter Schauspieler, der ihm etwas vormachte? William runzelte die Stirn. Warum wollte Jonathan nicht zurück nach Schottland? Er musste sich unbedingt näher nach diesem Mann erkundigen.

Am nächsten Morgen stieg William auf sein Pferd. Luke hatte er mit der Kutsche zur Kanzlei geschickt. Er selbst ritt nicht auf dem üblichen Weg zur Stadt, sondern gleich vom Stall hinaus über die Felder. Er genoss es, einmal wieder alleine mit seinem Pferd unterwegs sein zu können. In der Natur konnte er am besten nachdenken. William lenkte sein Pferd auf einen Feldweg und genoss die Sonnenstrahlen, deren Wärme in den letzten Tagen immer intensiver geworden war. Die Zügel ließ er locker hängen, und das Pferd trottete langsam den Weg entlang. Seine Gedanken gingen in die Vergangenheit zurück. Kurz nach der Heirat mit Mary-Ann hatte er die Kanzlei in der Stadt eröffnet. Es war nicht schwer gewesen, Klienten zu bekommen. Schließlich eilte ihm ein guter Ruf voraus, weil er den Fall um Michael Barnes aufgedeckt und den unschuldig Verurteilten wieder nach Hause gebracht hatte. Diesem ersten Fall, den er gelöst hatte, waren viele, viele kleinere und größere gefolgt. Auch nach so vielen Jahren war er noch immer mit ganzem Herzen Anwalt. Er wollte sein Bestes geben, damit die Gerechtigkeit siegte. Andrew Browns Firma war wichtig für Tainbridge. Deshalb wollte William seinen Teil dazu beitragen, den Schuldigen zu finden. Falls Jonathan schuldig war, würde er ihn *nicht* verteidigen – egal wie viel Geld er auf den Tisch blätterte. Aber wenn er unschuldig war, würde er alle Hebel in Bewegung setzen, um den richtigen Täter zu fassen.

Sein Versuch, sich ein Urteil zu bilden, führte ihn zuerst zu Jonathans Zwillingsbruder. Während sein Pferd durch den Wald trottete, gingen William verschiedene Fragen durch den Kopf, die er Andrew Brown stellen wollte. Er atmete tief die kalte Waldluft ein, und sein Blick wanderte zu den kahlen Baumkronen, über denen der Himmel in einem kräftigen Blau strahlte. Am Himmel blieben seine Augen wie so oft hängen. »Gott, du bist derjenige, der mich gemacht hat zu dem, der ich bin. Begleite mich und führe mich, damit Gerechtigkeit herrschen kann …« So betete er, bis Andrew Browns Haus hinter den Bäumen in Sicht kam. Das majestätische Haus lag hinter einem Wäldchen versteckt am Rande der Stadt. William wusste, dass Andrew Brown gerne auf die Jagd ging. So nahe am Waldrand war dies der perfekte Standort dafür. William stieg ab, band sein Pferd an dem dafür gemachten Pfosten fest und wandte sich zur Tür, die sogleich von einem jungen Mann geöffnet wurde, der ihn beim Näherkommen wohl schon gesehen haben musste.

»Ich möchte zu Mr Brown«, sagte William und war erleichtert, als der junge Butler ohne zu zögern verschwand, um seinen Herrn auszurichten, dass er Besuch hatte. Es wäre auch gut möglich gewesen, dass Andrew schon in die Stadt gefahren war.

Als der Butler wiederkam, bedeutete er William, ihm zu folgen. Die Eingangshalle war mit dunklem Holz verkleidet, an den Wänden hingen Gewehre, Geweihe und Felle. William folgte dem Butler nun in einen Raum, der das Arbeitszimmer von Andrew Brown zu sein schien. Regale mit vielen Büchern zierten die Wände und ein riesiger Schreibtisch aus dunklem Eichenholz dominierte die Einrichtung in der Mitte des Raumes. Zwei schlanke braune Hunde lagen auf dem roten Teppich vor den großen Fenstern und hechelten. Dass ein Fremder das

Haus betreten hatte, schien sie nicht aus der Ruhe zu bringen. Am Fenster stand Andrew Brown, fünfundzwanzig Jahre alt, rotes Haar, roter Bart, grüne Augen, klein, kräftig gebaut, und schaute dem Eintretenden offen entgegen. Sein Blick ließ auf hohe Intelligenz schließen. Das war William bereits vor vielen Jahren aufgefallen, als er ihn das erste Mal gesehen hatte. Andrew Brown war kein dummer Mann und auch kein fauler. Da kam er ganz nach seinem Vater.

»Guten Morgen, Mr Auburn«, begrüßte er William und kam auf ihn zu. Sie schüttelten sich die Hand und nahmen Platz.

»Ich kann mir denken, weswegen Sie mich aufgesucht haben«, begann der junge Mann aus Schottland.

William nickte bedächtig. Es tat ihm leid, Andrew Brown in dieser Situation zu sehen. »Dies ist für uns alle keine angenehme Situation, Mr Brown«, sagte William. »Die ganze Stadt steht hinter Ihnen, das wissen Sie. Und ich für meinen Teil werde alles tun, um zu helfen.«

Andrew Brown sah William mit einer gewissen Vorsicht in den Augen an. Er blickte nicht unfreundlich, nur … vorsichtig, was für ihn sprach.

»War mein Bruder bei Ihnen?«, fragte der junge Firmenbesitzer, um das Gespräch wieder aufzunehmen.

Wieder nickte William. »Ja, er war bei mir.«

»Ich dachte mir schon, dass er Sie aufsuchen wird, wenn ich ihn aus meinem Haus werfe.«

William räusperte sich und lehnte sich in dem bequemen schwarzen Ledersessel nach vorne. »Ich bin hier, weil ich weiß, dass Sie Ihren Bruder verdächtigen, Ihre Firma ruinieren zu wollen.« William wartete auf eine Reaktion Andrews. Dieser schien jedoch ohne mit der Wimper zu zucken, abzuwarten, was William weiter sagen würde. »Ich möchte ihn nicht vor Gericht unterstützen, wenn er tatsächlich schuldig ist. Wie Sie sich aber denken können, behauptet er das Gegenteil.« William faltete seine Hände und sah den Mann vor ihm eindringlich an. »Ich weiß nichts über Ihren Bruder. Erzählen Sie mir, weshalb Sie ihn verdächtigen.« *Vielleicht können Sie mich überzeugen,* wollte er noch hinzufügen, ließ es aber bleiben.

Andrew atmete tief ein und wieder aus, als müsse er sich auf eine schwierige Aufgabe vorbereiten. »Tee?«, fragte er dann und klingelte nach dem Butler, der nicht viel älter als Andrew selbst sein konnte.

»Wenn ich von meinem Bruder erzählen soll, sodass Sie sich wirklich ein Bild von ihm machen können, dauert das mindestens eine Tasse Tee lang«, erklärte Andrew und versuchte gar nicht erst zu lächeln. Die ganze Sache nahm ihn sichtlich mit. Vermutlich hatte er die letzte Nacht kein Auge zugetan.

Der Butler kam mit einem Tablett zurück und stellte es auf den kleinen Tisch neben den Ledersesseln. »Danke, Jim«, sagte Andrew und wartete, bis Jim den Raum verlassen hatte.

»Das Verhältnis zwischen mir und meinem Bruder hat man noch nie als entspannt bezeichnen können«, fing Mr Brown an. »Als ich die Firma geerbt hatte und Jonathan das Gut in Schottland, auf dem wir beide aufgewachsen sind, wurde er ziemlich zornig, und wir gerieten darüber in Streit, weil er sich benachteiligt fühlte. Meiner Meinung nach war unser Vater nur gerecht gewesen. Jonathan und ich hatten gleich viel Geld hinterlassen bekommen – aber es war nur fair, dass ich derjenige war, der die Firma erbte. Schließlich war ich es auch gewesen, der unseren Vater begleitet hatte, als er nach England gegangen war, um Brown's Productions zu gründen, wie Sie sich vielleicht auch noch erinnern können.«

William erinnerte sich noch gut daran und wusste, dass Andrew von Anfang an mit dabei gewesen war und eine hohe Einsatzbereitschaft gezeigt hatte.

»Jonathan hätte vor acht Jahren genauso mit nach England kommen können«, fuhr Andrew fort. »Aber damals hatte er nicht einmal einen Gedanken daran verschwendet! Er war schon immer ein leichtsinniger Bursche gewesen, der keine Gedanken an die Folgen seiner Taten verschwendete. Während mein Vater und ich also die Firma aufbauten, hat er sich ein schönes Leben daheim in Schottland gemacht, sich die Zeit mit Jagen und Spielen vertrieben. Mein Vater hat es in seiner Gutmütigkeit damals geduldet – aber er hat in seinem Testament festgelegt, dass Jonathan keinen Anteil der Firma erben würde.« Andrew machte eine

Pause. »Vor zwei Wochen ist Jonathan plötzlich bei mir aufgetaucht, hat sich hier im Haus niedergelassen und wollte auf einmal, dass Frieden zwischen uns beiden herrscht.« Andrew schüttelte bitter lachend den Kopf. »Jonathan ist schon immer ein geschickter Schwindler gewesen. Ich hätte dem Frieden nie trauen sollen.« *Die vergangenen Streitereien hinter sich lassen … Ha! Von wegen! Und jetzt versuchen, die Firma zu ruinieren? Wie konnte er ihm das antun?* Diese Gedanken sprach Andrew Brown jedoch nicht laut aus, sondern zügelte sein Temperament – worin er gut geübt war. »Mr Auburn«, sprach er weiter, »wer aus der Stadt sollte Brown's Productions sabotieren? Jeder einzelne Bürger profitiert von dem guten Ruf und dem Wohlstand, den die Firma Tainbridge einbringt. Oder sehen Sie das anders?«

William wusste, was Andrew dachte. Jonathan war derzeit der einzige Fremde in der Stadt.

»Mein Bruder hat mehr als genug Geld, um in Schottland sehr gut zu leben. Gewinne aus der Firma erhält er jedoch nicht – und das ärgert ihn. Deshalb will er sich rächen«, erläuterte Andrew seine Theorie. *Ich werde schon bekommen, was ich will,* hatte Jonathan ihm damals gedroht, bevor sie im Streit auseinandergegangen waren.

William nickte. *Rache also.* Das war auch sein erster Gedanke gewesen.

»Jonathan lässt sich nicht so schnell einschüchtern, Mr Auburn. Er wird alles versuchen, um nicht als Verlierer aus der Sache zu gehen. Aber ich bin genauso wenig bereit aufzugeben. Ich werde keine weiteren Verluste hinnehmen.« Er nahm seine Teetasse und trank einen Schluck. »Und wenn es sein muss, gehe ich vor Gericht.«

William nickte. »Das würden andere an Ihrer Stelle auch so machen, Mr Brown.« Er trank ebenfalls den schwarzen Tee. »Haben Sie irgendwelche … Feinde? Persönliche oder Feinde von Brown's Productions?«, fragte er weiter.

Andrew überlegte. »Ich habe keine Feinde«, sagte er dann. »Und mit der geschäftlichen Konkurrenz besteht ein guter Kontakt.«

William stellte die leere Teetasse wieder aufs Tablett zurück. »Welche Firma meinen Sie?«

»Jonson & Morrison.«

»Aus Lowestoft?«, fragte William und Andrew nickte.

»Könnte es sein, dass Jonathan Sie erpressen will?«, fragte William weiter.

Andrew musste lachen und schüttelte den Kopf. »Kaum. Jonathan hat ganz andere Mittel, um an Geld zu kommen, wenn er welches brauchen würde. Wenn er schnell Geld bräuchte, könnte er mir gegenüber seinen Mund nicht halten. Dann hätte er schon längst versucht, mich zu überreden.«

William notierte sich einiges auf das Papier, das er stets dabei hatte, wenn er Leute zu einem Fall befragte. Als er alles aufgeschrieben hatte, was er festhalten wollte, sah er wieder zu Andrew auf, der geduldig auf ihn gewartet hatte. »Nun, Mr Brown, wie ich schon sagte: Ich werde alles mir mögliche tun, um diese Sache baldmöglichst zu klären«, sagte William und stand auf.

»Ich danke Ihnen, Mr Auburn. Ich zähle auf Sie.« Sie verabschiedeten sich, und William verließ das Haus.

Andrew Brown blieb zurück und starrte dem Advokaten hinterher. Er hoffte nichts mehr, als dass Mr Auburn seinem Ruf gerecht werden würde. Doch er selbst konnte währenddessen nicht nur untätig herumsitzen. Wenn er nicht wollte, dass Jonathan aus Rache die Firma völlig ruinierte, musste er etwas unternehmen, und zwar bald. Er blickte zu Jim, seinem Butler, der ihm aus Jugendtagen gleichzeitig ein guter Freund war, und sah, dass dieser wohl dasselbe dachte.

Gerüchte sprachen sich sehr schnell herum. Bald wusste jeder, dass auch Andrew Brown seinen Zwillingsbruder verdächtigte, die Firma in den Ruin treiben zu wollen. Doch niemand wagte, Jonathan direkt zur Rede zu stellen – dazu war er viel zu vermögend. Die Leute grüßten ihn höflich, aber stets mit einem vorsichtigen oder anklagenden Blick in den Augen. Hinter seinem Rücken wurde über ihn getuschelt. Eltern hielten ihre jungen Mädchen an, sich nicht mit ihm einzulassen. Die schillernde Figur Jonathans, den vorher alle bewundert und beneidet hatten, hatte ihren Glanz verloren.

Liebe Mary-Ann,
es freut mich zu hören, dass Luke so wertvoll für dich und deine Familie geworden ist. Wie geht es William mit der Arbeit? Du kannst dich glücklich schätzen, einen so gut verdienenden Mann lieben zu dürfen. Mein George hat seine liebe Last mit der Arbeit in der Fabrik. Meistens macht es mir Spaß, unsere eigene kleine Farm zu bewirtschaften, aber manchmal ist es anstrengender, als mir lieb ist. Wenn wir Kinder hätten – ich weiß nicht, wie wir über die Runden kommen sollten. Aber, mach dir keine Sorgen. Wir sind glücklich, arm wie die Kirchenmäuse, aber glücklich.

Du bist eine so gute Freundin, Mary-Ann. Ich bin froh, dass ich dich habe.

Deine Ella

Jonathan stand an einem Fenster seines Hotelzimmers und blickte auf die Straße hinunter, auf der geschäftiger Betrieb herrschte. Seine starken Hände hielten einen ungeöffneten Brief. Er blickte auf die Handschrift, die seinen Namen geschrieben hatte. Er wollte den Brief nicht öffnen. Schon seit Tagen hielt er diesen Brief immer wieder in den Händen und legte ihn dann wieder beiseite, weil er nicht wissen wollte, was sie schrieb. Er wollte mit seinem alten Leben in Schottland nichts mehr zu tun haben. Nie wieder. Auch nicht mit ihr. Es war schon zu viel passiert, zu viel, woran auch er nicht unschuldig war. Aber jetzt war es genug. Genug. Einem plötzlichen Gedanken folgend ging er zum Kamin, zerriss den Brief in zwei Hälften und warf ihn ins Feuer. Mit einem schlechten Gewissen sah er zu, wie die Flammen das Papier langsam auffraßen und die Zeilen, die an ihn adressiert gewesen waren, für immer vernichteten.

9

»Woher soll ich denn das wissen?«, entrüstete sich Bill, als sein Chef auf ihn zu kam und ihn fragte, ob er etwas Verdächtiges beobachtet oder eine Idee hätte, wer die Firma sabotieren könnte. Inzwischen waren noch weitere Maschinen beschädigt und noch mehr Garn verdorben worden. Dass einige Maschinen nicht mehr in Betrieb waren, war auch der einzige Grund, weshalb man sich überhaupt so unterhalten konnte, dass man seinen Gesprächspartner verstand.

Andrew Brown kannte seine Mitarbeiter und schätzte sie sehr. Er verschwendete keine Energie, sich über ihre zeitweise ungehobelten Manieren und Ausdrucksweisen zu ärgern. Deshalb hatte es auch keine Folgen für Bill, dass er ab und an aus der Haut fuhr.

Leider weiß ich es auch nicht, dachte Andrew, während er frustriert an die Decke schaute. Sein nächster Gedanke galt unweigerlich seinem Zwillingsbruder. *Es wird Zeit, dass er erwachsen wird*, sagte er sich und stapfte wütend ohne ein weiteres Wort an seinen Mitarbeiter aus der Halle.

Bill blieb zurück und schüttelte verwundert den Kopf über Mr Brown. So hatte er seinen Chef noch nie erlebt. Er schien völlig aufgelöst zu sein.

Mary-Ann, Lynnie und Celina machten sich wieder einmal auf den Weg zum Armenhaus. Celina konnte es kaum erwarten, dass sie danach in die Stadt gingen, um Besorgungen zu erledigen. Das war ihre Chance auf eine Begegnung mit Jonathan! Mary-Ann beauftragte jede ihrer beiden Töchter mit verschiedenen Dingen, die zu besorgen waren, nachdem sie das Armenhaus verlassen hatten. Celina sollte in Justins Praxis gehen, um einen Hustensaft für Jeremy zu holen, der sich erkältet hatte. Celina beschloss, zuerst ihre Aufgabe zu erledigen. Zu gerne wäre sie zu ihrem Onkel gerannt, aber sie wusste, dass es sich nicht schickte, dass eine junge Dame durch die Straßen hetzte.

»Onkel Justin?«, fragte sie, als sie eintrat. Wie immer war er in seinem Sprechzimmer beschäftigt, aber seine Frau war da.

»Hallo, Celina«, begrüßte sie die liebenswerte Frau, die fast einen halben Kopf kleiner als Celina war.

»Hallo, Tante Margaret«, erwiderte Celina den Gruß. »Ich brauche Hustensaft für Jeremy«, sagte sie noch im selben Atemzug und hielt ihrer Tante ein leeres Fläschchen hin.

»War dein Bruder mal wieder zu frisch angezogen? Die Luft draußen ist immer noch recht kalt«, sagte Margaret, während sie sich zu dem Schrank voller Medizin hinter sich umdrehte und nach dem richtigen Saft suchte.

»Ja, er will nicht hören, wenn Mama sagt, er soll einen Schal und eine Mütze anziehen.«

»Hmhm. Ah, da ist es ja«, sagte Margaret, als sie die richtige Flasche Medizin entdeckt hatte und hob sie behutsam von dem Regal.

Langsam öffnete sie die Flasche. »Wart ihr wieder im Armenhaus?«, fragte Margaret beiläufig und füllte vorsichtig etwas von der Flüssigkeit in das Fläschchen, das Celina ihr gereicht hatte. Celina saß wie auf Kohlen. Ging das nicht schneller?

»Ja«, sagte sie und blieb absichtlich nur kurz angebunden. »Wie viel kostet das?«, fragte sie schnell, um weiteren Fragen zu entgehen.

»Zwei Penny«, sagte Margaret, schloss das Fläschchen und gab es ihr zurück.

Celina legte das Geld auf den Tisch, nahm das Medikament und wandte sich zum Gehen. »Ich muss gleich weiter«, erklärte sie. »Auf Wiedersehen!«

»Richte schöne Grüße aus!«, rief die überraschte Margaret ihrer Nichte noch hinterher, die schon aus der Tür geeilt war. Mit dem Fläschchen in der Hand lief Celina so schnell es ihre Manieren erlaubten zur Kutsche zurück und überlegte währenddessen, wo sie überhaupt nach Jonathan suchen sollte. Sie hatte gehofft, ihn auf der Straße zu treffen, aber so viel Glück war ihr heute Nachmittag nicht vergönnt. Bis zum Anwesen von Andrew Brown war es viel zu weit. Und was sollte sie auch dort sagen? Als sie bei der Kutsche ankam und das Medikamentenfläschchen dort verstaute, fiel ihr ein, dass Jonathan vielleicht gar nicht mehr bei seinem Bruder wohnte, wenn Mr Brown ihn für schuldig hielt. Vielleicht hatte Jonathan sich bei den Keans eingemietet. Dieser Eingebung folgend, eilte sie über die Straße und steuerte auf das einzige Hotel in der Stadt zu, das nur etwa einhundert Meter von der Kutsche entfernt war.

»Celina«, rief eine Stimme hinter ihr und Celina stöhnte auf. Widerwillig blieb sie stehen und drehte sich um. Mandy, ein Mädchen in ihrem Alter aus der Stadt, eilte mit roten Backen auf sie zu. »Meine Eltern veranstalten einen Ball nächste Woche«, keuchte Mandy außer Atem, als sie Celina eingeholt hatte, und strahlte übers ganze Gesicht. Ihre pummelige Figur ließ solch einen Spurt zu einer Herausforderung werden.

»Tatsächlich?«, antwortete Celina, erfreut über diese Nachricht, aber immer noch in höchster Eile.

Mandy nickte aufgeregt. »Wirst du kommen? Die Einladungen werden gerade verschickt!«

»Natürlich komme ich. Das lasse ich mir nicht entgehen! Aber ich muss weiter«, sagte sie schnell und ließ Mandy einfach stehen. Verdutzt schaute Mandy ihr hinterher. Celina war doch sonst immer für einen kleinen Tratsch zu haben.

Doch heute war Celina in Gedanken schon bei den Worten, die sie sagen könnte, weshalb sie Jonathan sprechen wollte – ohne dass am nächsten Morgen der ganzen Stadt bekannt war, dass sie ihn besucht hatte. Sowohl Mr als auch Mrs Kean waren für ihre Neigung zu Klatsch und Tratsch bekannt. Gerade als Celina diesen Gedanken zu Ende gedacht hatte, fiel ihr auch schon ein, wie sie an die Information kommen konnte, wo Jonathan sich aufhielt. Das Hotel war wie die anderen Häuser in Tainbridge auch aus roten Backsteinen gebaut. Celina stieg die eine Stufe hinauf und öffnete die Eingangstür. In dem Raum war es angenehm warm und hell, weil die Sonne hineinschien.

»Oh, Ms Celina«, grüßte Mrs Kean sie schon. »Was führt Sie denn hier herein?«

»Guten Tag, Mrs Kean. Wissen Sie schon das Neueste?«

Sofort hatte sie die Frau am Köder. Sie würde gar nicht mehr länger darüber nachdenken oder gar nachfragen, aus welchem Grund Celina tatsächlich gekommen war. »Erzählen Sie, erzählen Sie«, forderte sie das junge hübsche Mädchen aufgeregt auf und lehnte sich über den Tresen der Rezeption.

Celina beugte sich ebenfalls verschwörerisch vor und flüsterte: »Brown's Productions wird sabotiert.«

Mrs Kean stellte sich aufrecht hin. »Aber Kind, das weiß doch schon die ganze Stadt!«

»Es geht ja noch weiter«, fuhr Celina fort und winkte sie mit ihrem Zeigefinger zu sich heran, um ihr ins Ohr flüstern zu können. »Mr Brown verdächtigt seinen *eigenen* Bruder«, flüsterte sie leise und war nicht überrascht, dass Mrs Kean diese Information ebenfalls nicht neu war.

»Aber das weiß ich doch!«, rief sie. »Schließlich würde er sonst nicht seit einigen Tagen bei uns wohnen.«

Celina tat absichtlich so, als wäre sie erstaunt. »Nein, wirklich?«

Mrs Kean nickte wichtigtuerisch. »Aber sicher. Schließlich kann er sich ja nicht mehr bei seinem Bruder blicken lassen.« Mrs Kean lehnte sich wieder nach vorne und flüsterte leise: »Er hat gleich das teuerste Zimmer genommen und für eine Woche im Voraus bezahlt. Ach, was heißt Zimmer, die *Suite* ganz oben mit Blick auf die Straße und der teuren Ausstattung. Hat wohl Geld, der Mann«, bemerkte sie. »Er ist sogar jetzt gerade oben«, flüsterte sie weiter. »Wer weiß, was er gerade wieder ausheckt!« Sie richtete sich wieder auf und schüttelte den Kopf.

Celina holte tief Luft. Und jetzt? Wie sollte sie nur zu ihm gelangen?

»Aber …«, sagte sie, »… woher wissen Sie, dass er nicht vielleicht doch weggegangen ist. Gibt es denn keine Hintertür, zu der man hinaus- und hineinkann, unbemerkt?«

Die pummelige Frau starrte sie überrascht an.

»Ich meine, dann könnte es ja sein, dass er doch nicht oben auf seinem Zimmer ist«, erklärte Celina mit geheimnisvoller Miene.

»Ja, das wäre möglich«, stimmte Mrs Kean ihr zu.

In diesem Moment wurde Celina von einem Mann gerettet, der gerade die Tür aufriss und selbstbewusst ins Hotel stapfte. Es war unverkennbar der Bankier der Stadt.

»Oh, Mr Pellar«, rief Mrs Kean. »Sie wollen sicher zu meinem Mann.« Aufgeregt kam sie hinter der Rezeption hervor. »Darf ich Sie …«, sie stellte sich aufrecht hin, »mit in diesen Raum begleiten?« Sie ging ihm watschelnd voraus und öffnete hocherfreut die Tür.

»Hat mich gefreut, Mrs Kean«, sagte Celina noch artig, knickste und verließ das Hotel. Die Höflichkeiten hätte sie sich sparen können. Mrs Kean schenkte ihr keine weitere Beachtung mehr. Wahrscheinlich hatte sie das Gespräch zwischen ihnen schon längst wieder vergessen.

Ohne weiter nachzudenken, ging Celina um das Gebäude herum und fand an Rückseite des Hauses den zweiten Eingang, den man von der Straße aus nicht sehen konnte. Sie blieb einen Moment davor stehen und versuchte, ihren Atem gleichmäßig werden zu lassen. Sie atmete noch einmal tief ein und drückte dann entschlossen die Tür auf. Zu ihrer Erleichterung war sie nicht verschlossen. Sie stand nun in einem dunklen Gang, in den nur das Licht von der geöffneten Tür drang, weil es keine Fenster gab. Trotzdem zog sie die Tür hinter sich zu. Schließlich konnte sie die Tür nicht einfach offen stehen lassen.

Nun umgab sie Dunkelheit. Geradeaus ging es in die Eingangshalle, eine wackelige Holztreppe führte in den ersten Stock. Von dort sah sie ein wenig Tageslicht durch die Ritzen der Tür dringen. Vorsichtig stieg Celina auf die erste Stufe. Sie knarzte laut unter ihrem Gewicht. Die zweite Stufe. Sie nahm die dritte und die vierte, fünfte, sechste, siebte, achte. Oben. Puh. Sie legte ihre Hände an die Tür und versuchte, auch diese aufzudrücken, doch es ging nicht. Klemmte sie? Sie lehnte sich dagegen und drückte fester. *Mist*, dachte sie. War sie verschlossen? Oder ging sie in die andere Richtung auf? Ihre Hand suchte nach einem Türgriff, um die Tür aufziehen zu können und fand tatsächlich einen. Sie rüttelte daran, aber auch in *ihre* Richtung schien sich die Tür nicht bewegen zu lassen. Was jetzt? Mit aller Kraft stemmte sie sich nochmals gegen die Tür – und stieß einen lauten spitzen Schrei aus, als sie plötzlich mit Leichtigkeit aufflog, allerdings in die andere Richtung. Nun klemmte Celina zwischen Wand und Tür, halb auf der letzten Treppenstufe stehend, halb in der Luft schwebend.

»Ist da jemand?«, fragte derjenige, der die Tür geöffnet hatte. Celina kämpfte mit Tränen der Erleichterung, als sie erkannte, dass es Jonathans Stimme war.

»Ich bin es«, sagte sie mit erstickter Stimme, und Jonathan trat eilig einige Treppenstufen hinunter, um ihr die Hand zu reichen, damit sie nicht stürzte. Erschöpft klopfte sie sich den Staub vom Kleid.

Während Jonathan sie immer noch festhielt, starrte er sie überrascht an. Er musste sich sichtlich das Lachen verkneifen. »Celina«, sagte er und schüttelte halb erschrocken, halb amüsiert den Kopf. »Was machen Sie denn … *hier*?«

Celina saß der Schreck in den Gliedern. Was tat sie nicht alles, um die Wahrheit zu erfahren! Was würde er jetzt von ihr denken?

»Ich … ich …«, stammelte sie und versuchte, sich wieder unter Kontrolle zu bringen. »Ich musste Sie unbedingt sehen«, stotterte sie und berichtigte sich gleich. »Ich meine, ich muss Sie unbedingt sprechen.«

Jonathans Blick verhärtete sich und machte ihr Angst. Warum sagte er nichts? Gleichzeitig meinte sie, eine gewisse Rastlosigkeit in seinen Augen erkennen zu können. Er sah abgekämpft aus. *Weil er in der Nacht seine Sabotageakte plant oder sie ausführt?,* überlegte sie sogleich. *Oder ist er müde, weil er mit der Anklage seines Bruders am Hals nicht schlafen kann? Weil er nicht weiß, wie er seine Unschuld beweisen soll, weil …* Celina dachte den Gedanken nicht zu Ende, denn Jonathan packte plötzlich ihre kleine Hand mit festem Griff und zog sie hinter sich her. Ihre Hand schien in seiner zu verschwinden. Hätte er sie nicht so fest umklammert, wäre ihm aufgefallen, wie sehr sie zitterte. Celina fühlte sich wie ein junger Hund, der nicht wusste, was sein Herrchen vorhatte. Als sie in seiner Suite angekommen waren, schloss Jonathan – noch immer schweigend, fast zornig, wie es ihr schien – die Tür hinter ihnen und bot ihr, ohne ein Wort zu sagen, einen Stuhl an. Dankbar für die Sitzgelegenheit setzte sich Celina. Ihre Beine drohten ihren Dienst zu versagen.

Jonathan selbst blieb stehen, die Hände in den Hosentaschen und ihr den Rücken zugewandt, und blickte aus dem Fenster.

Celina hätte am liebsten zu weinen angefangen. Warum war er so wütend? Wieso schwieg er noch immer? Weshalb zögerte er? Wollte er nicht mit ihr reden? Freute er sich denn gar nicht, sie zu sehen? Hatte *sie* ihn verärgert? Sie hätte nicht kommen sollen! »Mr Brown«, flüsterte sie, aber ihre Stimme versagte. Sie blickte auf die Hände in ihrem Schoß, als könnten diese ihr Rat geben. »Jonathan«, brachte sie schließlich leise heraus. Beim Klang von Celinas Stimme, als sie seinen Namen sagte, fuhr Jonathan herum. Celina traute sich nicht, seinen Blick zu erwidern. »Ist es wahr, was die Leute erzählen?«, fragte sie leise und schluckte. »Ich muss es wissen.«

»Glaubst du es denn?«, fragte er, und seine Stimme klang ungewohnt angespannt, doch zugleich hatte er zum ersten Mal die vertraute Anrede benutzt. Celina spürte, dass er sie anblickte, eine Antwort erwartend, fordernd.

Sie biss sich auf ihre Unterlippe und schaffte es aufzusehen. »Ich will es nicht glauben müssen«, flüsterte sie und konnte nicht verhindern, dass ihr die Tränen in die Augen stiegen. Sie wollte nicht, dass es wahr war. Dazu schien *er* zu perfekt. *Zu perfekt für mich*, dachte sie in ihren Gedanken kleinlaut.

Jonathans Kiefermuskeln spannten sich an, und er atmete tief ein. »Nein«, sagte er endlich und drehte sich wieder zum Fenster. »Es ist nicht wahr.«

Celina blickte auf und sah den jungen Mann an, wie er am Fenster stand und hinaussah.

»Aber ich habe keine Ahnung, wie ich es beweisen soll«, fügte er hinzu, seine Stimme nun voller Frustration und Bitterkeit.

Celina erhob sich. »Ich glaube dir«, sagte sie, bevor er weitersprechen konnte. Sie fühlte sich unendlich erleichtert, dass er nicht der Täter war. Jeder andere hätte sie für naiv gehalten, dass sie ihm einfach so Glauben schenkte. Vielleicht war sie es auch. Aber sie konnte nicht anders, als seinem Wort zu vertrauen. »Ich glaube dir«, wiederholte sie schon mutiger und trat zu ihm ans Fenster, um ihn ansehen zu können. In ihren blauen Augen glitzerten die Tränen, als sie ihn fragend anblickte und stumm darum bat, dass auch *er* ihr glauben sollte, dass sie ihn nicht verurteilte. Jonathans Hand zog sie weg vom Fenster in die Mitte des Raumes, wo sie niemand von der Straße aus sehen konnte.

Sein Atem ging schwer. Weil er um seine Fassung rang? Damit er vor Zorn nicht seine Selbstbeherrschung verlor? Nein. Celina erkannte plötzlich, dass er einfach nicht wusste, was er sagen sollte. Dieser sonst so selbstbewusste Mann schien auf einmal hilflos und verloren. Celina spürte, wie Jonathans Hand zögerlich die ihre umfasste, diesmal nicht mit energischem Griff, sondern zärtlich, als wäre sie ein zerbrechlicher Edelstein. Sie ließ es zu. Der Raum zwischen ihnen schien nicht leer angesichts der Stille, sondern er war voll, voll von tausend wirren Emotionen, die in ihnen beiden aufkamen. Verwirrt versuchten beide, in den Augen des anderen zu lesen, was sie nicht in Worte fassen konnten.

»Ich weiß nicht, wie es weitergehen soll«, durchbrach Jonathan mit brüchiger Stimme das Schweigen.

Celina konnte ihren Blick nicht von seinen intensiv grünen Augen lösen. »Ich auch nicht«, flüsterte sie.

Er schloss die Augen und lachte leise, dann sah er sie wieder an. »Egal wie, es *wird* weitergehen.« In seinen Augen war wie schon in den letzten Minuten diese unterschwellige Traurigkeit, die an ihm so ungewohnt war. Aber die Rastlosigkeit in seinem Blick war verschwunden. »Wenn ich dich ansehe, fühle ich mich stark«, flüsterte er, und zur Antwort nahm sie seine andere Hand und drückte sie sanft.

Plötzlich trat in seinen Blick wieder eine neue Entschlossenheit und alles Zögerliche, das sie in ihm gesehen hatte, war wieder verschwunden. Die kurze Minute, in der sie seine Verwundbarkeit gespürt hatte, war vergangen.

Celina suchte nach Worten, die die Härte aus seinem Blick löschen sollte, als ihr plötzlich einfiel, dass ihre Mutter und ihre Schwester sicher schon auf sie warteten. »Ich muss gehen!«, sagte sie erschrocken und eilte in Richtung Tür.

»Warte!« Jonathan hielt den Finger an den Mund. Celina blieb stehen und lauschte. Tatsächlich, draußen im Gang schien jemand entlangzugehen.

»Hm, hm, hm, hm, hm«, sang die schräge Stimme von Mrs Kean, als sie an der Tür vorbeikam. Das Summen stoppte, wahrscheinlich horchte sie an der Tür. Celina stand stockstill im Raum. Ihr Herz klopfte. Wenn diese Frau jetzt die Tür aufmachen würde! Aber nach einigen Sekunden ging das Gesumme weiter, und die Treppenstufen knarzten, als Mrs Kean wieder die Treppen hinunterstieg. Celina und Jonathan stießen beide die Luft aus, die sie angehalten hatten.

»Wann sehen wir uns wieder?«, fragte Jonathan und machte nochmals einen Schritt auf sie zu.

Celina öffnete ihren Mund, um etwas zu sagen und schloss ihn dann wieder. Ja, wo und wann? »Heute zur Tee-Zeit hinter unserem Stall«, sagte sie spontan und war froh, dass Jonathan es nicht für zu früh hielt, denn er nickte zustimmend und öffnete für Celina leise die Tür. Beide schlichen sich hinaus, die Hintertreppe hinunter, durch den dunklen Gang und unbemerkt zur Hintertür hinaus. Dort ging Jonathan vor, um nachzusehen, ob niemand Celina beobachten würde, wenn sie plötzlich hinter dem Hotel vorkam. Jonathan sah ihre Mutter und ihre Schwester hundert Meter entfernt an der Kutsche stehen und in eine andere Richtung blicken. Er winkte Celina. Sie eilte an ihm vorbei und zur Kutsche zurück, wo ihre Mutter und Lynnie schon warteten. Jonathan wartete noch kurz am Hotel, dann trat auch er auf die Straße.

»Celina«, hörte er Mary-Ann rufen. »Was hast du denn so lange gemacht?«

»Tut mir leid«, keuchte Celina. »Ich …« Sie drehte sich um und sah, wie Jonathan in die andere Richtung marschierte. »Ich habe mich verplaudert«, sagte sie dann, und das war nicht einmal gelogen.

Die drei Frauen stiegen in die Kutsche und Celina lehnte sich zurück, ihr Herz um einige Tonnen leichter, weil sie davon überzeugt war, dass Jonathan ihr die Wahrheit gesagt hatte.

10

William war erleichtert, dass es in der Kanzlei gerade ruhiger war. Obwohl der Gedanke verlockend schien, den Fall Brown's Productions abzulehnen, wusste William zugleich, dass ihn diese Sache nicht loslassen würde. Genauso wenig würde Jonathan Brown wahrscheinlich locker lassen, ihn zu bestürmen. Die vage Möglichkeit, dass Jonathan doch wieder nach Schottland verschwinden und die Sabotageakte aufhören würden, bestand noch. William ließ sich in den nächstbesten Sessel in seinem Büro sinken. *Rache ist ein mögliches Motiv,* dachte er. Aber eine innere Stimme flüsterte leise, dass er damit falsch lag. Wenn Jonathan Brown der Täter sein sollte, dann aus einem anderen Grund. Aber noch wusste William zu wenig. Er bemerkte, wie Luke ins Büro trat. *Was nun?,* fragten die Augen seines Neffen.

William seufzte, nahm eine Zigarre in die Hand und drehte sie in Gedanken versunken zwischen den Fingern. Ohne sie angezündet zu haben, legte er sie wieder beiseite.

»Wir müssen Informationen sammeln«, sagte er. »Über Jonathan Brown, über die Konkurrenz von Brown's Productions und über die Mitarbeiter in der Firma.«

Luke wartete ab, was William noch sagen würde.

»Zuerst …« Die Tür öffnete sich schwungvoll, und Jonathan Brown platzte herein. William unterbrach überrascht seinen Satz und stand auf. Jonathan Brown schien die Angewohnheit zu haben, immer dann aufzutauchen, wenn man es nicht erwartete.

Jonathan Brown deutete eine Verbeugung an: »Entschuldigen Sie, dass ich hier so hereinplatze, aber im Vorzimmer …«

»Schon gut«, winkte William ab, »es trifft sich gut, dass Sie da sind, Mr Brown. Nehmen Sie bitte Platz.«

Er bedeutete Luke, ebenfalls bei dem Gespräch dabei zu sein und die Eingangstür zu schließen.

Luke war erleichtert. Noch einmal im Vorzimmer warten zu müssen, hätte er vor Anspannung nicht ausgehalten. Er musste etwas tun. Wenn es darum ging, mehr über Jonathan zu erfahren, war er sowieso nicht mehr zu halten. Falls Jonathan tatsächlich ein Schwindler war, würde er es so wohl am schnellsten herausfinden, wenn er ihn persönlich kennenlernte. Dann würde er Celina nochmals eindrücklicher warnen. Luke hängte das Schild *Geschlossen* an die Tür und eilte zurück in Williams Büro.

»Darf ich Ihnen meinen Mitarbeiter vorstellen, Luke O'Dwell. Er ist in die Angelegenheit eingeweiht.«

Luke konnte sehen, dass Jonathan davon nicht gerade begeistert war, aber er war zugleich klug genug, nichts dagegen einzuwenden. Wenn er hier auf Unterstützung hoffte, konnte er nicht auch noch Ansprüche stellen.

Luke streckte ihm versöhnlich die Hand entgegen, und Jonathan nahm sie. Unausgesprochene Fragen standen in der Luft.

»Mr Brown«, ergriff William das Wort und setzte sich auf seinen Stuhl hinter den Schreibtisch.

»Ich bin bereit anzunehmen, dass Sie nichts mit der Sache zu tun haben.«

Luke sah, dass Jonathan erleichtert war. Es schien, als wäre sein Gesicht nicht mehr von einer gar so dunklen Wolke verdeckt.

»*Aber* …« Dieses Wort hatte seine Wirkung. Jonathan spannte sich wieder an. »… dafür erwarte ich von Ihnen absolute Offenheit.« Williams Blick bekam eine gewisse Härte, genauso sein Tonfall. »Wenn Sie *mich* anlügen, dann lügen Sie nicht nur mich an, sondern auch die ganze Stadt.« William ließ Jonathans Blick nicht los. »Wenn ich je herausfinden werde, dass Sie mich, Ihren Bruder und Tainbridge betrogen haben«, er machte eine effektvolle Pause, »dann wird das kein angenehmes Ende für Sie nehmen.« William legte seine Hände auf den Tisch. »Sie haben noch immer die Möglichkeit zu gehen.« William sah für einen kurzen Moment zu Luke, dann richtete er seinen Blick wieder auf den Klienten. »Wenn Sie der Täter sein *sollten*, verschwinden Sie besser bis morgen aus dieser Stadt. Und lassen Sie sich in diesem Fall nie wieder hier blicken.« Jonathan schluckte und dachte einen Augenblick daran, dass Williams stahlharter Blick genauso schneidend war wie der seines Zwillingsbruders, wenn er zornig war. »Wir werden Sie nicht weiter verfolgen, darauf gebe ich Ihnen mein Wort.« William hielt es nicht für nötig, Jonathan darauf hinzuweisen, welches Gewicht sein Wort in dieser Stadt hatte. »Wenn Sie jedoch unschuldig sind«, sprach er weiter, »dann erwarte ich, dass Sie offen reden. Je mehr ich über Ihr Leben weiß, desto einfacher kann ich das Gericht von Ihrer Unschuld überzeugen, wenn es zu einem Prozess kommen sollte.« Das leuchtete wohl ein. »Und zweitens erwarte ich Ihre größtmögliche Unterstützung, den wahren Täter zu finden – aber nicht auf eigene Faust, sondern ausschließlich in Absprache mit mir.« William erhob sich, ebenso Luke und Jonathan. »Mr Brown, ich warne Sie nur dieses eine Mal davor, hier ein falsches Spiel zu spielen. Überlegen Sie sich gut, was Sie tun.«

Jonathan nickte, er hatte verstanden. »Mr Auburn, Mr O'Dwell«, sagte Jonathan, verbeugte sich zum Abschied und verließ die Kanzlei. Die Glocke über der Tür bimmelte, als er die Tür öffnete und kurz darauf ins Schloss fiel.

Luke sah William grinsend an. »Na, dem hast du es aber gegeben.«

»Ich hoffe, er sieht das auch so«, antwortete William ernst.

»Ich denke nicht, dass er deine Warnung auf die leichte Schulter nimmt. Er sah eher so aus, als bekäme er kalte Füße unter deinem Blick.«

Jetzt lächelte William verhalten. »Das ist die Übung langer Jahre.« Er sah aus dem Fenster. »Es ist jedenfalls ein faires Angebot, dass wir ihn unbehelligt laufen lassen, falls er der Täter war«, lenkte er das Gespräch wieder in die richtige Bahn.

»Also ich würde abhauen«, meinte Luke.

»Wenn du schuldig wärst«, konterte William.

»Ja«, stimmte Luke gedehnt zu und sah seinen Onkel an, der schon immer das Gute im Menschen gesehen und sich trotzdem einen scharfen Sinn dafür bewahrt hatte, wann er jemandem trauen konnte und wann nicht. Bei Jonathan schien er sich nicht wirklich entscheiden zu können.

Celina wusste an diesem Nachmittag nichts mit sich anzufangen. Sie sollte auf Joyce aufpassen, während Mary-Ann Priscilla im Haushalt unterstützte. Es machte ihrer Mutter nichts aus, sich an der Arbeit zu beteiligen. »Nichtstun schadet meiner Gesundheit«, sagte Mary-Ann immer, doch Celina war überzeugt, dass sie damit eher die psychische Gesundheit als die körperliche meinte. Solange es die Leute nicht wussten und sich nicht darüber den Mund zerreißen konnten, störte es Celina auch nicht, dass Mary-Ann Haushaltsaufgaben übernahm.

Joyce hatte ihre große Schwester als Kindermädchen eigentlich nicht nötig, denn sie war von dem Unterricht, den Mr McWire Jeremy erteilte, völlig fasziniert. Seit ein paar Tagen war der Hauslehrer wieder aus dem Sonderurlaub zurückgekehrt. Joyces Bruder, der diese Stunden des Lernens nur unter Qualen über sich ergehen ließ, war ganz und gar nicht begeistert darüber. Er hatte schon gehofft, dass sein Husten ihn retten würde, aber Mary-Ann hatte darauf bestanden, den Unterricht ganz regulär stattfinden zu lassen. Das wäre ja noch schöner, beim kleinsten Unwohlsein nichts lernen zu wollen.

So saß Celina gelangweilt daneben, während Mr McWire unterrichtete und bedeutete Joyce nur stumm zu schweigen und nicht den Unterricht zu unterbrechen, wenn ihre kleine Schwester etwas sagen wollte. Bald hatte Joyce kapiert, dass sie nicht reden durfte. Aufmerksam hörte sie zu, wenn Jeremy aus Geschichtsbüchern vorlas, Rechenaufgaben löste oder lateinische Texte übersetzte. Besonders der Französisch-Unterricht gefiel ihr! Sie hielt sich die Hand vor den Mund, um nicht laut loskichern zu müssen, wenn der Lehrer oder ihr Bruder die ulkig klingenden Worte aussprachen. Mr McWire bereitete es ebenfalls sichtlich Spaß, die kleine interessierte Schülerin dabeizuhaben.

Irgendwann ließ Celina die drei alleine und schlenderte ziellos durch die Räume des großen Hauses, wie sie es schon immer gerne getan hatte. Dabei dachte sie an Jonathan und daran, dass er heute noch kommen wollte, um sie zu sehen. Ein kleines bisschen zwickte sie ihr schlechtes Gewissen, dass sie sich mit diesem Mann schon wieder alleine traf – dieses Mal sogar, ohne Luke etwas davon zu sagen.

Celina hatte auch bemerkt, dass ihre Mutter wohl nicht ganz ahnungslos war. Mary-Ann hatte ein feines Gespür für solche Dinge, besonders wenn es um ihre Töchter ging. Sollte sie ihr erzählen, was sie für Jonathan empfand? Lieber nicht! Es war ja noch nicht bewiesen, dass Jonathan nichts mit der Sabotage bei Brown's Productions zu tun hatte. Wie schön war es, bei ihm zu sein, einfach nur seiner Stimme zu lauschen, an seinem Arm zu gehen, von ihm zum Lachen gebracht zu werden. Celina blickte verträumt aus dem Fenster in ihrem Zimmer in den Garten hinaus, in dem sich langsam die ersten Anzeichen des Frühlings bemerkbar machten. In den Blumenbeeten kamen kleine grüne Spitzen aus der dunklen, wassergetränkten Erde. Schon bald würden Krokusse und Tulpen daraus werden. *Wie schnell es geht, dass man sich verliebt*, dachte Celina. *Ist es Schicksal? Oder gibt es vielleicht doch irgendwo einen kleinen Engel, der mit Pfeilen in Herzen schoss, sodass sie plötzlich Liebe fühlen?* Egal wie. Sie wusste nur sicher, dass sie dieses Gefühl nicht mehr missen wollte – trotz aller Sehnsucht, die ihr Herz fast zu verzehren schien, wenn sie nicht bei Jonathan war. Ihre Augen wanderten zur Uhr. Halb fünf. Ihr Herz machte einen Satz. Nur noch eine halbe Stunde, dreißig kleine Minuten! Sie biss auf ihre Lippen und betrachtete sich im Spiegel. *Wie gut, dass du so schön auf die Welt gekommen bist, Celina*, dachte sie und lächelte sich selbstbewusst an. *Wie gut, dass es Jonathan gibt. Und wie gut, dass er mich unter all den Mädchen, die auf Carolines Ball gewesen waren, ausgewählt hat.*

Celina eilte zurück zum Studierzimmer und öffnete leise die Tür. Sie lugte durch den Spalt und fand eine wissbegierige Joyce vor, wie sie über einer Weltkarte lehnte, die Mr McWire über den Tisch ausgebreitet hatte. Jeremy war nirgends zu sehen. Er war wohl schon entlassen worden. Plötzlich spürte sie eine Bewegung hinter sich. Ihre Mutter stand lächelnd hinter ihr im Türrahmen und beobachtete mit ihr das kleine, eifrige Mädchen.

Schließlich trat Mary-Ann ins Zimmer und zu ihrer jüngsten Tochter. »Findest du England?«, fragte sie leise an ihrem Ohr.

Joyces Gesicht hellte sich auf, als sie ihre Mutter sah, und sie nickte aufgeregt. Ihr kleiner Finger wanderte über das Papier und landete auf der europäischen Insel. »Da!«, sagte sie stolz.

Mary-Ann gab ihr zur Belohnung einen Kuss auf die weiche Wange. »Möchtest du mit hinunterkommen? Papa müsste gleich zu Hause sein.«

Joyce nickte und nahm Mary-Anns Hand, die ihr vom Stuhl herunterhalf, auf dem sie gestanden war, um die Karte besser studieren zu können.

»Danke, Mr McWire«, flüsterte Mary-Ann. Dieser war sichtlich enttäuscht, dass seine kleine Schülerin entführt worden war. Er rollte die Karte zusammen und tröstete sich damit, dass er Joyce morgen wieder eine Klavierstunde geben durfte. Ach, das Mädchen war ja so vielseitig begabt!

Als Mary-Ann wieder auf den Gang trat und die Tür zum Studierzimmer hinter sich schloss, war Celina verschwunden.

Celina schlich sich aus dem Haus und kuschelte sich in ihren Mantel, während sie zum Stall eilte. Der Wind wehte eisig, da die Sonne bald untergehen würde. Hinter dem Stall angekommen, stand sie an der Wand gelehnt und hörte eine Kutsche in den Hof fahren. Das musste ihr Vater mit Luke sein, die von der Kanzlei nach Hause kamen. Sie hatte es gerade noch geschafft, unbemerkt hinter den Stall zu huschen. Lauschend verfolgte sie, wie der Kutscher das Pferd abspannte und in den Stall brachte. Leise sprach er mit ihm, während er es versorgte. Celina hörte die Worte nicht deutlich, aber die vertrauten Geräusche wirkten beruhigend auf sie. Nach einer Weile hörte sie, wie die Stalltür zugeschoben und der Riegel vorgelegt wurde. Jetzt würde John ins Haus gehen. Es musste doch schon fünf Uhr sein! Wo blieb Jonathan nur? Die Sonne neigte sich langsam dem Horizont zu, und der Wind wurde immer kälter. Celina fröstelte. Weshalb sollte er sich verspäten? Wo mochte er sein? Die Sonne war blutrot, als sie die schwarze Kulisse des Waldes berührte. Oder würde er vielleicht gar nicht kommen? Sie zog den Mantel enger um sich. Als die Sonne hinter den Bäumen verschwunden war, beschloss sie, wieder ins Haus zu gehen. Es war einfach zu kalt. Die Haustür fiel hinter ihr zu – und Mary-Ann stand in der Halle.

»Ich wollte gerade nach dir sehen«, sagte ihre Mutter liebevoll.

»Ich habe mir den Sonnenuntergang angeschaut«, erwiderte Celina und war froh, dass sie die Tränen in ihren Augen mit dem scharfen Wind erklären konnte.

Mary-Ann bemerkte, dass Celina etwas bedrückte, aber sie drang nicht in sie. Stattdessen nahm sie ihre Tochter einfach nur in den Arm, und Celina genoss die Geborgenheit, die sie bei ihrer Mutter fand. *Wird man eigentlich je zu alt für mütterliche Umarmungen?* Celina hoffte es jedenfalls nicht.

Die beiden traten in den Salon, in dem bereits der Rest der Familie saß und Tee trank. Das Kaminfeuer prasselte, Lynnie saß am Klavier, spielte leise im Hintergrund und William hatte Joyce auf den Schoß genommen. Luke lachte mit Jeremy zusammen über etwas, das Jeremy erzählte. Etwas rührte sich in Celinas Seele angesichts dieser friedlichen Familienszene. Irgendwie war ihr das in diesem Moment doch viel lieber, als mit Jonathan draußen in der Kälte zu stehen. Ach, war das alles verwirrend! Ihre Gefühle fuhren Achterbahn mit ihr, als sie hier im Wohnzimmer stand. Sie war hin und her gerissen zwischen ihrer Geheimnistuerei mit Jonathan und der Offenheit in ihrer Familie. Hier war ein Ort, an dem sie jeder so annahm, wie sie war. Hier konnte sie zur Ruhe kommen und wurde geliebt.

Luke sah auf und blickte ihr fragend ins Gesicht. Celina hatte plötzlich das Gefühl, dass er alles wusste, dass er jede einzelne Gefühlsregung in ihren Augen lesen konnte, dass er sogar wusste, dass Jonathan sie gerade versetzt hatte … Verwirrt schaute sie zu Boden und setzte sich neben ihren Vater. Luke saß ihr schräg gegenüber auf dem Sofa und lächelte sie an. Sein Lächeln gab ihr neuen Mut, aber gleichzeitig beschämte es Celina. Sie war beschämt über den letzten Abend, an dem sie ihrem Cousin vorgeworfen hatte, er wäre nicht ihr Freund. Den Plan, ihm ihre Wut deutlich zu zeigen, verwarf sie in dem Augenblick, als sie bemerkte, dass Luke ihr die verletzenden Worte nicht mehr übel nahm. Mit feuchten Augen schaute sie ins Kaminfeuer, völlig in Gedanken versunken. *Wahrscheinlich ist Luke mehr ein Freund als alle meine anderen Bekanntschaften zusammen*, dachte sie und war plötzlich unendlich dankbar für seine Gegenwart. Luke kannte sie und akzeptierte sie ohne Zögern, sogar ihre Schwächen. Er sah nicht nur ihre äußerliche Schönheit. Wenn sie Caroline verärgerte, dann nahm ihre Freundin ihr das oft noch wochenlang übel. Luke war anders. Er schien ernsthaft besorgt um sie zu sein, dass sie sich durch ihren Egoismus nur selbst Schmerz zufügte. Luke hatte sich wieder Jeremy zugewandt und ließ sie mit ihren Überlegungen allein. Celina beobachtete, wie Jeremy ihren Cousin bewunderte und spürte, wie in ihr selbst auch Bewunderung für ihn aufstieg. *Er ist ein guter Mensch. Bestimmt so gut wie mein Vater und meine Mutter*, dachte sie und biss sich auf die Unterlippe. *Sie* selbst würde sich nicht als *gut* bezeichnen. Das was die Gesellschaft von ihr dachte, war ihr wichtiger als das Wohl der Menschen im Armenhaus. Gutes Aussehen war ihr wichtiger als ein freundliches Lächeln. Die Nähe zu einem jungen Schotten war ihr so wichtig, dass sie ihren besten Freund beschimpfte. Ach, man könnte die Liste wahrscheinlich ewig weiterführen! Traurig über sich selbst blickte sie auf ihre Hände in ihrem Schoß. Plötzlich spürte sie, wie Luke sich neben sie setzte.

Sie sah ihn an, aber Luke blickte nur ins Kaminfeuer. Wie sie ihm für diese Geste dankbar war! Er war einfach nur *da*. Um seine Freundschaft zu zeigen, musste er nichts reden. Er musste ihr nicht einmal in die Augen sehen.

Sie schluckte. Sich zu entschuldigen, war noch nie ihre Stärke gewesen. Der Stolz verbaute ihr den Weg. Doch in diesem Moment konnte sie gar nicht anders. »Es tut mir leid«, hörte sie sich selbst so leise formulieren, dass nur Luke sie hören konnte.

Luke sah auf. In seinen Augen glomm Freude auf.

»Danke«, formte sie mit den Lippen, und Luke zwinkerte ihr als Antwort lächelnd zu.

Als Celina an diesem Abend ins Bett ging, waren ihre Gefühle zweigeteilt. Einerseits fühlte sie sich geborgen und sicher, weil sie sich der Liebe ihrer Familie und der Freundschaft von Luke gewiss war. Aber auf der anderen Seite war ihr schmerzlich bewusst, dass Jonathan nicht zu dem vereinbarten Treffen gekommen war. Sie wollte unbedingt in seiner Nähe sein. Wenn er das aber nicht so fühlte wie sie? Vielleicht hatte er gar keine Lust mehr gehabt, sie heute nochmals zu sehen. *Wahrscheinlich war nur etwas sehr Wichtiges dazwischengekommen*, versuchte sie sich immer und immer wieder selbst zu überzeugen. Doch wann würde sie ihn dann wiedersehen? Und wie sollte es weitergehen? *Egal wie, es wird weitergehen*, hatte Jonathan gesagt.

Aber ich will, dass es so weitergeht, wie ich es mir wünsche, antwortete Celina trotzig in Gedanken und drehte sich auf die andere Seite in ihrem Bett. Sie kuschelte sich in ihre Decke und nahm das Kissen in den Arm. Dann ließ sie die Tränen über die Verwirrung, die in ihrem eigenen Herzen herrschte, einfach laufen. Irgendwann fiel sie in einen unruhigen Schlaf.

11

Als William am nächsten Morgen aufwachte, spürte er, dass heute ein entscheidender Tag war. Würde Jonathan noch in der Stadt sein oder war er getürmt?

In nervöser Anspannung fuhren William und Luke nach dem Frühstück zur Kanzlei. Dort angekommen, erblickten sie einen jungen Mann vor der Tür, einen Dienstboten, der offenbar auf sie gewartet hatte. William stieg aus und bekam einen Brief überreicht.

»Von Mr Brown«, murmelte William, und Lukes Herz setzte einmal aus. Ein Brief von Jonathan! Sein Herz klopfte vor Aufregung schneller. Fast spürte er auch ein wenig Erleichterung, denn dieser Brief musste bedeuten, dass Jonathan tatsächlich die Stadt verlassen hatte! Und damit war *er* der Schuldige!

William stieg die Stufe zur geschlossenen Tür seiner Kanzlei hinauf, schloss auf und trat in die Kanzlei. Noch auf dem Weg in sein Büro riss er den Brief auf und ließ sich dort auf den großen Stuhl hinter dem Schreibtisch fallen. Mit gerunzelter Stirn las er die geschriebenen Worte.

Luke folgte ihm und setzte sich dem erfahrenen Advokaten erwartungsvoll gegenüber. Wann würde er ihm denn nun endlich den Brief überreichen oder vorlesen? Er fühlte sich wie auf brennenden Kohlen sitzend. Deshalb sprang er auch wieder auf und ging auf und ab, während William immer noch schweigend die Zeilen überflog.

Endlich, nach einer halben Ewigkeit, wie es Luke schien, streckte William ihm den Brief entgegen und sagte knapp: »Er klagt ihn an.«

»Wie …?« Luke nahm den Brief verständnislos entgegen und blieb sofort an der Unterschrift hängen: *Andrew Brown*. Das Schreiben war von Jonathans Bruder, der gestern einen Boten in die nächste größere Stadt zum Gericht geschickt hatte, um Jonathan anzuklagen, weil er das Nichtstun nicht mehr aushielt. Luke ließ sich in seinen Sessel fallen.

Aber … wo war Jonathan?

Celina lag auf ihrem Bett und kraulte ihre weiße Katze. Irgendwie hatte sie überhaupt keine Lust, irgendetwas zu machen, obwohl der Tag heute wunderschön war. Die Sonne schien warm auf die langsam erwachende Erde und erhellte auch ihr eigenes Zimmer. Doch das konnte den dumpfen Schmerz in ihrem Herzen nicht auslöschen. Seit dem Frühstück lag sie nun schon hier und starrte ihre Zimmerdecke an. Lustlos wippte sie mit dem einen Fuß, der aus dem Bett hing, auf und ab. »Jonathan«, flüsterte sie. »Magst du mich noch?« Sie blickte in die dunklen Augen ihrer Katze, die zur Antwort leise miaute.

»Nein?«, fragte sie und konnte die Tränen nicht zurückhalten, die ihre Augen füllten.

Kurz vor der Mittagspause läutete die Klingel über der Tür der Kanzlei. Luke und William sahen auf. Sie waren beide über den Akten der letzten Fälle gesessen, um Ordnung in die Unterlagen zu bringen. Die Nervosität und Anspannung saß beiden schon den ganzen Tag in den Gliedern.

»Hallo, Bill«, grüßte William den Mann, der eintrat.

Bill setzte sich, nein, er *fiel* viel mehr wie ein schwerer Sack in den Sessel.

»Du siehst müde aus«, bemerkte William.

Sein Freund seufzte und sagte nichts. Er sah aus, als würde er gleich zusammenbrechen. Wie ein Häufchen Elend ließ er den Kopf hängen. William stand auf und schenkte ihm eine Tasse schwarzen Tee ein. Schweigend reichte er ihm die dampfende Flüssigkeit und setzte sich wieder ihm gegenüber. Nachdem Bill zwei Schlucke getrunken hatte, erklärte er: »Ich hatte Nachtschicht.«

William verstand. Andrew Brown hatte Wachen aufstellen lassen, um zu verhindern, dass weitere Dinge beschädigt wurden oder verschwanden.

»Schon die letzten drei Nächte«, erzählte Bill weiter und fuhr sich müde über die Augen.

William runzelte missbilligend die Stirn, obwohl er wusste, dass Bill sich gerne übernahm, weil er sich selbst nicht zugestehen wollte, dass seine Kraft nicht ewig ausreichte. Er wollte gerade den Mund öffnen, um Bill zu sagen, dass er nach Hause zu gehen habe, um sich ins Bett zu legen, da unterbrach Bill ihn: »Ich hätte ihn beinah erwischt!«

William und Luke schnappten nach Luft.

»Wen?«, fragte Luke alarmiert und trat zu den beiden. Sollte das heißen, er hatte den Täter gesehen? Und vielleicht sogar erkannt? Jonathan? Oder jemand anderen?

Doch bevor Bill antworten konnte, klingelte die Glocke über dem Eingang ein zweites Mal, und alle drei Köpfe wandten sich zur Tür.

Jonathan nahm seinen Hut ab, und seine grünen Augen blickten William geradewegs ins Gesicht, offen und direkt, als wollten sie sagen: *Hier bin ich wieder, oder besser: Hier bin ich immer noch. Ja, ich habe es mir gut überlegt. Und ja, ich brauche Ihre Hilfe.*

Luke und Bill starrten ihn auch dann noch wie gebannt an, als William seine Überraschung schon überwunden hatte und aufstand, um Jonathan die Hand zu reichen.

Das ist doch nicht möglich! Luke konnte es nicht fassen, den jungen Mann hier zu sehen. Er hätte schwören können, dass Jonathan fliehen würde! Nun stand Jonathan da, in der Kanzlei, groß wie er war, mit seiner arroganten und stolzen Art, die Luke schon immer missfallen hatte, und schüttelte seinem Onkel die Hand.

Obwohl Bill völlig übermüdet war, fand er seine Sprache wieder. »Er war's jedenfalls nicht«, brummte er, und Lukes Blick wanderte immer noch fassungslos zu Bill, der mit glasigen Augen im Sessel lümmelte. Es war ein Wunder, wenn er es noch bis nach Hause schaffte und nicht gleich hier einschlief.

Luke räusperte sich. »Und … wer dann?«, fragte er.

Bill zuckte die Achseln. »Weiß ich nicht.«

Luke sah William verständnislos an. Was jetzt? Musste man ihm alles aus der Nase ziehen?

»Warum wissen Sie dann, dass es nicht Mr Brown gewesen ist?«, fragte Luke mit angespanntem Ton. Es störte ihn überhaupt nicht, dass

Jonathan neben ihm saß und sich womöglich über seine scharfe Frage ärgern könnte.

Bill sah Luke an, als wäre er absolut schwer von Begriff. »Weil er nicht so groß war. Wie sonst hätte er mir denn entkommen sollen?«

In Lukes Kopf schwirrten zu viele Fragen, als dass er sich für eine hätte entscheiden können. Das war einfach zu viel auf einmal.

Dankbar hörte er, dass William sich einschaltete. »Wie ist er entkommen, Bill?«

»Durchs Fenster. Und da passt keiner durch, der so ein Schrank ist wie der.« Bill deutete auf Jonathan und blickte dann wieder auf den Boden wie ein trotziges Kind.

»Kannst du ihn genauer beschreiben?«, fragte William aufgeregt bei diesen Neuigkeiten.

Bill ließ das für ihn typisch genervte Brummen hören. »Es war dunkel in der Halle«, grummelte er ärgerlich. »Ein flinker Kerl muss es jedenfalls gewesen sein, sonst wär er mir nie entwischt.« Es wurmte Bill sichtlich, dass er nicht schnell genug gewesen war, um den Täter zu fassen.

Luke sah erwartungsvoll zu seinem Onkel. Woher sollten sie wissen, ob nicht Jonathan einen Jungen geschickt hatte, anstatt selbst zu sabotieren, um den Verdacht von sich abzulenken?

»Womöglich wärst du schneller gewesen, wenn du ausgeschlafen gewesen wärst«, bemerkte William und erntete einen vernichtenden Blick von seinem Freund, der jedoch den gutgemeinten Wink seines Freundes verstanden hatte. *Will hat ja recht, wie immer*, dachte Bill und erhob sich aus dem bequemen Sessel. *Ich muss dringend Schlaf nachholen.* Er hob eine Hand zum Gruß und schlurfte hinaus.

Schweigend blieben die drei Männer zurück, bis Jonathan die angespannte Stille durchbrach. Die Luft schien wie elektrisch geladen, und Jonathans Worte wirkten auf Luke wie zischende Blitze.

»Ich habe niemanden dafür bezahlt, weiter die Firma zu sabotieren, falls Sie das denken sollten«, sagte Jonathan nachdrücklich und sprach damit Lukes Gedanken laut aus.

»Warum sind Sie nach Tainbridge gekommen, Jonathan?« William nahm es sich heraus, den jungen Mann mit Vornamen anzureden. Er wollte versuchen, ein persönliches Verhältnis zu schaffen, um ihn dadurch zur Offenheit zu ermutigen. Anders würde er ihm nicht helfen können.

»Ich wollte mich mit meinem Bruder versöhnen. Auch wenn er es mir nicht glaubt.«

»Weshalb hatten Sie gestritten?«

»Wie schon gesagt, wir hatten noch nie ein gutes Verhältnis miteinander.« Jonathans Gesichtsmuskeln spannten sich an. »Aber vor zwei Jahren gingen wir im Streit über das Erbe unseres Vaters auseinander.«

»Inwiefern?«

Jonathan gefiel es sichtlich nicht, so ausgefragt zu werden. Aber die Notwendigkeit dieses »Verhörs« schien im bewusst zu sein. So riss er sich zusammen und beantwortete jede der unangenehmen Fragen. »Ich war der Meinung, dass das Vermögen unseres Vaters ungerecht aufgeteilt war.«

»Sind Sie immer noch dieser Meinung?«

Jonathan biss die Zähne zusammen. »Ich verstehe jetzt seine Gründe.«

»Aber Sie fühlen sich immer noch benachteiligt?«

»Nein. Nicht mehr.«

»Was hat diese Wende bewirkt?«

Jonathan lächelte verhalten. »Ich nehme an, ich bin erwachsen geworden.«

William überlegte, ob er diese Antwort gelten lassen sollte und entschied sich für Ja. »Ihr Bruder behauptet, Sie würden die Firma aus Rache ruinieren wollen«, fuhr er fort. »Überzeugen Sie mich, dass er falsch liegt.«

Jonathan sah William lange an. Wenn William in sein Innerstes hätte schauen können, hätte er erkannt, dass Jonathan unter dem Gewicht dieser Forderung am liebsten davongelaufen wäre.

»Ich habe mich verändert«, sagte Jonathan nach einer langen Pause. »Das hat Andrew in dieser kurzen Zeit nur noch nicht bemerkt.«

William erkannte, dass Jonathan sich unter seinen Fragen wand.

»Jonathan«, sagte William und sah ihm dabei prüfend in die Augen. »Ich verlange Ehrlichkeit von *Ihnen*, deshalb will auch *ich* Ihnen gegenüber ehrlich sein. Ich glaube kaum, dass ich Ihre Unschuld mit diesen vagen Aussagen beweisen kann.«

Jonathan schluckte. Seine Lippen waren zu einem dünnen, bitteren Strich verzogen.

»Hat Ihr Bruder Feinde?«, entschied sich William dazu, weiter zu fragen.

Jonathan schüttelte den Kopf. Sein Bruder hatte die Gabe, irgendwie mit jedem auszukommen.

»Hat ihre Familie Feinde?«

Wieder schüttelte Jonathan den Kopf. »Mein Vater hatte sowohl in Schottland als auch in England einen guten Ruf. Mir ist nicht bekannt, dass er mit irgendjemandem im Streit lag.«

»Haben *Sie* Feinde?«

Bei dieser Frage konnte Jonathan nicht so schnell verneinen. Das hatte sich William schon gedacht. Jonathan räusperte sich. »Ich … habe Neider.«

Luke zog im Anbetracht dieser Arroganz die Augenbrauen hoch. Dennoch konnte er sich vorstellen, dass Jonathan ein Rivale – und damit ein Feind – für viele war, wenn er daran dachte, wie die Mädchen ihm hinterherliefen. Sein Vermögen war schließlich auch nicht gerade als gering zu bezeichnen.

William musste fast schmunzeln bei der Art, wie Jonathan die Frage umgangen hatte. Er kam ihm vor wie ein unreifer junger Mann, der versuchen wollte, sich in der Männerwelt zu beweisen.

»Sind diese … *Neider*«, er betonte das Wort, »gefährlich für Sie?«

»*Gefährlich*?«, Jonathan sagte dieses Wort abschätzig. Gefährlich war für ihn niemand.

»Sind diese Neider so zornig, dass sie Ihnen schaden wollen?«, formulierte William die Frage um.

Jonathan hielt Williams Blick stand, während er überlegte.

»Nein«, sagte er schließlich.

William nickte und verkniff sich einen Seufzer. Jonathan war ein stolzer Mann. So stolz, dass er vor keiner Gefahr zurückschrecken würde. Aber dieser Stolz machte es William schwer, an Jonathans wahren Kern zu kommen. Als Mr Brown senior vor zehn Jahren mit Andrew Schottland verlassen hatte, war Jonathan auf sich gestellt gewesen. Vielleicht hatte ihn das so hart gemacht.

»Was ist mit der Konkurrenz?«, Lukes Stimme durchbrach die entstandene Stille.

»Wen gibt es da?«, fragte William mehr sich selbst als die anderen beiden und kratzte sich am Kopf. »Andrew Brown hat mir den Namen der Firma aus Lowestoft genannt, die einzige Firma, die wohl als Konkurrenz infrage kommt.«

»Jonson & Morrison«, warf Jonathan ein.

»Ja richtig«, bestätigte William. Jonathan schien sich doch ein wenig im Familiengeschäft auszukennen.

»Wie … wie weit ist es von hier aus nach Lowestoft?«, fragte Luke.

»Etwas weniger als einen halben Tag mit der Kutsche.«

»Und …«, Luke zog wieder die Augenbrauen nach oben, »… warum fahren wir dann nicht hin?«

William schüttelte den Kopf. »Ich denke nicht, dass wir damit etwas erreichen werden.«

»Was tun wir dann?«, fragte Luke.

»Ein Versuch ist es doch wert«, schaltete sich Jonathan ein.

William und Luke starrten ihn an. Obwohl William beschlossen hatte, Jonathan zu glauben, dass er die Wahrheit gesagt hatte, war er doch noch nicht davon überzeugt gewesen, dass er unschuldig war. Deshalb war er erstaunt, als er sich nun in das Gespräch einbrachte.

»Man … müsste ja nicht gleich mit dem Boss der Firma sprechen«, schlug Jonathan vor. »Man könnte sich in der Stadt umhören. Vielleicht bekommt man was mit, zum Beispiel, ob die Firma gut läuft oder nicht.«

William spielte gedankenverloren mit einem Stift – und kaute auf seiner Unterlippe herum. Luke ertappte sich dabei, wie er sich auch auf die Unterlippe gebissen hatte. Das Verhalten seines Onkels färbte ab.

»Was denkst du, Luke?«, fragte William.

»Ich denke, dass Mr Brown recht hat«, antwortete Luke und vermied Augenkontakt mit Jonathan.

»Vielleicht«, sagte William und überlegte weiter. »Jonathan und ich fahren morgen nach Lowestoft«, verkündete er schließlich nach einer langen Pause. Luke sah auf und hätte am liebsten protestiert. Er wollte auch mit! Er wollte sich nichts entgehen lassen.

Doch anstatt etwas zu sagen, sog er nur scharf die Luft ein und war froh, dass er gelernt hatte, sich zu beherrschen. Er versuchte, sich auf die Argumente zu konzentrieren, die William ihm vorbringen würde, wenn er protestiert hätte. Jonathan war besser aufgehoben, wenn er nicht in der Stadt war, und schließlich musste irgendjemand in der Kanzlei die Stellung halten. Luke sah die Entscheidung seines Onkels ein, auch wenn er es sich anders gewünscht hätte.

»Seien Sie morgen um sieben Uhr hier«, wies William den jungen Schotten an und stand auf. Sie reichten sich zum Abschied die Hand, auch Luke erhob sich, bis Jonathan die Kanzlei verlassen hatte.

Neffe und Onkel nahmen wieder Platz, und jeder hing seinen eigenen Gedanken nach. William biss auf der Unterlippe herum. Morgen war Samstag, aber sie konnten nicht länger warten, um nach Lowestoft zu fahren. Die Idee war wirklich gar nicht so dumm. Sie mussten bald handeln. In Lowestoft war außerdem auch der Richter ansässig, den Andrew benachrichtigt hatte. William würde vielleicht mit dem Richter über den Fall reden können.

»Dann sollten wir jetzt weiter die Akten sortieren«, bemerkte Luke und sah auf den Schreibtisch, auf dem sich Papier stapelte.

William nickte, aber er schien wenig Lust zu haben. »Das kannst du vor allem dann tun, wenn Jonathan und ich in Lowestoft sind«, grinste er, und Luke zog eine Grimasse.

»Weißt du was?«, meinte William schließlich. »Wir gehen jetzt nach Hause.«

Über Lukes Gesicht ging ein Grinsen. Dagegen hatte er nichts einzuwenden.

12

Lynnie und Mary-Ann waren gerade im Garten, um ihn frühlingstauglich zu machen, als William und Luke ungewöhnlich früh zu Hause auftauchten. Die Freude und die Überraschung waren groß. Jeremy und Joyce, die beide bei Mr McWire noch im Unterricht waren, bekamen glücklicherweise nichts davon mit – an Unterricht wäre sonst nicht mehr zu denken gewesen, wenn die beiden Kinder gewusst hätten, dass Luke im Haus war.

Luke fand Celina in der Bibliothek, wie sie lustlos an den Reihen der riesigen Bücherregale entlangstreifte. Er versuchte, die Tür leise zu schließen, damit sie ihn nicht hörte, doch sie knarrte, und Celina fuhr herum. Luke hätte alles gegeben, um das Strahlen festzuhalten, das in diesem Moment über das Gesicht seiner Cousine ging, als sie ihn sah.

Am liebsten wäre Celina ihm um den Hals gefallen, aber sie traute sich nicht so richtig, weil sie nicht wusste, was er von ihr denken würde. Ihr Herz fühlte sich gerade um Tonnen leichter an. Seine Ausstrahlung schien sogar mächtiger als die Sonnenstrahlen am blauen Himmel draußen zu sein, weil er es schaffte, ihre Traurigkeit in Freude umzuwandeln. Luke war die Erlösung von dem langen Nachmittag, den sie allein mit ihren sie quälenden Gedanken hätte verbringen müssen.

»Was machst du denn schon hier?«, fragte sie, und Luke freute sich, dass sie wirklich aufrichtig begeistert zu sein schien, ihn zu sehen. Bei Celina hatte er gelernt, lieber genauer hinzusehen, ob sie etwas ernst meinte oder nur vortäuschte, um gut dazustehen oder sich beliebt zu machen. Aber in diesem Moment fand er nur ehrliche Freude in ihrem Gesicht.

»Wieso schon? Hast du den ganzen Tag in der Bibliothek verbracht und die Zeit vergessen?«, erwiderte Luke neckend, und Celina schaute verwundert zur Uhr. Die Zeiger zeigten zwei Uhr nachmittags. Drei Stunden früher als ihr Vater normalerweise die Kanzlei verließ. Sie musste lachen, als sie seinen Witz verstand und wollte ihn in die Seite boxen, doch Luke hielt ihre Hand fest. »Dein Vater hat beschlossen, den Nachmittag freizunehmen«, erklärte er, noch immer den Schalk in den Augen.

»So?« Celina wunderte sich. So was gab es unter normalen Umständen nicht. »Und warum?«

Luke ließ sie wieder los und steckte seine Hände in die Hosentaschen, wie er es oft machte. »Morgen wird er nach Lowestoft fahren, um wegen Mr Browns Fall Informationen einzuholen.«

»Oh.« Bei der Erwähnung von Jonathans Nachnamen spürte sie einen kleinen Stich in ihrem Herzen.

Luke bemerkte es sofort an dem Blick ihrer Augen und beschloss, das Thema zu wechseln anstatt den Nachmittag zu trüben, indem er ihr auch noch erzählte, dass Jonathan ebenfalls die Stadt verlassen würde. Jonathan würde es ihr wahrscheinlich sowieso selbst mitteilen, was eindeutig die bessere Lösung war. »Nach was für einem Buch hast du gesucht?«, fragte er ablenkend und schaute das lange Regal hoch.

»Ach, nach keinem«, seufzte Celina. »Ich habe nur versucht, mir die Zeit irgendwie zu vertreiben.«

Luke ging weiter und blieb dann stehen. Er zog ein Buch heraus. »Was hältst du von diesem hier?«

Celina nahm es. *Shakespeare, na klar.* Luke ging weiter und zog immer und immer wieder ein neues Buch aus den Regalen. Am Ende hatte Celina einen Stapel von neun Büchern auf ihrem Arm. Sie sah ihn zweifelnd an. »Und die soll ich alle lesen?«, fragte sie.

Luke lachte und nickte. »Sie sind gut.«

Celinas Blick war nicht sehr überzeugt, aber das gab Luke nur noch mehr zu lachen. Er nahm ihr den Stapel ab und ging voraus zu ihren Zimmern. Celina öffnete ihm die Tür, und Luke stellte die Bücher auf den kleinen runden Tisch am Fenster.

»So, es dürfte dir jedenfalls so schnell nicht mehr langweilig werden«, bemerkte er, während er den Stapel betrachtete. Celina zog eine Grimasse.

»Komm, jetzt lass uns das schöne Wetter genießen«, forderte Luke sie ohne Widerrede zu dulden auf, und Celina war einmal mehr dankbar für die Gabe ihres Cousins, sie abzulenken und zum Lachen zu bringen.

Was noch viel wichtiger war: Luke gab ihr das Gefühl, wichtig zu sein, gerade jetzt, wo sie sich von Jonathan versetzt fühlte. Während Celina Luke nach draußen folgte, und Luke über irgendetwas Belangloses sprach, wurde ihr zum ersten Mal seit Langem wieder bewusst, dass sie jemanden brauchte. Sie brauchte Luke als Freund, weil er sie aufmunterte, und weil er genau wusste, wann er etwas sagen sollte und wann es besser war, einfach zu schweigen. Diese Erkenntnis gab ihr das Gefühl, als stände sie einem Wunder gegenüber. Es war ein Wunder, dass sie so denken konnte: Sie *brauchte* jemanden. Vielleicht war es auch ein kleines Wunder, dass Luke überhaupt zu ihnen gekommen war.

Beim Abendessen erzählte William seiner Familie, dass er aus beruflichen Gründen über das Wochenende in eine andere Stadt reisen würde. Celina versuchte, ihren Vater nochmals alleine zu erwischen, um mit ihm über Jonathan reden zu können. Doch Mary-Ann wich ihrem Mann, den sie nun für ein paar Tage entbehren musste, nicht mehr von der Seite. Ein bisschen enttäuscht und immer noch mit wirren Gefühlen setzte Celina sich im Nachthemd vor den anheimelnd knisternden Kamin in ihrem Zimmer. Plötzlich vernahm sie ein zaghaftes Klopfen an ihrer Zimmertür. Celina schaute auf und sah, wie Lynnie ins Zimmer trat.

»Luke hat mir gesagt, er hätte dir Bücher zum Lesen gegeben, und ich könnte mir eines von ihnen holen.«

Celina blickte zu dem Stapel Bücher.

»Er hat gemeint, du hast trotzdem noch genug andere zum Lesen da«, sprach Lynnie weiter.

»Nimm dir doch einfach eins und verschwinde wieder«, platzte Celina unfreundlich heraus, und ihr unfreundlicher Ton tat ihr nicht leid, obwohl Lynnies Augen einen verletzten Blick zeigten. Sie schlich zu dem Tisch und zog ein Buch heraus. Dabei fiel ihr das oberste hinunter.

»Lynnie!«, fuhr Celina ihre Schwester erbost an. »Die Bücher sind nicht zum Werfen da, sie sind wertvoll.«

Lynnie war erschrocken, nicht darüber, dass ihr das Buch hinuntergefallen war, sondern wegen des scharfen Tonfalls ihrer Schwester.

»Das war keine Absicht«, flüsterte Lynnie, hob das Buch auf und verließ mit dem anderen Buch in der Hand das Zimmer. Draußen auf dem Gang stiegen ihr die Tränen in die Augen, und sie wünschte sich, sie wäre nicht zu Celina gegangen. Sonst ging sie ihr auch aus dem Weg, weil ihre Schwester einfach kein nettes Wort für sie übrig hatte. Sie versuchte sich krampfhaft daran zu erinnern, wann Celina in den letzten Wochen etwas Freundliches zu ihr gesagt hatte. Was hatte ihre Schwester nur gegen sie? Sie liebte Celina, sie war ihre Schwester. Aber es war so schwer, mit ihrer bissigen Art auszukommen. Als Lynnie in ihrem Zimmer war, beschloss sie, noch ein wenig in dem Buch, das Luke ihr empfohlen hatte, zu lesen und Celinas Benehmen zu vergessen.

Den nächsten Tag verbrachte Celina hauptsächlich mit Lesen. Sie hätte nicht geglaubt, dass es so hilfreich sein würde, um sich von den Gedanken an Jonathan, der Sehnsucht nach ihm und vor allem von dem Gefühl, von ihm zurückgewiesen worden zu sein, abzulenken. Sie war Luke dafür unendlich dankbar. Celina selbst hatte keine Ahnung, welche der Bücher in der großen Bibliothek ihres Vaters fesselnd waren und welche nicht. Irgendwie schien Luke immer genau zu wissen, was sie gerade brauchte.

Sie hörte Joyce vor Freude quietschen und Luke lachen. Lächelnd ging sie zu dem geöffneten Fenster und schaute hinaus, wo Luke mit Lynnie, Jeremy und Joyce im Garten Kricket spielte. Die Sonne war heute so warm, dass der Rasen trocken war und man getrost draußen sein konnte, ohne einen warmen Mantel zu brauchen. Celina sah, wie Lynnie lächelte, als Luke Jeremy über den Rasen jagte, weil er geschummelt hatte. Celina verspürte wieder Ärger in sich aufsteigen. War sie etwa eifersüchtig auf ihre kleine Schwester? Genau das, was sie Luke vorgeworfen hatte, als er ihr abgeraten hatte, sich weiter mit Jonathan zu treffen? Nein, das wollte sie sich nicht zugestehen. Eingeschnappt wandte sie sich vom Fenster ab. Aber vielleicht hatte Luke ja sogar recht gehabt mit Jonathan? *Ach, Celina*, schalt sie sich selbst. *Er ist nur ein einziges Mal nicht zum Treffen gekommen. Dafür hatte er sicher einen guten Grund.* Wie sehr wünschte sie sich, dass es die Wahrheit wäre! Morgen war Sonntag. Vielleicht würde sie nach dem Gottesdienst ein paar Worte mit ihm wechseln können.

In der Kirche war Celina genauso unruhig wie am Sonntag davor. Ständig drehte sie sich um, bevor der Gottesdienst losging, und suchte mit nervösem Blick die Reihen ab, ohne dass sie Jonathan entdecken konnte. Luke überlegte, ob Jonathan Celina wohl doch nicht auf Wiedersehen gesagt hatte. Aber jetzt war es sowieso zu spät, um ihr die Nachricht noch mitzuteilen. Der Gottesdienst begann und verflog für Celina wie im Nu. Ihre Gedanken drehten sich so schnell, dass ihr die Stunde wie zwei Minuten vorkam.

Wie beim letzten Mal sah Celina Andrew Brown in der hintersten Reihe sitzen, als sie nach dem Gottesdienst aufstand und sich dem Ausgang zuwandte. Aber keine Spur von Jonathan. *Wo ist er nur?,* schrie es in ihr. *Ist er doch schuldig und deshalb getürmt?*

»Celina«, flüsterte eine vertraute Stimme aufgeregt hinter ihr, als sie aus der Kirche die Stufen zum Vorhof hinuntertrat. Caroline ging hinter ihr und bedeutete ihr mit dem Finger ihr zu folgen. Celina ging mit ihr auf die Seite des Gebäudes.

»Jonathan Brown …«, fing Caroline an, »… hat die Stadt verlassen.«

Celina starrte Caroline mit vor Entsetzen geweiteten Augen an. Sie brachte keinen Ton heraus.

»Ahnst du, was das bedeutet?«, flüsterte Caroline aufgeregt, als sie Celinas Sprachlosigkeit bemerkte und redete weiter, ohne eine Antwort abzuwarten. »Er ist getürmt, einfach abgehauen! Das bedeutet, dass er der Schuldige ist!«

Celina sah die Begeisterung in den Augen ihrer Freundin aufblitzen, aber dieses Mal konnte sie nicht wie gewöhnlich darauf eingehen. Im Gegenteil, es stieß sie ab und machte sie regelrecht wütend. »Das weißt du doch gar nicht, Caroline«, warf sie ihr scharf vor und stoppte damit ihre Freundin, die gerade wieder etwas hatte sagen wollen, weil Andrew Brown aus der Kirche gekommen war. Caroline konnte es nicht fassen, dass Celina nicht auf diese skandalösen Informationen einging, sondern sie infrage stellte. Das hatte sie noch nie erlebt!

»Was ist denn mit dir los?«, fragte sie abfällig.

»Ich …« Celina schaute zu all den Leuten am Kirchenplatz, und tausend Gedanken schossen ihr durch den Kopf. War nur sie auf Jonathan reingefallen? Hatte er sie mit seinem Charme so gefangen genommen, dass sie seine Boshaftigkeit nicht gesehen hatte? Sie wollte es nicht glauben. Aber was, wenn sie sich doch in ihm getäuscht hatte? *Liebe macht blind*, hörte sie Shakespeare belehrend sagen. Tränen stiegen ihr in die Augen, und sie wollte nicht, dass irgendjemand sie sah.

»Wahrscheinlich hast du schon recht«, stieß sie hervor und ließ Caroline einfach stehen. Sie eilte Richtung Friedhof zum Grab ihrer Großeltern. Dort war sie weit genug von allen Leuten weg, sodass sie sich hinter den Grabstein setzen und weinen konnte. *Warum muss ich mich auch immer gleich verlieben?*, dachte sie. *Ach, aber Jonathan wäre so perfekt gewesen. Angesehen, reich, gutaussehend.* Das mit dem hohen Ansehen war nun vorbei. Und falls er gefasst werden sollte, wäre der Reichtum auch dahin. Dann sähe er nur noch gut aus. Aber wer weiß? Vielleicht würde seine Schönheit auch irgendwann verschwinden, wenn er sich grämte, was er für Fehler in der Vergangenheit gemacht hatte. *Siehst du, es ist lächerlich, dass du um ihn weinst*, sagte sich Celina und wischte sich energisch die Tränen von den Wangen. Wenn sie sich vorstellte, dass Jonathan sie jetzt sehen könnte. Grauenvoll! Wahrscheinlich würde er sich ins Fäustchen lachen, weil sie auf ihn reingefallen war. Nein, diese Vorstellung war wirklich schrecklich. Sie blickte auf und bemerkte zum ersten Mal den zarten grünen Schleier, der die Baumkronen umgab. Ja, der Frühling war da. Sie atmete ein paar Mal tief durch. Wie gut, dass sie hier auf dem Friedhof war, da würde sich wenigstens keiner wundern, dass sie geweint hatte.

In den nächsten Tagen ließ sich Celina nur zu den Essenszeiten blicken. Mary-Ann wusste, dass Celina die wenigen Aufgaben verrichtete, die ihr zugeteilt waren, aber bei allem, was sie tat, hatten ihre Augen einen abwesenden bis traurigen Blick, und ihre Antworten waren noch bissiger als sonst. Die meiste Zeit saß Celina jedoch in ihrem Zimmer und las. Früher hatte ihre Tochter auch gelesen, aber niemals so viel. Lieber war sie durchs Haus gestreift, als den ganzen Tag im Sessel zu sitzen und ein Buch nach dem anderen zu verschlingen. Was war nur mit ihr los? War es dieser Jonathan? Mary-Ann hörte nicht auf zu beten, dass Gott ihre Tochter beschützen würde. Sie freute sich jeden Tag darauf, dass es bald 17.00 Uhr werden würde. Wenn Luke da war, ging es jedem ihrer vier Kinder besser.

William war noch immer nicht von seiner Geschäftsreise zurück, und Mary-Ann sehnte seine Rückkehr herbei.

13

An einem Morgen wachte Celina mit Herzklopfen auf. Heute würde endlich wieder etwas geschehen! Der Ball bei Mandys Eltern würde sie mit Sicherheit von ihrem Liebeskummer ablenken.

Mary-Ann beschloss, nicht mit auf den Ball zu gehen. Sie blieb lieber zu Hause bei ihren zwei Jüngsten, Joyce und Jeremy. Ohne William war ihr die Gesellschaft der reichen Leute noch unangenehmer. Wenn er mitging, wusste sie wenigstens, dass jemand da war, der wirklich zu ihr stehen würde.

Luke hatte Lynnie überredet, auch mitzukommen. Mary-Ann sah, dass ihre Tochter sich nicht ganz wohl bei der Sache fühlte, aber Luke hatte versprochen, nicht von ihrer Seite zu weichen. Das beruhigte Lynnie und auch Mary-Ann.

Damit hatte Luke also am linken Arm Lynnie und am rechten Celina, die wütend war, dass Luke ihre kleine Schwester unbedingt dabei haben wollte. Celinas Augen blitzten vor Missbilligung. Luke bemerkte die Spannung zwischen den beiden Schwestern und versuchte sie zu lösen, in dem er beide gleichermaßen ins Gespräch einzubinden versuchte, was allerdings nicht ganz gelang, weil Celina in der Kutsche trotzig aus dem Fenster starrte und nur einsilbige Antworten gab. Lynnie war ja noch nie sehr gesprächig gewesen und ganz besonders dann nicht, wenn Celina gerade schlecht gelaunt war und neben ihr saß. So kam es, dass irgendwann die Unterhaltung auf dem Weg zum Ball verstummte. Die beiden Schwestern starrten beide aus entgegengesetzten Fenstern und Luke starrte seinerseits an die Decke der Kutsche. Unwillkürlich musste er an seine Mutter denken, die genau wie Celina sehr schnell eingeschnappt war. Manchmal war es wirklich schwer, die Frauen zu verstehen. Er wünschte sich, einmal in Celinas Herz schauen zu können, um sie vielleicht zu verstehen. Aber Celina ließ niemanden an sich heran, nur manchmal in einem glücklichen Moment schien eine andere Celina hervorzublitzen. Aber meistens hatte sie eine Mauer um sich herum aufgebaut und schützte die Burg um ihr Herz mit giftigen Pfeilen aus Worten und Blicken. Luke verstand gut, dass Lynnie nicht die Kraft hatte, bei jedem Versuch, sich Celina zu nähern, wieder als Verwundete aus der Schlacht zu gehen.

Sobald sie angekommen waren, öffnete Luke die Tür und half zunächst Celina aus der Kutsche, die sogleich davonstolzierte und gar nicht erst auf ihn und ihre Schwester wartete. Wenn sie den Arm ihres Cousins nicht alleine hatte, wollte sie sich lieber gleich ohne ihn ins Vergnügen stürzen. Luke war ein sanftmütiger Mensch, aber langsam begann er, sich über Celinas Benehmen zu ärgern.

Lynnie lenkte ihn von seinem Ärger ab, indem sie ihm schüchtern die Hand reichte, um nicht zu fallen, wenn sie in ihrem Kleid die Stufen der Kutsche hinunterstieg. Ihre Augen blickten ängstlich auf das große Haus vor ihnen, in dem sie viele, viele Leute erwarten würden. Es war hell erleuchtet und fröhliche Musik drang heraus. Luke lächelte über seine schüchterne, kleine Cousine.

»Es wird dir gefallen«, beteuerte er ihr, und sie nahm dankbar den Arm, den er ihr angeboten hatte. »Du siehst umwerfend aus«, flüsterte er ihr ins Ohr, um sie noch einmal zu ermutigen.

Lynnie fühlte sich wirklich geschmeichelt, aber in ihrem Bauch fühlte es sich an, als würde sich alles zusammenkrampfen und sich dagegen wehren, dass sie dort hineinging. Die Eingangshalle war hoch und eine breite Treppe führte hinauf zu einer Galerie mit Geländer aus dunklem Holz. Verschiedene Gemälde hingen an den Wänden, doch Lynnie konnte sich in diesem Augenblick nicht an ihnen freuen. Zwei große Flügeltüren am Ende der Treppe waren geöffnet und Musik drang heraus. Am liebsten wäre Lynnie mitten auf der breiten Treppe zum Saal nach oben umgedreht und vor den ganzen Leuten weggerannt. Wäre sie nicht an Lukes Arm gewesen, hätte sie es mit Sicherheit auch getan.

Der Ball war größer als der, den Caroline veranstaltet hatte, da alle wichtigen Leute der Stadt anwesend waren und nicht nur die jungen Leute. Die vielen Menschen machten Lynnie ganz schwindelig.

Luke, der in Tainbridge bereits gut bekannt war und respektiert wurde, wurde von vielen herzlich begrüßt. Manche wunderten sich, dass Lynnie dabei war, manche bemerkten es kaum. Andere freuten sich, wie auch die zwei Mädchen, denen Luke seine Cousine schon einmal nach dem Gottesdienst vorgestellt hatte. Luke hatte Mandy und Sarah entdeckt, die etwas abseits an der Tanzfläche standen und den Paaren beim Tanzen zuschauten. Er führte Lynnie zu ihnen, und beide freuten sich sehr, ihn mit seiner Cousine zu treffen.

»Wunderschöner Ball, Mandy«, lobte Luke, als er ihr zur Begrüßung die Hand küsste und Mandys Backen wurden noch röter vor Freude.

»Sarah«, sagte Luke als er ihr ebenfalls die Hand küsste. Sarahs Art mochte Lynnie besonders gern. Sie war groß und schlank – ganz im Gegensatz zu ihrer pummeligen Freundin Mandy – und hatte dickes dunkelbraunes Haar. Sie war nicht so zappelig wie die anderen Mädchen. Stattdessen blickten ihre dunklen Augen ruhig, warm und freundlich, als sie Lynnie fragte, wie sie mit dem Malen vorankäme. Schüchtern antwortete Lynnie, und Mandy beteiligte sich ebenfalls am Gespräch um die Malkunst. Bald waren sie in eine Debatte über die größten Maler der Geschichte vertieft. Luke stand daneben und beobachtete erfreut, wie Lynnie langsam aufzutauen schien. Sein Plan war geglückt.

»Möchten die Damen ein Glas Punsch?«, fragte Luke schließlich, als es ihm zu langweilig wurde, bei den drei Mädchen zu stehen, die durch Mandys sprunghafte Gedanken von einem Thema zum nächsten kamen.

Mandy war entzückt von Lukes Angebot und Sarah bejahte lächelnd. Lynnie schaute ihn fragend an, und er nickte ihr ermutigend zu. »Bin gleich wieder da«, sagte er, hauptsächlich zu Lynnie, um sie zu beruhigen.

Luke schob sich an den Leuten vorbei, die an der Tanzfläche standen und steuerte in Richtung Buffet, wo Punsch und andere Getränke ausgeschenkt wurden. Er bestellte drei Gläser und blickte wieder in Richtung Tanzfläche, während der Kellner einschenkte.

In einer Gruppe junger Männer entdeckte Luke schließlich Celina mit zwei weiteren Mädchen, die sich köstlich zu amüsieren schienen.

Celina hatte ebenfalls ein Glas Punsch in der Hand, und er hörte sie laut lachen. Aber ihr Lachen klang aufgesetzt. *Sie ist nicht glücklich*, dachte Luke, und diese Erkenntnis machte *ihn* wiederum traurig. Warum machte sie sich selbst das Leben so schwer, indem sie jeden von oben herab behandelt? Würde sie ihren Egoismus zügeln, könnte sie viel unbeschwerter leben. Sie müsste sich keine Aufmerksamkeit verschaffen, indem sie laut über die dümmsten Witze lachte, sondern könnte wirklich glücklich sein.

Die drei Gläser Punsch waren gefüllt, und Luke nahm sie, um sie Mandy, Sarah und Lynnie zu bringen. Seine Cousine schien sich bei den beiden noch immer wohlzufühlen, deshalb ging er wieder zurück, um sich selbst ein Glas Punsch zu holen. Seine Augen wanderten durch den Saal, streiften Lynnie mit Mandy und Sarah, Celina und Caroline. Plötzlich blieben seine Augen bei einem jungen Mann hängen, der irgendwie überhaupt nicht in diese Gesellschaft hineinzupassen schien. Sein Haar sah ungepflegt aus, und sein Blick wirkte … gehetzt. Er konnte nicht älter als siebzehn sein. Luke runzelte die Stirn. Wo hatte er ihn nur schon einmal gesehen? Es blieb ihm keine Zeit mehr, darüber nachzudenken, denn der junge Mann eilte schon wieder aus dem Saal. Ohne nachzudenken stellte Luke sein Glas ab und versuchte mit niemandem zusammenzustoßen, während seine Augen den seltsamen Jungen nicht losließen und er ihm hinterherstürzte, vorbei an Frauen mit raschelnden Röcken, Männern, die sich gepflegt unterhielten, aus dem Tanzsaal hinaus, den Gang entlang, die Treppen hinunter, über die Steinfliesen der Eingangshalle, die Stufen vor der Haustür hinunter.

»Warte«, rief Luke. Der Junge wartete nicht, aber Luke hatte schnellere Beine als er, sodass er ihn bald eingeholt hatte. »Moment mal«, sagte er und hielt den Jungen am Ärmel fest. Sein Anzug war so altmodisch, dass jeder auf dem Ball ihn schon längst ausrangiert und ins Armenhaus gebracht hätte. *Armenhaus!* Der junge Mann … Er kannte ihn aus Lynnies Bild! Diese Erkenntnis traf ihn wie ein Blitzschlag aus dem Nichts, als er den jungen Mann anstarrte. Der Junge nutzte diesen Überraschungsmoment aus, um sich loszureißen und wie von der Tarantel gestochen davonzurennen.

»Hey«, rief Luke ihm hinterher und nahm sofort wieder die Verfolgungsjagd auf. Er kam jedoch nicht weit, denn aus der Tasche des Fliehenden war ein Zettel auf das Kopfsteinpflaster der Straße gefallen. Luke verzichtete darauf, dem Jungen weiter hinterherzulaufen, um ihn zur Rede zu stellen und hob den Zettel auf, bevor eine Kutsche darüber fuhr. Der Junge hatte wohl nicht bemerkt, dass er etwas verloren hatte, denn er stürmte bereits um die nächste Straßenecke.

Luke stutzte. Es war kein sorgfältig zusammengefalteter Zettel, sondern ein Brief. Und dieser Brief war … an Jonathan gerichtet. Was hatte das nun wieder zu bedeuten? Luke drehte und wendete den Brief, als würde dort irgendwo ein Hinweis stehen. Nachdenklich stieg er die Stufen zum Hauseingang wieder hinauf und steckte sich den Brief in die Anzugtasche. Öffnen konnte er ihn jetzt auf keinen Fall.

Celinas Blick streifte ihn, als er wieder in den Ballsaal trat, aber sie drehte sich demonstrativ wieder weg und fragte den Mann neben ihr etwas, das er nicht verstehen konnte.

Wo war Lynnie? Luke blickte sich suchend um. Sie stand nicht mehr an demselben Ort wie vorher. Auch Sarah und Mandy waren nirgends zu sehen. Luke ging durch die Menge hindurch, konnte seine Cousine aber nirgends entdecken. Der Tanz endete, und schon begann ein neues Lied. Da war sie ja! Sie tanzte mit einem Jungen, der wohl kaum älter als siebzehn war und eine lustige Locke in seine Stirn fallen hatte. Seine Bewegungen waren etwas schlaksig, und man sah, dass er sich anstrengen musste, um keinen Fehltritt zu machen. Lynnie musste ihm schon sehr gut gefallen haben, dass er sich mit ihr auf die Tanzfläche gewagt hatte. Lynnie schien das Tanzen ebenfalls Spaß zu machen. Luke lächelte, froh darüber, dass es ihr tatsächlich gut zu gefallen schien. Nun entdeckte Luke auch Mandy, wie sie mit George, einem jungen Mann aus Tainbridge, tanzte. Beruhigt schnappte er sich wieder ein Glas Punsch und verließ den Tanzsaal, um in Ruhe überlegen zu können, was er nun mit dem Brief anstellen sollte.

Celina sah, wie Luke wieder aus dem Ballsaal ging und verspürte kurz den Drang, ihm hinterherzulaufen und sich für ihr zickiges Benehmen zu entschuldigen. Unentschlossen stand sie da und blickte in Richtung Eingangstür.

»Natürlich ist er der Übeltäter«, hörte sie Caroline neben sich sagen.

»Flucht war wohl das einzig Schlaue, das er in seiner Situation hatte tun können«, bemerkte einer der jungen Männer, die in ihrem Kreis standen.

»Für mich ist er ein Feigling«, sagte Josh, der sich ebenfalls bei ihnen aufhielt. Selbstgefällig drehte er sich zu Celina um, damit er sicher sein konnte, dass sie ihn nicht überhören würde: »Ich stelle mich einer Gefahr, egal was passiert.«

Normalerweise hätte Celina jetzt gelacht, aber in diesem Moment konnte sie keine Fröhlichkeit vortäuschen. Nicht, wenn es um Jonathan ging. Caroline übernahm für sie das aufgesetzte Gelächter und rettete die Situation.

»Ach, das hat man dem Kerl doch gleich angesehen, dass der keine sauberen Geschäfte macht«, schaltete sich der andere junge Mann wieder ein. Celina spürte, wie ihr Magen sich bei dem Imponiergehabe der zwei Männer am liebsten umgestülpt hätte. So ging das schon den ganzen Abend, und aus irgendeinem Grund nervte es sie gewaltig – nicht wie sonst, wenn sie die Aufmerksamkeit der Männer genoss. Ach, sie konnten ihr doch alle gestohlen bleiben, besonders dieser Josh, der ihr schon den ganzen Abend nicht von der Seite gewichen war. Normalerweise hatte sie mit jedem ihren Spaß, aber heute verstand sie sich selbst nicht.

»Wie gut, dass er wieder weg ist«, sagte Caroline Beifall heischend.

»Wer weiß, was er noch alles angestellt hätte«, bestätigte Josh und hob sein Punschglas. »Auf den verschwundenen Mr Brown!«

»Auf den verschwundenen Mr Brown!« Alle anderen aus der Runde stiegen mit ein und prosteten sich zu – außer Celina. Bei ihr war das Maß voll. Ohne ein weiteres Wort eilte sie Richtung Ausgang.

Als sie aus dem Saal kam, atmete sie erst einmal tief durch. War denn die Welt auf den Kopf gestellt? So hatte sie sich noch nie auf einem Ball gefühlt. Sie blickte zurück und bemerkte, wie Lynnie, die normalerweise ihr komplettes Gegenstück war – nämlich schüchtern, ruhig und bescheiden, sich gerade prächtig auf der Tanzfläche zu amüsieren schien. Im gleichen Moment nahm sie aus dem Augenwinkel wahr, wie Josh sein Glas einem anderen jungen Mann in die Hand drückte und sich an den Leuten vorbei auf sie zu bewegte. Nein, sie wollte nicht mit ihm reden, das hielt sie jetzt nicht aus! Schnell lief sie die Treppen hinunter und zur Haustür hinaus. Ohne weiter nachzudenken oder sich umzusehen, rannte sie ein Stück an der Hauswand entlang, bis sie um die Ecke biegen konnte. Schwer atmend drückte sie sich an die kalte Steinwand des Hauses. Ihr Korsett beengte sie gewaltig, und sie rang nach Luft. *Ganz ruhig, Celina, beruhig dich*, sprach sie sich selbst zu und versuchte ihren Atem wieder gleichmäßig werden zu lassen. Über ihr glitzerten die Sterne wie tausend Diamanten an einer schwarzen Samtdecke. Die Luft war erfrischend kühl nach der stickigen Hitze im Haus, fast ein bisschen zu kalt, um ganz ohne Mantel an der Hauswand zu lehnen, aber sie wollte noch nicht zurück. *Warum bist du heute Abend so seltsam, Celina?*, wunderte sie sich selbst. Vielleicht war es auch der Punsch, der ihr in den Kopf gestiegen war. *Seit Jonathan aufgetaucht ist, ist vieles seltsam gelaufen. Und jetzt, wo er wieder weg ist, erkenn ich mich selbst nicht wieder.* Sie schüttelte den Kopf und trat einen Schritt vom Haus weg.

Plötzlich sah sie eine Bewegung an der hinteren Ecke des Hauses und meinte das Herz bliebe ihr stehen. Ein großer Mann trat aus dem Schatten der Hauswand auf die Straße hinaus, sodass sie ihn sehen konnte.

Luke hatte Celina gesehen, als sie aus dem Ballsaal gekommen war – ohne ihre vorgetäuschte Fröhlichkeit. Sie machte den Eindruck, als würde sie sich im nächsten Moment übergeben müssen. Als sie in den Saal zurückgeblickt hatte, war sie plötzlich wie ein gejagtes Reh die

Treppen hinuntergestürmt, bevor er zu ihr gehen konnte. Als einen Augenblick später ein junger Mann mit längerem lockigem Haar aus der hohen Tür in den Gang getreten war und sich suchend umblickte, hatte Luke begriffen. Vor ihm war sie also davongelaufen.

»Guten Abend, Mr …«, sprach er ihn an, ohne sich weiter darüber Gedanken zu machen, was er ihn fragen würde.

Josh sah Luke von oben bis unten an. »Withborn«, antwortete er dann mechanisch auf die unausgesprochene Frage und reckte wieder seinen Hals, um Celina zu entdecken.

»O'Dwell«, stellte Luke sich breit lächelnd vor und streckte ihm die Hand entgegen. Josh nahm sie widerwillig.

»Sagen Sie, Mr Withborn«, begann Luke, »wie ist Ihre Meinung zu diesem Gemälde?« Er ließ Joshs Hand nicht los, sodass dieser sich zu dem Bild drehen musste, ob er wollte oder nicht. Genervt sah Josh sich das Gemälde an, auf das Luke zeigte. »Beeindruckend«, tat er seine Meinung kund und wandte sich sogleich wieder ab.

»Oh ja, das finde ich auch«, stimmte Luke zu und hielt ihn auf, in dem er weitersprach. »Dieser Turner ist wirklich ein Genie, meinen Sie nicht?«

»Turner?«, fragte Josh. »Noch nie gehört.«

»Aber dieses *beeindruckende* Gemälde ist von ihm«, erklärte Luke.

»Dieses Gemälde ist von Joshua Reynolds«, widersprach Josh. Genau genommen hatte Luke keine Ahnung. Den Namen Turner hatte er daheim in London einmal im Zusammenhang mit neuester Malkunst gehört. Im Grunde war er auf diesem Gebiet nicht sehr bewandert. Trotzdem spielte er das Spiel weiter. »Wie?«, fragte er. »Aber nein, ich sage Ihnen, dieses Gemälde ist von William Turner!«

Joshs Stirn legte sich in Falten und studierte das Gemälde auf das Genaueste. »Ich bin mir ziemlich sicher, dass …«

»Es wundert mich, dass Sie noch nichts von Turner gehört haben. Er ist so talentiert.«

Luke musste sich zusammenreißen, um bei dem verdutzten Blick seines Gegenübers nicht laut loszulachen. »Sie sehen mir doch eigentlich wie ein gebildeter Mann aus.«

»Ja, aber …«, fing Josh wieder an, kam jedoch nicht weit.

»Auf welche Schule sind Sie denn gegangen?«, unterbrach Luke ihn.

»Ich hatte einen Hauslehrer«, sagte Josh.

»Na, kein Wunder, dass Sie William Turner dann nicht kennen.« Er schüttelte bedauernd den Kopf.

Josh sah Luke prüfend an. »Auf welcher Schule waren *Sie* denn?«, wollte er nun wissen.

»Ich war in London auf einer Privatschule«, sagte Luke und war für einen kurzen Moment wieder er selbst, denn er winkte bescheiden ab. »So toll wie alle denken, ist es aber nicht.« Er räusperte sich, um wieder in seine gespielte Rolle zu kommen. »Nun ja, aber so etwas wie Turner haben wir da natürlich schon gelernt.«

Luke ging weiter und Josh folgte ihm. Er hatte längst angebissen. »Dann kommen Sie also aus London?«, fragte er Luke neugierig.

»Zumindest wohnt meine Familie vor den Toren der Stadt.«

Josh sagte nichts, und Luke bemerkte den neidischen und gleichzeitig bewundernden Blick. Er lachte in sich hinein. Dieser Josh gefiel ihm. Es machte Spaß, den arroganten Stadtmenschen aus London zu spielen.

14

»Hallo, Celina«, grüßte Jonathan sie mit gedämpfter Stimme.

Celina brachte keinen Ton heraus. Träumte sie? Oder war sie verrückt geworden? Ihr Atem ging schwer, während sie ihn anstarrte, und sie fühlte, wie ihr schwindelig wurde.

»Hey«, sagte Jonathan und hielt sie am Arm fest. »Nicht ohnmächtig werden.«

Celina bemühte sich, nicht das Bewusstsein zu verlieren, und seine Konturen wurden wieder scharf. Er lachte leise – wie konnte es anders sein. Er schien schon immer amüsiert von ihr gewesen zu sein.

»Was …« Sie versuchte, Klarheit in ihre verwirrten Gedanken zu bringen. *Was hatte das zu bedeuten? Wieso war er hier?* »Woher …« Irgendwie schaffte sie es nicht, einen klaren Satz zu formulieren. Ihre Gedanken ließen sich ja kaum ordnen. Aus dem Augenwinkel sah sie, wie zwei Menschen aus dem Gebäude einige Meter von ihnen entfernt kamen und spürte, wie Jonathan sie wieder in den Schatten des Hauses zog, wo sie niemand bemerken würde.

Celina sah ihn noch immer fassungslos an, als er sich an die Wand lehnte. War er wirklich hier? Und wenn ja, was wollte er in der Stadt? Sie schluckte. Und was wollte er von *ihr*?

»Es tut mir leid, dass ich nicht zum vereinbarten Treffpunkt gekommen bin«, begann er mit beruhigend tiefer Stimme auf sie einzureden. »Ich war verhindert. Eine Reise kam dazwischen.«

Welche Reise?, wollte sie fragen, aber ihre Stimme ließ sie noch immer im Stich.

»Ich hoffte, du würdest verstehen, dass es wichtiger war, besonders nachdem du gesagt hattest, du würdest mir glauben.« Als sie noch immer nicht antwortete, aber ihn genauer ansah, bemerkte sie seine Nervosität. »Glaubst du mir immer noch?«, fragte er.

»Welche Reise war wichtiger als ich?«

»Das weißt du nicht?«

Als sie empört den Kopf schüttelte, fuhr Jonathan sich stöhnend über die Augen. »Das spricht eigentlich *für* deinen Vater.«

Was? Celina verstand nichts.

»Dein Vater ist nach Lowestoft gefahren, richtig?«

Sie nickte bestätigend.

»Ich habe ihn begleitet. Wir haben nach Informationen gesucht, die helfen könnten, meine Unschuld zu beweisen. Oder vielmehr die Schuld eines anderen.«

Er hatte ihren Vater begleitet? Sie sah ihn staunend an. Wieso war sie da noch nicht eher drauf gekommen? Und sie hatte geglaubt, er wäre geflohen! Ein riesiger Stein fiel ihr vom Herzen, so erleichtert war sie.

»Ich musste am Abend vor der Abreise noch viel erledigen«, redete Jonathan leise weiter. »Briefe schreiben und schicken, im Hotel bezahlen, packen …« Er lachte.

Hat er unser Treffen vergessen oder hat er wirklich zu viel zu tun gehabt?, zweifelte sie. Aber während er einen Arm an die Mauer gestützt hatte und sie so charmant anlächelte, war es ihr plötzlich gar nicht mehr so wichtig. Er war wieder da – und er schien sich noch immer für sie zu interessieren! Wenn er wüsste, wie sie schon um ihn geweint hatte! Im Nachhinein betrachtet, war es wirklich albern gewesen. Vorsichtig und schüchtern – was sonst auch gar nicht ihre Art war – lächelte sie zurück.

Ganz langsam wurde ihr auch bewusst, was Jonathan gerade gesagt hatte. »Was habt ihr in Lowestoft herausgefunden?«, fragte sie und sah, wie sein Gesicht plötzlich erstarrte. »Was ist …?«, fragte sie und sah ihn erschrocken an. Er hob den Arm, um sie zum Verstummen zu bringen.

»Ich hoffe, er holt sich die Pest oder sonst was, Andrew«, grollte eine Stimme von der Haustür um die Ecke her, und sich gemächlich nähernde Schritte waren zu hören.

»Ach, der kommt nicht wieder. Wer einmal flieht, der traut sich auch später nicht mehr her«, sagte ein anderer Mann. Bevor die beiden Personen um die Ecke kommen konnten, packte Jonathan kurzerhand Celinas Hand und rannte mit ihr um die hintere Hausecke, weiter die Parallelstraße entlang, über die Straße und bog links ab. Celinas Herz raste wie wild, das Blut pumpte in ihrem Kopf, und sie hatte Mühe, noch genügend Luft zu bekommen, obwohl Jonathan sie halb gezogen, fast schon hinter sich hergeschleift hatte.

»Wer war das?«, keuchte sie.

»Mein Bruder«, antwortete Jonathan und lugte um die Ecke. »Komm, wir gehen noch ein Stück weiter.« Er nahm ihre Hand, und sie ging erschöpft hinter ihm her, bis er ein paar Straßen weiter endlich anhielt. Sie waren an der kleinen Stadtkirche angekommen und traten nun auf den Friedhof. Das Gras war feucht und Sterne und Mond beleuchteten die kahlen Bäume, die ihre schwarzen Äste wie lange Finger in den dunklen Nachthimmel streckten. »Andrew darf mich nicht sehen«, raunte Jonathan mit rauer Stimme. »Genau genommen darf mich niemand hier sehen.«

Warum nicht?, wollte Celina fragen, aber ihr schneller Atem ließ es nicht zu.

»Du und dein Vater, ihr seid die Einzigen, die bis jetzt wissen, dass ich wieder in der Stadt bin«, erklärte er, und obwohl sie inzwischen mitten auf dem Friedhof waren, schaute er sich immer noch vorsichtig um, ob ihnen nicht doch jemand gefolgt war. »Das bedeutet«, sprach er weiter und wandte dem Eingangstor zum Friedhof wieder den Rücken zu, »dass du auf keinen Fall jemandem erzählen darfst, dass du mich hier getroffen hast.« Eindringlich sah er Celina an. »Nicht bevor dann sowieso jeder weiß, dass ich wieder zurückgekommen bin.«

Celina hatte keine Ahnung, was das sollte. Warum zeigte er nicht einfach allen, dass er eben nicht wie ein feiger Hund davongelaufen war? Aber sie sprach diese Frage nicht laut aus, sondern nickte ergeben. Wenn es so wichtig war, dass sie ihren Mund hielt, dann würde sie das auch tun. Wem hätte sie denn auch schon von seiner Anwesenheit erzählen sollen? Bis jetzt hatte sie ihre Treffen doch vor jedem geheim gehalten.

Jonathans Mund formte wieder sein besonderes Lächeln, das die zwei Grübchen in seinen Wangen sichtbar machte. Die Anspannung löste sich langsam wieder. »Schön, dich zu sehen«, sagte er und drückte sanft ihre Hand. Celina bemerkte erst jetzt, dass er sie noch immer festhielt.

»Ich dachte schon, du wärst …« Sie sprach nicht weiter und sah auf den Pfad, der zwischen den Gräber hindurchführte.

»Abgehauen?«, ergänzte Jonathan. »Nein. Bin ich nicht.«

Celina nickte. »Du weißt gar nicht …« Sie war es von sich selbst nicht gewohnt, dass ihr die Worte fehlten.

»Was weiß ich nicht?« Er sah sie mit seinem typisch amüsierten Blick in den Augen an.

»… wie froh ich darüber bin«, vollendete sie ihren Satz.

»Ich kann es mir vorstellen«, nickte Jonathan und grinste.

»Gut.« Sie lachte verlegen und spürte wieder seinen leichten Händedruck.

Sie gingen gemächlich ein paar Schritte und Celina war überglücklich. Das hätte sie nicht zu träumen gewagt, dass sie in dieser Nacht mit Jonathan über den Friedhof spazieren würde. Bis jetzt war der Abend schrecklich gewesen.

»Ich muss wieder zurück!«, fiel ihr plötzlich ein, und sie fuhr herum. Es war möglich, dass die anderen sie schon vermissten.

»Ich begleite dich«, sagte Jonathan gelassen und führte sie langsam zurück.

Je näher sie dem Ballhaus kamen, desto nervöser wurde Jonathan. An der Straßenecke, an der sie links abgebogen waren, blieb er stehen. »Schaffst du es von hier aus alleine?«, fragte er und schaute sich besorgt um.

Sie nickte. »Danke«, sagte sie lächelnd und lief über die Straße. An der Hausecke drehte sie sich noch einmal um und sah, wie Jonathan ihr winkte. Sie bog um die Ecke und stieß mit voller Wucht mit einem Mann zusammen. Ein erstickter spitzer Schrei entfuhr ihr. Es war Josh. *Josh.* Sie verdrehte die Augen. Es war, als verursachte sein Auftauchen einen erneuten Wechsel ihrer Stimmung.

»Celina«, sagte er lachend und hielt sie an den Schultern fest, damit sie nicht umfiel vor Schreck.

Celina ärgerte sich über sein Verhalten und wand sich geschickt aus seinem Griff. Eilig lief sie weiter in Richtung Haustür, und Josh folgte ihr eifrig.

»Wo waren Sie denn?«, fragte er dicht hinter ihr und blieb ihr auf den Fersen.

»Ich musste etwas frische Luft schnappen.«

»Aber warum … um die Ecke?«

Celina blieb genervt stehen. »Weil ich niemanden sehen wollte. Kennen Sie das Wort *allein*? Es soll Leute geben, die manchmal *allein* sein wollen.«

Sie stieg die Stufen hinauf und trat in die Eingangshalle des Hauses.

»Schenken Sie mir einen Tanz?«, hörte sie Josh fragen, während sie die Treppe nach oben ging, und als sie auf der Galerie ankam, fragte sie sich, was eigentlich dagegen sprach. Abrupt drehte sie sich zu ihm um und sah in Joshs erstauntes Gesicht. »Na gut«, sagte sie und stolzierte auf die Tanzfläche, Josh folgte ihr, wie der Hund seinem Herrchen. Auf der Tanzfläche angekommen, sah sie sich nach Luke und Lynnie um, konnte aber beide nicht entdecken. Josh redete in einer Tour, doch Celina hörte ihm nicht zu. *So übel tanzt er gar nicht mal*, bemerkte sie, aber der begehrliche Blick in seinen Augen störte sie. Er sah sie an, als wolle er sie wie eine Trophäe oder ein Ausstellungsstück besitzen. Wer wollte schon besessen werden? Sie jedenfalls nicht. Sie wollte gesehen werden in dem, wer sie war und genauso angenommen und geliebt werden. Als ganze Person geliebt mit all ihren Stärken und Fehlern, nicht nur wegen ihrem Äußeren oder ihrer offenen Art. *Aber wer kennt denn schon mein wahres Ich?*, dachte sie, während sie in Joshs Augen schaute und sich über ihre ungewöhnlich tiefsinnigen Gedanken wunderte. *Kenne ich mich überhaupt selbst?*

In Joshs Blick konnte Celina lesen, dass er sich niemals auf die Reise zu ihrem innersten Kern begeben würde oder sich wenigstens die Mühe machen würde, ihre Persönlichkeit in all ihren Facetten zu entdecken. Deshalb blieb es auch nur bei diesem einen Tanz.

Celina wurde von dem anderen jungen Mann aufgefordert, der vorhin auch in der Runde gestanden hatte.

Aus dem Augenwinkel sah Celina jetzt Luke, der ebenfalls tanzte. Sein Blick war ein wenig besorgt, als er sie anschaute. *Er hat also doch gemerkt, dass ich weg war*, dachte sie und wandte sich wieder ihrem Tanzpartner zu. Sie würde später mit ihm reden.

Luke hatte Celina gesehen, sobald sie in die Eingangshalle getreten war. Er hatte Josh so lange wie möglich aufgehalten, aber irgendwann war er ihm dann doch entwischt. Wie nicht anders zu erwarten, war er nur kurze Zeit später mit Celina wieder ins Haus gekommen, wobei Celina ein wenig wütend ausgesehen hatte. Aus irgendeinem Grund hatte sie dann aber doch mit der Nervensäge getanzt. Luke hatte beschlossen, ebenfalls zu tanzen. Vielleicht konnte er ihr auf diese Weise näherkommen. Er hatte bei Sarah abgeklatscht und sah zu Celina hinüber, die nur ein Paar weiter von ihm tanzte. Sie sah ihn auch, drehte sich aber gleich wieder um. Wieso musste sie nur so zickig sein?

Nach diesem Tanz befreite Luke Celina von dem zweiten jungen Mann, mit dem sie getanzt hatte. Sogar Luke hatte erkannt, dass er ein grauenvoller Tänzer war. Celina versuchte, nicht in Lukes dunkle Augen zu schauen, als sie sich gegenüberstanden und darauf warteten, dass der nächste Tanz begann. Wenn er sie so ansah, hatte sie das Gefühl, dass er alles in ihr lesen konnte. Aber manchmal wollte sie einfach kein offenes Buch sein, nicht einmal für ihn. Sie hatte sich ihm gegenüber heute Abend so schlecht benommen. Irgendwann, als sie schon längst eine Weile tanzten, hielt sie es nicht mehr aus.

»Luke, bitte sieh mich nicht so an«, sagte sie.

»Warum nicht?«

»Ich fühle mich wie in einem Verhör ohne Worte.«

»Du fühlst dich durchschaut«, bemerkte er, und Celina entgegnete nichts darauf.

»Ich kann dich nicht anders anschauen, wenn ich sehe, dass irgendetwas nicht stimmt«, erklärte Luke. »Ich will, dass es dir gut geht.«

***Er** kennt mich*, dachte Celina. *Besser, als ich mich selbst kenne, und es ist ihm noch immer nicht genug.* Er wollte sie noch näher kennenlernen, und sie spürte, wie es ihr bei dem Gedanken warm den Rücken hinunterlief.

»Mir geht es gut, Luke. Warum sollte es mir nicht gut gehen?«

»Manchmal habe ich einfach das Gefühl, dass du in die falsche Richtung rennst.«

»In welche falsche Richtung?«, ihr Tonfall war abwertend, so als würde sie von vornherein alles ablehnen, was er nun sagen würde.

Luke seufzte und hoffte von ganzem Herzen, dass sie ihm dieses ehrliche Statement nicht übel nehmen würde: »Du übersiehst die anderen.«

»Was soll das heißen?«, fragte sie, und man merkte ihrer Stimme an, dass sie diese Kritik nicht gerne hörte. Sofort war sie angespannt, als müsste sie auf der Hut vor einer Gefahr sein.

»Dass du dir selbst ins eigene Fleisch schneidest.« Lukes Stimme war liebevoll. Er wollte ihr nur helfen.

Celina spürte, wie sie wütend wurde, erinnerte sich aber gleichzeitig an die Situation neulich im Garten – und wie Luke ihr verziehen hatte. Obwohl ... sie hatte bei diesem Streit recht behalten. Jonathan war zurückgekommen. Trotzig schob sie die Nase in die Luft. Sollte Luke doch denken, was er wollte.

»Es geht mir gut«, sagte sie schnippisch, und Luke schüttelte bedauernd den Kopf. *Genau das mein ich*, dachte er. Ihre Art, wie sie alle Ratschläge von sich wies. Aber er hütete sich davor, den Gedanken laut auszusprechen. Ach, wie gern würde er ihr von dem Brief erzählen, der heiß wie glühende Kohlen zu sein schien und in seiner Brusttasche brannte.

Aus dem Augenwinkel sah Luke Lynnie, die zusammen mit ihrem jungen Tanzpartner, Mandy und Mandys jüngerer Schwester, die etwa im gleichen Alter wie Lynnie sein musste, gerade in den Saal trat. Sie hatten sich wohl auch etwas frische Luft gegönnt.

»Vor allem für Lynnie tut es mir leid«, platzte er heraus. Sobald es ausgesprochen war, konnte er sich nicht entscheiden, ob es gut gewesen war, dass er zuerst geredet und dann nachgedacht hatte oder ob der Schuss nach hinten losgehen würde. Er hielt die Luft an und beobachtete Celina, wie sie ihren Mund verzog, als hätte sie die ganze Zeit geahnt, dass er auf Lynnie angespielt hatte und gehofft, dass er das Thema nicht ansprechen würde.

Celina wusste, dass ihr Stolz ihr im Weg stand. Sie konnte weder sich selbst und schon gar nicht Luke eingestehen, dass sie eigentlich eifersüchtig auf Lynnie war. Wie würde das klingen? Außerdem war *er* ja auch eifersüchtig auf Jonathan. Sie hatte es ihm zumindest vorgeworfen.

»Ich frage mich, was dich das eigentlich angeht«, hörte sie sich selbst in dem verletzenden Ton sagen, der eine harte, schützende Mauer um ihr Herz bildete, die sie unverwundbar machte.

Jetzt ist der Punkt gekommen, an dem ich gar nicht mehr an sie herankomme, dachte Luke traurig. »Du bist mir wichtig, Celina. Und Lynnie auch«, fügte er noch hinzu, als der letzte Akkord des Tanzlieds gespielt wurde. Wie zwei Fremde verbeugten sie sich voreinander und Celina ließ Luke erleichtert über das Ende des Tanzes und damit der Unterhaltung stehen, um sich wieder zu Caroline zu gesellen. Natürlich war Josh auch sogleich wieder zur Stelle. Den Rest des Abends versuchte sie noch irgendwie zu überstehen. Jetzt war jedoch alles leichter, weil sie Jonathan gesehen hatte …

15

Am nächsten Morgen saßen Luke, Jonathan und William in den Sesseln von Williams Arbeitszimmer auf Gut Randolph. In der Kanzlei in der Stadt durfte sich Jonathan im Moment nicht sehen lassen. Auch das Hotel der Stadt musste er meiden. So wohnte er – unbemerkt von den Auburn-Kindern – in einem der Gästezimmer. Allein William, Mary-Ann, Luke und die Dienstboten wussten Bescheid.

Luke saß seit gestern Nacht, als er nach der Rückkehr vom Ball heimlich von Williams und Jonathans Ankunft gehört hatte, wie auf Kohlen. Was mochten sie nur herausgefunden haben?

»Die Firma Jonson & Morrison in Lowestoft läuft sehr gut«, begann William seine Berichterstattung. »Sie gehört einem Mann namens Marshall Jonson. Er hat mehrere kleine Firmen und auch die größere Firma von Mr Morrison aufgekauft, deshalb heißt es jetzt Jonson & Morrison.«

»Jonson & Morrison ist die führende Firma in der Region«, warf Jonathan ein, und William nickte bestätigend. In dieser Woche hatte er Jonathan als einen zuverlässigen Mann kennengelernt, der zwar besonders anderen Männern gegenüber eine hohe Mauer aufgebaut hatte, aber dennoch glaubte William, den guten Kern in ihm entdeckt zu haben. Das umsichtige und zuvorkommende Verhalten, das er in Lowestoft an den Tag gelegt hatte, konnte kein Schwindel sein. William vertraute seiner Menschenkenntnis.

»An Mr Jonson selbst sind wir nicht rangekommen. Er empfängt keine Besucher und soll ein habgieriger Geizhals sein«, sprach William weiter. »Aber … wir haben Mitarbeiter der Firma getroffen, die uns einiges berichtet haben. Es waren aufgeschlossene Leute, die gerne zwei Fremden ein wenig erzählt haben.«

William blickte kurz zu Jonathan und forderte ihn auf weiterzuerzählen.

»Mr Jonson ist allgemein dafür bekannt, ein Geizhals zu sein«, nahm Jonathan den Faden auf. »Die Firma läuft überdurchschnittlich gut, aber es gehen Gerüchte um, dass es in der Vergangenheit nicht immer mit rechten Dingen zuging.«

»Mr Morrison ist vor kurzer Zeit gestorben, deshalb konnten wir leider nicht mit ihm sprechen. Wir hätten gerne gewusst, ob etwas an der Sache dran ist, dass Mr Jonson beim Kauf der Firma wohl krumme Geschäfte betrieben haben muss«, sagte William bedauernd. »Es ist sowieso fraglich, ob wir diese Leute aus Lowestoft dazu bewegen können, dasselbe vor Gericht zu sagen, was sie uns vertraulich mitteilten. Schon damals, als der Kauf der Firma Morrison abgewickelt wurde, konnte Mr Jonson nichts nachgewiesen werden. Zudem hat er in der Stadt einen großen Einfluss. Die meisten Menschen dort sind völlig abhängig von ihm, weil er ihnen ihren Arbeitsplatz garantiert.«

William kaute nachdenklich auf der Unterlippe herum, und Jonathan trommelte mit seinen Fingern auf der Sitzlehne.

»Ist das alles?«, fragte Luke in die entstandene Stille hinein.

»Nein«, ergriff William wieder das Wort. »Es kommt noch besser. Brown's Productions arbeitet eng mit Jonson & Morrison zusammen. Das hat mir auch Andrew Brown bestätigt.«

»Die Zusammenarbeit war in letzter Zeit eigentlich gut, zumindest nicht auffällig angespannt. Was ich in den wenigen Tagen mitbekommen habe, die ich bei meinem Bruder verbracht habe, kann ich das nur bestätigen.«

»Aber Jonson & Morrison hat das Problem, dass der Kundenkreis von Brown's Productions sich schneller auszuweiten scheint, als es Mr Jonson lieb sein kann«, erklärte William weiter. »Das heißt, dass es nur eine Frage der Zeit ist, dass Brown's Productions in der Region die Führung übernimmt.«

»Und ich kann mir lebhaft vorstellen, dass das Mr Jonson ganz und gar nicht gefällt.«

»Wir können es natürlich nicht mit Sicherheit sagen, weil wir nicht mit ihm gesprochen haben, aber … da er ein sehr habgieriger und ungeduldiger Mensch ist, ist es sehr wahrscheinlich, dass er nicht darauf wartet, dass er weniger Gewinn macht als Andrew Brown«, wandte William ein.

»Das heißt«, versuchte Luke zusammenzufassen, »ihr glaubt, dass Mr Jonson …«

»Brown's Productions sabotiert, um zu verhindern, dass mein Bruder die Vormachstellung bekommt«, vollendete Jonathan den Satz.

»Es wäre zumindest denkbar«, schwächte William die Behauptung von Jonathan etwas ab.

»Jetzt müssen wir das nur noch irgendwie beweisen«, sagte Jonathan, und sein Bein wippte auf und ab. Manchmal war Jonathan ein einziges Energiebündel.

»Alles, was wir bis jetzt haben, ist eine Theorie, gestützt auf vage Vermutungen. Wenn wir einen Prozess ins Rollen bringen wollen, brauchen wir handfeste Beweise«, erklärte William.

»Also Zeugen«, warf Jonathan ein.

»Es könnte aber auch sein, dass wir mit der Jonson-Theorie völlig in die falsche Richtung rennen«, wandte William ein, und es entstand ein nachdenkliches Schweigen.

Jonathan fiel es sichtlich schwer, sich in seinem Sessel zu halten. Er sah aus, als wolle er jeden Moment aufspringen, um den wahren Täter zu finden und sich auf ihn zu stürzen. Irgendjemand hatte ihn in diese verzwickte Lage gebracht, sodass die Kluft zwischen seinem Bruder und ihm unüberbrückbar geworden zu sein schien und er sich nicht mehr frei in der Stadt bewegen konnte, wenn er nicht wollte, dass er vor Gericht verurteilt werden würde, weil er keinerlei Beweise für seine Unschuld hatte. Wie sollte das nur weitergehen? Wenn sie *nicht* weiterkommen sollten, würde er wohl oder übel doch nach Schottland zurückmüssen. Aber das passte ihm gar nicht.

Während des Schweigens fiel Luke plötzlich wieder der Brief des gestrigen Abends ein. Er zog ihn aus der Tasche und hielt ihn Jonathan und William triumphierend unter die Nase. Jonathan runzelte die Stirn und nahm das Schreiben, das an ihn adressiert war. Es stand nur sein Name auf dem Umschlag. *Jonathan Brown*.

»Woher haben Sie einen Brief, der an *mich* adressiert ist?«, fragte er verwundert.

»Gestern auf dem Ball hab ich ihn einem Jungen aus dem Armenhaus abgeluchst.«

William hob erstaunt die Augenbrauen. »Wie das?«

»Ich hatte ihn von einem Bild, das Lynnie gemalt hat, erkannt und bin ihm gefolgt. Als er davongerannt ist, ist ihm dieser Brief aus der Tasche gefallen.« Luke schwieg und blickte erwartungsvoll zu Jonathan. »Wollen Sie ihn nicht öffnen, Mr Brown?«

Jonathan faltete das alte Papier vorsichtig auseinander und erstarrte beim Lesen. Wie gebannt ließen seine Augen die wenigen geschriebenen Worte nicht mehr los.

»Jonathan?«, fragte William und löste Jonathan damit aus seiner Starre. Er räusperte sich und reichte dem Rechtsanwalt den Zettel. Luke sah, wie Williams Augen groß wurden und konnte kaum an sich halten vor Neugier.

Endlich sah William kurz zu Jonathan, fragte mit den Augen, ob er den Brief an Luke weitergeben dürfe, und als Jonathan nickte, reichte er ihm das Schreiben.

Luke las die schwer zu entziffernde Schrift:

ih weiss das sieh nit da schuldiger sin wan sieh mir gelt geben
sak ih das aln andren auch

Als Luke diesen weiteren Beweis für Jonathans Unschuld in den Händen hielt, ertappte er sich dabei, dass er noch immer nicht vollständig davon überzeugt gewesen war, dass Jonathan nichts mit der Sache zu tun hatte.

»Was machen wir jetzt?«, fragte er und blickte auf.

»Der Junge war aus dem Armenhaus, sagst du?«, fragte William.

Als Luke nickte, stand William auf. »Dann fahren wir sofort dahin. Luke, würdest du bitte John Bescheid geben?«

Luke nickte und machte sich auf den Weg. William wollte gerade ebenfalls aus dem Arbeitszimmer gehen, da fragte Jonathan: »Wie komme ich denn jetzt unbemerkt aus dem Haus?«

William hatte nicht vergessen, dass Jonathan in der Stadt nicht gesehen werden durfte, damit er – falls trotz Wachen noch weitere Sabotageakte stattfinden würden – nicht weiterhin in Verdacht geraten konnte. Jonathans Anwesenheit sollte erst dann bekannt werden, wenn

William den Prozess vor Gericht aufrollte – allerdings mit dem wahren Schuldigen.

»Sie bleiben hier«, sagte William. Dann ließ er die Tür hinter sich zufallen.

16

William und Luke saßen in der Kutsche und schwiegen. Keiner von beiden hatte eine Ahnung von dem, was auf sie zukommen würde. Der Himmel strahlte blau über dem roten Backsteinhaus, als sie vor dem Armenhaus ausstiegen. Die Sonne hatte schon einige zarte Blätter an den Ästen herausgelockt und grüne Spitzen von Tulpenblättern und Krokussen lugten vorsichtig aus der dunkelbraunen Erde. Es sah eigentlich recht friedlich aus. Sie gingen auf den Eingang zu. Kurz bevor sie vor der Tür ankamen, sprang sie auf, und Mr Maine, der Zuchtmeister, trat heraus, sein dicker Bauch voran.

»Mr Auburn, welche Ehre, Sie höchstpersönlich hier anzutreffen«, rief er aufgeregt und verbeugte sich. Luke fragte sich, wie er es schaffte, nicht vornüberzukippen.

»Mr Maine«, grüßte William und ließ sich gar nicht erst auf ein Gespräch ein. »Ich möchte zu einem jungen Mann, der hier arbeiten soll.«

Mr. Maine hob verwundert die Augenbrauen. »Stimmt etwas nicht?«, fragte er nervös.

»Wir brauchen von ihm eine Information, die nur er geben kann«, erklärte William beruhigend.

»Und wen genau suchen Sie?«

William sah zu Luke, der sich räusperte. »Nun, er muss so um die siebzehn oder achtzehn sein, braune Haare, nicht besonders groß«, beschrieb Luke den Jungen mit dem gehetzten Blick.

Mr Maine nickte bedächtig und schaute in den Himmel, während er scharf nachdachte. »Eigentlich …«, sagte er, »haben wir nur einen Jungen in diesem Alter bei uns. Es *muss* Graham sein.«

»Könnten Sie uns zu ihm führen?«, bat William, und Mr Maine setzte sich in Bewegung. Während sie durch das Haus gingen, sprach er die ganze Zeit von den Mängeln in der Einrichtung, was nicht alles einer Sanierung und Erneuerung bedürfe, was fehlte, was geändert werden musste. Wenn der größte Wohltäter des Armenhauses schon einmal da war, musste das ausgenützt werden. Vielleicht würde er ja eine

Extraspende locker machen. William hörte ihm jedoch nicht zu. Er hatte andere Probleme.

Schließlich kamen sie in einen großen Raum, in dem viele Menschen saßen. Frauen und Kinder an klappernden Spinnrädern, Männer und kleine Jungen an Werktischen. Viele sahen auf, als die drei den Raum betraten. Zielstrebig durchschritt Mr Maine die Halle und hielt ganz hinten vor einem kleinen Schreinertisch an, über dem ein junger Mann mit einem Schlapphut in seine Arbeit vertieft war.

»Graham«, bellte der Zuchtmeister, und der junge Mann fuhr erschrocken herum. Es war so laut in der Halle, dass er die drei nicht bemerkt hatte. Sein Gesicht schien schmerzverzerrt. Als er Luke erblickte, wurde er schneeweiß.

»Die beiden Männer wollen dich sprechen«, sagte Mr Maine laut, um das Klappern der Spinnräder zu übertönen.

»Können wir irgendwo ungestört reden?«, fragte William, und Mr Maine führte sie in einen Raum neben der Halle. Es standen lediglich ein kleiner Schrank und ein Tisch mit zwei Stühlen darin. Das Fenster war schmutzig, zwei verschlissene und zerrissene Vorhänge hingen davor. Mr Maine folgte ihnen wie selbstverständlich in den Raum. »Wir möchten gerne allein mit Graham sprechen«, erklärte William bestimmt und versuchte seine Stimme so freundlich wie möglich klingen zu lassen, um zu verhindern, dass Graham später, wenn sie gegangen waren, die Wut des Zuchtmeisters abbekam, weil er ausgeschlossen wurde.

»Dass du mir nur anständig bist«, drohte Mr Maine, als er an Graham vorbeistapfte und die Tür unsanft hinter sich zufallen ließ.

Graham stand wie ein verängstigtes Tier in einer Ecke des Raumes. Er zitterte am ganzen Körper, und Schweißperlen standen auf seiner Stirn. Wer wusste schon, was normalerweise in diesem Raum passierte?

»Graham, wir werden dir nichts tun«, versuchte William den armen Kerl zu beruhigen. »Ich bin Mr Auburn, und das ist mein Mitarbeiter Mr O'Dwell.« Grahams Blick wanderte zu Luke, und seine Augen waren mit Schrecken erfüllt.

»Ich versichere dir, dass dir nichts passieren wird«, wiederholte William sanft und beschloss, dass keiner von ihnen sich hinsetzen sollte.

Wenn sie alle standen, waren sie am weitesten von einander entfernt. Vielleicht würde das Graham eine gewisse Sicherheit geben.

»Wir haben etwas, das dir gehören muss«, sagte William und zog den Brief aus seiner Tasche. Beim Anblick des Briefes schlotterte Graham dermaßen, dass William sich überlegte, was er tun sollte, wenn der junge Mann ohnmächtig wurde. Grahams Blick wanderte zur Tür, dann zum Fenster. Man konnte sehen, dass er am liebsten geflohen wäre.

»Graham«, sagte William und hielt beschwichtigend seine Hände nach oben, aber Grahams Furcht schien sich nicht zu verringern. »Wovor hast du Angst?«

Grahams Zähne klapperten aufeinander, sodass eine Antwort unmöglich war. William sah frustriert zu Luke. So konnten sie den Jungen jedenfalls nicht befragen.

»Ist dieser Brief von dir?«, fragte Luke und nahm William den Zettel ab. Jetzt war er dran. »Wenn du das nämlich geschrieben hast, dann könnten wir dir vielleicht helfen, an das Geld zu kommen, um das in dem Brief gebeten wird.«

Graham war schweißüberströmt, aber irgendetwas in seinem Blick veränderte sich. Wenigstens war damit sichergestellt, dass er zuhörte und verstand, was sie ihm sagten, wenn er auch nicht antwortete.

»Wir kennen diesen Jonathan Brown persönlich, und wir wollen sowohl ihm als auch dir helfen«, sprach Luke jetzt weiter. »Aber dazu müssen *wir* wissen, was *du* weißt.« Er zog einen Stuhl zurück und setzte sich an den Tisch. Seine Hände legte er auf den Tisch, zusammen mit dem Brief. »Hast du den Brief geschrieben?«, fragte Luke noch einmal, und Graham nickte. Erleichtert sprach Luke weiter: »Du hast geschrieben, du wüsstest, dass Jonathan Brown nicht der Schuldige ist und dass du es sagen wirst, wenn du Geld bekommst.« Luke sah zu William, der die Taktik seines Neffen verstand.

»Wir geben dir Geld«, gab William Luke die Unterstützung, die er brauchte.

»Wenn du uns sagst, was du weißt«, formulierte Luke die Bedingung an Graham. Sein Zittern hatte ein wenig nachgelassen, und man sah, dass er nun versuchte, sich unter Kontrolle zu bringen. Er knetete seine Hände und atmete ein paar Mal ruckartig, aber tief ein. Dennoch war sein Blick misstrauisch. Sehr misstrauisch.

William zog einen Geldschein aus der Tasche. »Graham, schau: Ich habe Geld, und ich gebe dir mein Wort. Du wirst etwas davon bekommen. Wir holen dich hier heraus«, hörte er sich selbst sagen, und Luke sah erstaunt zu seinem Onkel. Er übertrumpfte sogar noch Lukes Versprechen, ihm Geld zu geben. Luke wusste, dass William ein weiches Herz hatte. Weshalb sonst würde er das Armenhaus unterstützen? Außerdem hatte er auch Mary-Ann von der Straße gerettet.

»Das Wort eines reichen Gentleman gilt viel«, betonte Luke, um den Jungen zu überzeugen. Graham blickte unsicher von dem Geldschein in Williams Hand zu William, dann zu Luke, dann wieder zum Geld. Eine ganze Weile wanderte so sein Blick von einem zum anderen. Gespannt beobachteten William und Luke seine Reaktion. Endlich schien er sich dazu durchgerungen zu haben, den beiden Herren zu glauben.

»Äh … ähm… ah …«, Graham schluckte und atmete tief ein. »I … ich … kenn d…den Mann, d… der d… die Firma k… kaputt machen will.«

»Und wer ist das?«, fragte Luke.

»E… er heißt… M… Marshall.«

William sah zu Luke. *Marshall Jonson.*

»Woher weißt du das?«

Graham schüttelte den Kopf und begann wieder zu zittern. William und Luke konnten sich den Rest denken. Es war ein dünner junger Mann gewesen, den Bill in der Fabrikhalle gesehen hatte.

»Er hat dich bezahlt, damit du die Firma sabotierst?«, vermutete William.

Graham nickte zitternd und duckte sich wie ein reuiger Hund vor der grausamen Hand seines Herrchens.

»Was hast du mit dem Geld gemacht?«, fragte William, und Grahams Augen weiteten sich vor Entsetzen. Niemals würde er das jemandem sagen! Sie würden es ihm mit Sicherheit wegnehmen, genauso wie man ihm alles andere im Leben weggenommen hatte!

»Wir wollen das Geld nicht, Graham. Aber wenn du willst, dass wir dir helfen, musst du uns antworten«, erklärte Luke. Sie brauchten das Geld als Beweisstück.

»V… Versteckt«, stotterte Graham.

»So gut versteckt, dass niemand anders es finden kann?«, fragte William und Graham nickte, in seinem Blick ein bisschen etwas wie Trotz, neben all der Angst.

»Würdest du das Geld holen, wenn wir es brauchen, um Mr Brown zu helfen, wenn du dann mehr Geld als vorher hättest?«, schlug William vor.

Graham schien zu überlegen.

»Viel mehr Geld«, setzte Luke noch eins oben drauf und erzielte die gewünschte Wirkung, denn Graham nickte. Sowohl William als auch Luke waren erleichtert, dass es letztlich doch nicht so schwer gewesen war, den Jungen zu überzeugen.

»Graham, bist du bereit, dasselbe, was du uns mitgeteilt hast, auch vor Gericht zu sagen?«

Graham blickte unsicher von einem zum anderen.

»Das würde bedeuten, dass du jetzt mit uns mitkommst – es wird dir nichts passieren. Du wirst in meinem eigenen Haus schlafen.«

Graham machte große Augen. Was war das für ein Mann, der da Informationen von ihm wollte und ihn auch noch in sein eigenes Haus einlud? Da konnte doch etwas nicht mit rechten Dingen zugehen! Genauso staunte Luke. Sein Onkel war ein unverbesserlicher Idealist! Natürlich hatte er recht, dass es sicherer war, Graham bei sich zu haben. So konnte er nicht fliehen. Er war ihr wichtigster Zeuge. Aber im eigenen Haus? Graham hatte bei dubiosen Geschäften mitgemacht, um an Geld zu kommen! Er würde sich mit Sicherheit nicht scheuen, Wertgegenstände aus Williams Haus zu stehlen. Manchmal fragte sich Luke ernsthaft, ob sein Onkel nicht etwas zu gutgläubig war.

»Das würde ich mir nicht entgehen lassen, Graham«, bemerkte Luke trotzdem. »Du bekommst eine Unterkunft, so schön und bequem, dass du es dir gar nicht vorstellen kannst, und du wirst von uns bezahlt.«

Graham war hin- und hergerissen. Einerseits würde er nur zu gerne auf dieses Angebot eingehen, andererseits saß das Misstrauen tief. Er rang mit sich selbst, und dieses innerliche Ringen war so heftig, dass es auch körperlich sichtbar wurde. Seine Augen blickten starr auf den Brief auf dem Tisch, aber sein ganzer Körper zitterte wieder und Schweiß strömte vermischt mit verzweifelten Tränen über sein Gesicht. Er wollte eigentlich nur noch weg! Nie wieder hierher, nie wieder in diesen Raum, nie wieder in diese Halle, nie wieder zu Mr Maine! Er wollte hier raus! Luke und William beobachteten bestürzt, wie Grahams Gesicht sich verzog und er in herzzerreißendes Schluchzen ausbrach. Unschlüssig standen sie da und beobachteten, wie der junge Mann verzweifelt seinen Rücken an die Wand presste. Was hatte das nun zu bedeuten? War es ein Ja oder ein Nein? Graham atmete so schnell, als wäre er einen Marathon gerannt.

Es dauerte eine Weile, bis er sich wieder etwas beruhigte und es schaffte, mit dem Kopf zu nicken.

»Einverstanden?«, fragte William sicherheitshalber und bekam ein erneutes Nicken zur Antwort.

Luke seufzte erleichtert und erhob sich. »Dann wäre das ja geklärt«, murmelte er und sah zu William, der genauso erschüttert wie er im Raum stand.

»Pack deine Sachen, Graham«, befahl er mit abwesendem Blick, öffnete die Tür und stieß beinahe mit Mr Maine zusammen. Er hatte es nicht anders erwartet, als dass der Zuchtmeister lauschte. Nun ja, machte nichts. Jetzt würde sich sowieso bald alles aufklären.

»Mr Maine, ich erwarte von Ihnen, dass nichts von dem Gehörten an Dritte weitergegeben wird«, sagte William mit barschem Tonfall. Ein Versuch war es ja wert. Vielleicht würde der neugierige Zuchtmeister doch für eine Weile seinen Mund halten. Luke trat ebenfalls auf den Gang, und William wandte sich um. Graham stand noch immer in dem Zimmer. Er hatte sich nicht vom Fleck gerührt.

»Graham, pack deine Sachen. Wir fahren«, forderte William ihn erneut auf.

Mr Maine hüstelte verlegen. »Mr Auburn, der Junge hat nichts.«

William starrte den Zuchtmeister an. Er hatte nichts? Überhaupt nichts?

»Alles was er hat, ist das, was er am Leib trägt«, wiederholte Mr Maine und sah Graham herablassend an. Es gefiel ihm ganz und gar nicht, dass Graham für den Advokaten wichtiger war als er selbst.

»Nun gut«, sagte William, der sich wieder gefasst hatte. »Dann gehen wir jetzt.«

Mr Maine versuchte, mit Williams langen Schritten mitzuhalten. »Mr Auburn, Sie wollen ihn doch jetzt nicht einfach mitnehmen?«

»Ich bin mir sicher, Sie finden bald jemand anderen, der seine Arbeit verrichten kann, Mr Maine«, erwiderte William kühl und stieg in die Kutsche, gefolgt von einem unsicheren Graham mit großen verzweifelten Augen, der keine Ahnung hatte, wie ihm geschah. Luke stieg als Letzter in die Kutsche. Ohne ein weiteres Wort zu verlieren, fuhren sie los und ließen das Armenhaus mit dem verdutzten Mr Maine hinter sich zurück.

Graham kauerte sich zitternd in eine Ecke der Kutsche. Die Fahrt war für keinen entspannt, weil Grahams ängstliche und misstrauische Augen William und Luke aufmerksam beobachteten.

Was mache ich jetzt mit dem Jungen?, fragte sich William die gesamte Fahrt über. Er wusste nicht, ob es eine gute Entscheidung gewesen war, Graham mitzunehmen, oder ob er einen großen Fehler gemacht hatte. Aber er brauchte Graham als Zeugen. William seufzte, als er Grahams gehetzten Blick sah, und fürchtete schon den Moment, in dem er Mary-Ann gegenüberstehen würde und ihr eine Erklärung geben musste.

17

Jonathan ging im Arbeitszimmer auf und ab. Die Minuten dehnten sich für ihn zu Stunden. Draußen schien die Sonne auf den immer grüner werdenden Rasen und die Knospen an den Bäumen im Garten. Dieses Rumsitzen war nichts für ihn. Vom Stall her hörte er ein Pferd wiehern. Wie gern würde er jetzt ausreiten! Er ließ sich in einen der drei Sessel fallen, und sein Blick wanderte zum tausendsten Mal durch den Raum. Gegenüber von ihm waren die Fenster. In der Mitte stand der riesige Schreibtisch aus dunklem Eichenholz. Die eine Wand war voller Bücherregale, an der anderen stand eine abschließbare Kommode. Darüber hing ein Bild von einer Sommerwiese, und etwas weiter rechts hing eines, das Williams Ehefrau Mary-Ann in jungen Jahren zeigte. Die Frau auf dem Portrait ähnelte Celina sehr. Er stand auf und stellte sich vor das Gemälde, um es genauer betrachten zu können. Celina musste hier irgendwo im Haus sein. Was sie wohl gerade tat? Während er das Gesicht der Frau auf dem Bild genau studierte und nach Unterschieden suchte, klopfte es plötzlich zaghaft an der Tür.

Instinktiv sah er sich nach einem Versteck um. Außer der Möglichkeit sich hinter den Schreibtisch zu ducken, gab es nichts. Also blieb er unschlüssig in der Mitte des Raums stehen und beobachtete, wie sich die Türklinke behutsam nach unten bewegte. Die Tür öffnete sich, und herein trat ein kleines blondes Mädchen mit Korkenzieherlocken und zwei blauen Schleifen im Haar. Sie sah aus wie Celina oder Mary-Ann in Kleinformat. Jonathan stand da und schaute diesem kleinen Mädchen mit den großen blauen Augen überrascht entgegen. Doch anstatt angesichts dieses fremden Mannes im Arbeitszimmer ihres Vaters schreiend davonzulaufen, blickte sie ihn offen an, ließ die Türklinke los und machte einen vorsichtigen Schritt auf ihn zu. Jonathan hatte keine Ahnung, was er sagen sollte und beobachtete, wie das Mädchen die Arme hinter ihrem Rücken verschränkte, ihren Oberkörper von der einen Seite zur anderen drehte und ihn erwartungsvoll anschaute. Ihre Unterlippe hatte sie so nach oben geschoben, dass die Oberlippe gar nicht mehr zu sehen war, was ihr einen etwas trotzigen, aber dennoch süßen

Gesichtsausdruck gab. Jonathan war noch immer wie gelähmt von ihrem goldigen Anblick und schluckte mühsam.

»Hallo«, brachte er schließlich mit rauer Stimme über die Lippen und streckte ihr seine große Hand entgegen. »Ich heiße Jonathan.«

Joyce sah auf seine Hand und schien nachzudenken, ob sie sie nehmen sollte. Anscheinend entschloss sie sich dazu, denn sie streckte ihre zierliche Kinderhand aus und berührte die von Jonathan. Sie schüttelten sich die Hand, dann steckte Joyce ihre Hand wieder zurück hinter ihren Rücken und fuhr fort mit dem Schaukeln von rechts nach links.

»Und wer bist du?«, fragte Jonathan das kleine Mädchen.

»Ich bin Joyce«, stellte sie sich vor. »Warum sprichst du so lustig?«

Jonathan war verdattert über ihre Ehrlichkeit wegen seines schottischen Akzents. »Ich komme aus Schottland«, erklärte er lächelnd. »Da sprechen die Leute eben so.«

»Und warum?«, Joyce wandte ihren Blick nicht von dem großen jungen Mann ab, genauso wenig wie Jonathan woanders hinsehen konnte.

»Ähm …«, Jonathan suchte fieberhaft nach einer Erklärung, die ihr plausibel erscheinen würde. »Äh, ich weiß es nicht«, antwortete er schließlich ehrlich. »Leute sprechen unterschiedlich an verschiedenen Orten, das ist einfach so.«

»Und warum bist du hier?«

»Ich warte auf deinen Vater.«

»Der ist wohl nicht da?«, fragte Joyce, und Jonathan schüttelte den Kopf.

»Und wo ist Luke?«

»Auch nicht da, leider.«

»Ok«, sagte sie bedauernd und griff wieder an die Türklinke, um die Tür zuzuziehen. »Tschüss«, sagte sie noch, während sie rückwärts aus dem Raum herausging, dann fiel die Tür ins Schloss, und Jonathan blieb allein zurück.

Als die Kutsche durch das Tor zum Gutshaus fuhr, wurden Grahams Augen immer größer. William schmunzelte bei seinem Anblick. Der junge Mann musste glauben, dass er träumte. Graham anzusehen, nahm ihm ein wenig von seiner Furcht, dass er einen Fehler gemacht hatte. Er hatte schon immer gern geholfen. Und bei diesem Jungen wurde sein Herz einfach weich. Sein ganzes Leben hatte William anderen geholfen und versucht, seiner Bestimmung zu folgen. *Wenn du die Absicht hast, etwas zu verändern, musst du eben manchmal ins kalte Wasser springen.* Das hatte der Richter aus Lowestoft, Mr Cornell, einmal zu ihm gesagt. Wenn er immer nur darauf gehofft hätte, dass jemand anderes die Initiative ergreift, dann wäre er heute nicht da, wo er jetzt war. Nein, er hatte schon richtig gehandelt. Graham würde sowieso nicht weit kommen, falls er tatsächlich etwas stehlen sollte.

Mary-Ann, Celina und Joyce begrüßten William, Luke und Graham mit einem erstaunten Gesichtsausdruck. *Wen haben die denn da mit angeschleppt?,* dachte Celina angewidert. »William?«, fragte Mary-Ann nur. Sie kannte Graham natürlich von ihren Besuchen aus dem Armenhaus, aber war dennoch überrascht, ihn nun hier in ihrem eigenen Heim zu sehen.

William räusperte sich. »Graham braucht ein Zimmer«, sagte er schlicht. »Priscilla soll das Gästezimmer neben Luke und …«, gerade noch fiel ihm ein, dass die Kinder nichts von der Anwesenheit Jonathans wussten und er seinen Namen deshalb nicht nennen durfte, »… richten.« Puh, das war gerade noch mal gut gegangen.

Celina sah Luke an, tausend Fragen in den Augen, aber er zuckte nur mit den Schultern. Joyce starrte den fremden jungen Mann an und zog an Mary-Anns Hand.

»Mama«, flüsterte sie. »Er ist so schmutzig.«

»Ja, deshalb darf er sich jetzt auch gleich waschen, Liebes«, antwortete Mary-Ann.

Joyce nickte zufrieden und hüpfte zu William. »Papa«, sagte sie, und er nahm sie auf den Arm. »Da wartet jemand oben auf dich«, flüsterte sie in sein Ohr.

William sah seine Tochter erschrocken an. Meinte sie Jonathan? Sie hatte ihn gesehen? Wahrscheinlich war sie mal wieder in sein Arbeitszimmer gegangen, um ihn zu besuchen und hatte Jonathan getroffen. »In Ordnung«, flüsterte er und war froh, dass Celina Joyces Satz nicht hatte hören können. Seine Älteste liebte es genauso sehr, Neuigkeiten zu verbreiten, wie sie zu erfahren. Das Geheimnis, dass Jonathan wieder da war, wäre bei ihr wohl kaum am sichersten aufgehoben. Wer wusste schon, was die Leute aus so einer Information machen würden? Am Ende würde Andrew Brown Jonathan hier abholen lassen! Das konnte er jetzt nicht gebrauchen. Andrew würde noch früh genug erfahren, dass Jonathan wieder da war. Wiliam setzte Joyce wieder auf den Boden und räusperte sich etwas verlegen. »Graham«, sagte er schließlich. »Komm, ich zeige dir dein Zimmer.« Als sie ins Haus traten, war der Junge völlig überwältigt von dem Reichtum. Mary-Ann sah dasselbe Staunen in seinen Augen, das auch sie empfunden hatte, als sie das erste Mal das Gut Randolph betreten hatte. Graham wurde von allen gemustert, aber er selbst hatte nur Augen für seine neue Umgebung. Er fühlte sich wie im Himmel! Das Zittern ließ nur wenig nach: Er hatte immer noch Angst. Angst vor diesen Menschen, Angst vor der Zukunft, Angst vor der Vergangenheit. Aber diese überwältigenden Eindrücke ließen ihn seine Furcht für kurze Zeit vergessen.

»Wow«, entfuhr es ihm, als sie die Treppen hochstiegen, und William lächelte, ohne sich umzudrehen.

Im Zimmer angekommen, stand der junge Mann etwas verloren in der Tür.

»Komm herein«, sagte William und winkte aufmunternd.

Zögernd trat Graham herein und sah sich vorsichtig um. Er ging leicht gebeugt, als wäre er jeden Moment gefasst auf einen Hieb.

»Das wird dein Zimmer sein für … für die nächste Zeit.«

Graham stand in der Mitte des Raums. Und jetzt? Er hatte keine Ahnung, was er tun sollte. William war ebenfalls etwas unschlüssig. »Ich muss so schnell wie möglich nach Lowestoft«, sagte er einer spontanen Eingebung folgend. »Möchtest du mich begleiten?«

Graham blinzelte zweimal. Was? Er verstand diesen reichen Mann nicht. Was wollte er eigentlich von ihm? Zuerst holte er ihn aus dem

Armenhaus in sein eigenes Zuhause, und jetzt fragte er ihn, ob er mit ihm nach Lowestoft reisen wollte?

William sah, wie Graham ihn anstarrte und keine Ahnung hatte, was er sagen sollte. »Du könntest mal eine andere Stadt sehen«, lockte William den jungen Kerl, den er während seiner Abwesenheit nicht mit gutem Gewissen bei seiner Familie lassen konnte. Besser war es, ihn mitzunehmen. Irgendwie würde das schon gehen.

Graham sah ihn immer noch verdattert an. Das war einfach zu viel heute.

»In Ordnung, Graham. Jetzt nimmst du erst einmal ein heißes Bad und schrubbst dich so richtig von oben bis unten mit Seife ab. Ich möchte nachher keinen einzigen Fleck mehr an dir sehen. Priscilla bringt dir gleich alles.« Er öffnete die Tür zum kleinen Badezimmer und ließ Graham den Blick frei.

»Ich bin gleich wieder da«, sagte er zu Graham und verschwand, um etwas Neues zum Anziehen für Graham zu holen.

Als er zurückkam, stand Graham noch genau auf demselben Platz, wo er ihn zurückgelassen hatte und starrte fasziniert in das Badezimmer. William legte die Kleider auf den Stuhl im Bad.

»Der Anzug ist mir ein bisschen zu eng. Wenn ich mir dich so anschaue, ist er dir trotzdem zu groß, aber für den Anfang reicht es.« Er sah sich um. »Wenn du fertig bist, warte hier im Zimmer. Ich komme in einer Stunde wieder zu dir«, sagte William und schloss die Zimmertür beim Hinausgehen. *Wo soll das noch hinführen*, dachte er und runzelte sorgenvoll die Stirn. *Ob er überhaupt weiß, wie man sich badet?*

Als William den Gang entlang zur Treppe ging, sah er Mary-Ann, die unruhig in der Eingangshalle umherschritt. Oben an den Stufen blieb er stehen.

»Wo sind die Kinder?«, fragte er, um die Lage einzuschätzen, und begann, langsam die Treppe hinunterzusteigen.

»Lynnie ist in ihrem Zimmer, Joyce hat Klavierunterricht bei Mr

McWire und Luke wurde von Jeremy und Celina in Beschlag genommen«, sagte Mary-Ann und stützte sich auf das Treppengeländer. »William, warum hast du den Jungen mitgebracht?«

Ihr Ehemann ging auch noch die letzten paar Stufen der Treppe hinunter und seufzte. »Er ist im Moment unser wichtigster Zeuge.«

Mary-Ann sah ihn an. »Was weiß er?«

»Er weiß, von wem er beauftragt wurde«, antwortete William vorsichtig und vermied es, seine Frau anzusehen.

Mary-Ann dachte kurz darüber nach, was ihr Mann gerade gesagt hatte. »Das heißt ... *er* ist der Täter?«

William nickte bestätigend.

»Was wird mit ihm geschehen?«, fragte Mary-Ann. Das Gericht würde mit Sicherheit auch Graham verurteilen, vielleicht sogar ihn als Hauptschuldigen darstellen, und das tat ihr für den Jungen jetzt schon entsetzlich leid. Armut konnte einen verzweifelt machen und unschuldige Kinder in Kriminelle verwandeln.

»Ich weiß es nicht. Er ist noch so jung«, bedauerte William.

»Und er ist arm.«

»Was für die Obrigkeit nur noch mehr ein Grund sein wird, ihn zu verurteilen.«

»Und du willst ihn jetzt hier wohnen lassen?«

»Ich will nicht, dass er aus Furcht davonläuft. Wenn er hier wohnt, können wir vielleicht sein Vertrauen gewinnen. Das wäre am besten.«

Mary-Ann schwieg. »Was ... wirst du jetzt tun?«, fragte sie schließlich, und William sah sie endlich an.

Er schluckte und atmete tief ein. »Ich fahre heute noch nach Lowestoft.« Er blickte zur Standuhr in der Eingangshalle. »Ich muss endlich mit Richter Cornell sprechen und noch einige Zeugen zusammensammeln. Es ist besser, wenn jetzt alles schnell geht.«

»Und Graham?«

»Ich nehme ihn mit«, sagte William, und Mary-Ann war erleichtert.

Plötzlich klopfte es an der großen hölzernen Eingangstür. William sah Mary-Ann überrascht an und ging dann mit langen Schritten zur Tür, um zu öffnen.

Es war Jim, der Butler von Andrew Brown, der ihm einen Brief überreichte.

»Danke, Jim«, sagte William und riss den Brief auf. Jim war schon längst wieder auf sein Pferd gestiegen, da stand William noch immer in der Tür und las die geschriebenen Worte. Mary-Ann trat zu ihm und legte ihre Hand auf seinen Arm.

»Was gibt es?«, fragte sie.

»Andrew Brown teilt mir mit, dass er dem Richter Bescheid gegeben hat, dass Jonathan geflohen ist und er nicht vorhabe, ihn weiter verfolgen zu lassen. Das bedeutet, dass Richter Cornell die Angelegenheit fallen lässt, sobald er diese Nachricht bekommt.«

»Na, der wird sich noch wundern.«

William nickte. »Wir müssen wirklich schnell handeln«, sagte er dann und steckte den Brief in seine Anzugtasche. Wie gut, dass er Richter Cornell seit langer Zeit gut kannte. Der Richter hatte ihm immer mit Rat und Tat zur Seite gestanden und war eine Art Mentor für ihn gewesen. Und wie gut, dass wenigstens der Richter nicht unter Mr Jonsons Einfluss stand und finanziell von ihm unabhängig war.

»Wie lange wirst du weg sein?«, fragte Mary-Ann und unterbrach seine Gedanken. Sie mochte es gar nicht, wenn er ständig unterwegs war.

»Nicht länger als das letzte Mal, Liebste«, sagte William, küsste sie flüchtig und eilte mit hastigen Schritten durch die Eingangshalle nach oben zu seinem Arbeitszimmer, in dem Joyce Jonathan heute schon entdeckt hatte. Mary-Ann blieb zurück und konnte sich nicht gegen die Enttäuschung wehren, die in ihr aufstieg. Genau diese Eigenschaft, die sie an William so liebte, nämlich dass er keine halben Sachen machte, wurde ihr so oft zum Verhängnis. Sie wusste, dass ihr Ehemann sie und seine Kinder liebte, aber manchmal fühlte sie sich so allein gelassen, wenn er auf Reisen ging. *Er kommt ja wieder, Mary-Ann*, beruhigte sie sich selbst. Vielleicht fühlte sie sich besonders schnell verlassen, weil ihr Vater damals so lange weg gewesen war – und es eben *nicht* sicher gewesen war, ob er je wieder zurückkehren würde. Ihr Herz tat weh, als sie an die Qualen dieser vergangenen Zeit dachte, und sie beschloss, für einen kurzen Moment hinaus in den Garten zu gehen. Die Natur und die Blumen, die bald schon eifrig den Beeten Farbe geben würden, waren für sie ein Geschenk Gottes. Wenn sie den Garten betrachtete, fühlte sie sich dem Himmel immer ein bisschen näher.

18

Jonathan sprang aus seinem Sessel auf, als William die Tür öffnete. »Ich dachte schon, Sie kommen gar nicht mehr«, sagte er, und William fand, dass er aussah, als wolle er jeden Moment einen Marathon laufen, so strotzte er vor Energie. Das Eingesperrtsein in einem Zimmer bekam ihm wohl nicht.

»Wir haben den Jungen gefunden, der den Brief geschrieben hat«, erzählte William in sachlichem Ton. »Er wurde von Jonson beauftragt.«

»Dieser Geizhals«, stieß Jonathan mit zusammengebissenen Zähnen aus und ballte seine Hände zu Fäusten.

»Ganz ruhig, Jonathan«, beschwichtigte William. »Bis jetzt weiß noch niemand, dass Sie wieder in Tainbridge sind. Das soll auch so bleiben. Also stellen Sie nichts Dummes an.« Er ging geschäftig hinter seinen Schreibtisch. »Ich werde heute noch nach Lowestoft aufbrechen, um noch einige Leute davon zu überzeugen, vor Gericht gegen Jonson auszusagen. Anschließend werde ich mit Richter Cornell sprechen, um den Prozess zum Laufen bringen.« William stützte sich mit beiden Händen auf seinen Schreibtisch. »Wahrscheinlich wäre es am sichersten, Sie würden mich begleiten. Vermutlich finden die Gerichtssitzungen sowieso in Lowestoft statt.«

Jonathan nickte gehorsam. »Und dieser Junge aus dem Armenhaus …«

»Graham?«, unterbrach William ihn. »Der kommt auch mit.«

Jonathan zog die Augenbrauen nach oben. »Er ist hier?« William nickte und Jonathan dachte wieder einmal, dass dieser William Auburn wirklich einer der interessantesten und zugleich irritierendsten Menschen war, die ihm jemals begegnet waren. Es war für Jonathan einfach unbegreiflich, dass ein Mensch so selbstlos sein konnte, dass er sich nicht einmal scheute, die Armen in sein Haus einzuladen. So einen Menschen gab es wohl kein zweites Mal auf der Welt.

William packte seine Sachen und klopfte anschließend an Grahams Zimmer. Als niemand antwortete, trat er ein. Der Junge saß in der Zimmerecke am Fenster auf dem Boden, frisch gebadet und mit dem sauberen Anzug bekleidet, den William ihm gegeben hatte. Er war ihm zu groß, sodass weder Hände noch Füße zu sehen waren. William schmunzelte und zeigte Graham, wie er die Ärmel und die Hosenbeine umklappen musste, damit er anständig laufen und greifen konnte. Jetzt sah er trotzdem viel besser aus als in seinen eigenen alten schmuddeligen Klamotten. Warum er am Boden kauerte, anstatt auf dem Stuhl im Raum Platz zu nehmen, war William ein Rätsel.

»Fühlst du dich hier wohl am Boden?«, fragte William, aber er erntete nur einen trotzigen Blick von Graham. Wenigstens hatte er aufgehört zu zittern.

»Wir fahren jedenfalls demnächst.« William drehte sich um. »Ich hole dich dann«, sagte er noch und schloss wieder die Tür. Im dunklen Gang atmete er tief durch und genoss diesen kurzen Moment, in dem er nachdenken konnte. Er lehnte sich an die Wand und schloss die Augen. In diesen Minuten, die er kurz alleine im Gang stand, legte er sich seinen Plan zurecht.

Luke klopfte an Lynnies Zimmertür.

»Herein«, hörte er ihre zaghafte Stimme und öffnete die Tür. Er fand Lynnie, wie sie auf einer kleinen Couch am Fenster saß und eines der Bücher las, die er Celina aus der Bibliothek gegeben hatte. Leise, um die angenehme Stille nicht zu zerstören, ging er zu ihr und setzte sich auf den Stuhl ihr gegenüber. Sie sah so friedlich aus, ja es war, als umgebe Lynnie beständig eine Aura von Frieden und Ruhe. Luke genoss es deshalb besonders, bei ihr zu sitzen.

»Das Buch gefällt mir«, sagte Lynnie schließlich und legte es auf den Tisch. »Ich bin froh, dass du es vorgeschlagen hast.« Ihre Augen blickten ihn warm an.

»Ich wollte dich fragen, wie es dir auf dem Ball gefallen hat.« Jetzt, da Lynnie das Schweigen gebrochen hatte, wagte auch Luke, etwas zu sagen.

»Besser als ich dachte«, antwortete Lynnie und lächelte verlegen.

»Also war es nicht so schlimm, wie du vorher befürchtet hattest?«

Sie schüttelte den Kopf.

»Gut. Ich hatte auch das Gefühl, dass du dich amüsiert hast.«

Lynnie nickte und ihre Backen wurden rot. »Es war schön, dass Leute in meinem Alter da waren«, erklärte sie, und Luke stimmte ihr zu.

Das Gespräch wurde unterbrochen, als es erneut an der Tür klopfte. Celina trat herein.

»Ach, da bist du«, sagte sie ein wenig beleidigt zu Luke und ließ sich in den Sessel neben der Tür fallen, ohne diese hinter sich zu schließen. »Was macht ihr?«, fragte sie und blickte beide vorwurfsvoll an, als wäre es empörend, dass sie es ihr nicht schon längst mitgeteilt hatten.

»Wir unterhalten uns über den Ball von neulich«, erklärte Luke.

»Ah.« Celina verdrehte die Augen. Nicht *dieser* Ball. Es war ein so seltsamer Abend gewesen, nicht wie sonst. Das einzig Gute war gewesen, dass Jonathan in dieser Nacht aufgetaucht war. Nur leider hatte sie im Moment keine Ahnung, wo er nun steckte, weil er ihr nicht gesagt hatte, wo er sich aufhalten würde. Jeremy bewahrte die beiden vor einer bissigen Bemerkung aus Celinas Mund, indem er in Lynnies Zimmer gestürmt kam und auf den Teppichboden zu Lukes Füßen schlitterte. »Luke, kommst du mit raus in den Garten?«, fragte er und sah ihn bittend an.

»Äh, Jeremy …«, begann Luke und wurde erneut unterbrochen, weil Joyce plötzlich auch im Türrahmen stand.

»Wo ist Mama?«, fragte sie und sah mit ihren großen blauen Augen in die Runde. Alle sahen sich an, keiner wusste, wo Mary-Ann war.

Luke wollte sich gerade von seinem Platz erheben, um zu Joyce zu gehen, da hörte man Schritte auf dem Gang. »Joyce?«, rief eine mütterlich-besorgte Stimme und das Gesicht des Mädchens hellte sich auf. Mary-Ann trat zu der Runde hinzu. »Nanu«, staunte sie, als sie die ganze Mannschaft in Lynnies Zimmer versammelt vorfand. Es kam nicht oft vor, dass alle bei Lynnie saßen, weil diese meistens lieber allein war. Aber gerade eben schien sie die Anwesenheit ihrer Familienmitglieder zu genießen. Jedenfalls war sie die Ausgeglichenheit in Person, wie sie da so auf der Couch am Fenster thronte. Celina lümmelte in einem der Sessel und blickte beleidigt auf den Boden.

»Luke, gehst du jetzt mit raus?«, drängelte Jeremy wieder und zappelte aufgeregt auf dem Boden herum.

Luke öffnete den Mund, um etwas zu sagen, da ertönte eine laute Männerstimme aus dem Gang, und er kam wieder nicht dazu, etwas zu sagen.

»Was ist das denn hier für eine Versammlung?«, fragte William amüsiert, als er hereintrat.

»Wenn du etwas zu sagen hast, dann ist das jetzt *die* Gelegenheit«, flüsterte Mary-Ann ihm zu, und William war wieder einmal froh, dass seine Frau so einfühlsam und vorausschauend war. Er räusperte sich und trat in die Mitte des Raums. Joyce schmiegte sich an ihre Mutter, und Mary-Ann legte ihre Arme um ihre jüngste Tochter.

»Also, wo wir schon mal hier so schön alle zusammen sind«, begann William. »Ich werde heute noch einmal nach Lowestoft fahren und hoffentlich genug Zeugen zusammentrommeln können, um den Fall *Brown* abzuschließen.«

Alle starrten ihn mit großen Augen an. *Heute noch? Muss ich wieder daheim bleiben, oder darf ich dieses Mal mit?*, dachte Luke.

»Soll das heißen, du weißt, wer der Täter ist?«, fragte Celina und setzte sich aufrecht hin.

William ging nicht auf diese Frage ein, sondern fuhr fort: »Luke kommt morgen nach. Nimm gleich die Morgenkutsche, damit du mittags dort bist.«

»Ich will auch mit«, rief Jeremy und robbte zu seinem Vater. »Papa, darf ich auch mit? Bitte!«

»Ein anderes Mal, Jeremy. Wenn du genug bei Mr McWire gelernt hast, darfst du mit.«

Jeremy machte ein beleidigtes Gesicht.

»Ich brauche doch jemanden, der hier daheim die Stellung hält, mein Sohn«, erklärte der Vater dem neunjährigen Jungen, aber Jeremys Miene hellte sich nicht auf.

»Papa, ich will auch mit«, piepste jetzt eine weitere Stimme. Joyce ging zu ihrem Vater, lehnte sich an seine langen Beine und schaute zu ihm auf.

»Ich komme ja bald wieder, Liebes«, sagte William lächelnd und streichelte seiner Tochter übers Haar. Joyce nickte und kuschelte sich an ihn. Sie liebte es einfach zu schmusen.

»Wo treffen wir uns morgen in Lowestoft?«, fragte Luke geschäftsmäßig und erhob sich.

»Im Hotel Cromwell. Oder nein, besser in der Gastwirtschaft am Marktplatz.«

»Papa, wird Jonathan Brown nun verurteilt oder nicht?«, stellte Celina erneut die Frage, die ihr unter den Nägeln brannte.

»Wenn der Herr will, wird er nicht verurteilt«, antwortete William. Celina stöhnte und ließ sich wieder in ihren Sessel zurückfallen. *Tolle Antwort.*

»Und was passiert mit diesem schrecklichen Jungen aus dem Armenhaus?«, fragte sie.

»Graham kommt mit mir«, erwiderte William und sah, wie Lynnie Celina erstaunt ansah. Was für ein Junge?

Es war vielleicht gar nicht so schlimm, wenn nicht alle seine Kinder davon wussten. »Was habt ihr in den nächsten Tagen vor?«, wechselte er schnell das Thema, bevor irgendjemand weiterfragen konnte.

»Wo ist Jonathan, Papa?«, versuchte Celina es erneut. Sie würde nicht locker lassen.

»Celina, ich werde euch nicht weiter in diesen Fall einweihen. Du wirst alles erfahren, wenn die Zeit dafür gekommen ist«, würgte er jede weitere Frage seiner Ältesten ab. Celina stand auf und verließ wütend das Zimmer. Mit einem lauten Knall fiel die Tür hinter ihr zu, und sowohl William als auch Mary-Ann hofften, dass keines ihrer jüngeren Kinder sich dieses Verhalten von Celina abschauen würde.

William sprach mit Mary-Ann die nötigen Dinge für die nächsten Tage ab, bevor er mit Jonathan und Graham dann unbemerkt Gut Randolph verließ. Bewusst ließ William die Kutsche nicht durch die Stadt, sondern über die Felder und durch den Wald am Stadtrand vorbeilenken. Die langen schwarzen Schornsteine der Fabrik ragten wie Zeigefinger zwischen den roten Backsteinhäusern heraus und zeichneten dunkle Rauchwolken in den Himmel. Der Kontrast zwischen der unberührten Natur, durch die sie fuhren, und dem städtischen Anblick war William schon immer seltsam vorgekommen. Er dachte oft, dass sich daran die Größe Gottes zeigte. Die Menschen schufen verrußte Gebäude und Straßen aus Stein. Gott aber schuf weiche Waldwege, klares Wasser und Blumen in den schönsten Farben, einen blauen Himmel und grüne Wiesen, eine bunte Farbenpracht, an denen sich die Menschen freuen konnten.

Ein Stück vom Armenhaus entfernt ließ William die Kutsche anhalten und Graham sprang heraus. Er lief ein Stück in das kleine Waldgebiet hinein und verschwand im Unterholz. Jonathan und William sahen sich an. *Wenn nur alles klappte!* Aber alle Sorge war umsonst, denn kurze Zeit später kam Graham wieder mit einem braunen Stoffbündel in der Hand zurück – ein Bündel Geldscheine, wie es sich herausstellte. Es war nicht viel in den Augen der beiden reichen Männer. Doch für Graham war es die Welt.

Celina fühlte sich, als würde sie jeden Augenblick platzen müssen. Warum hatte ihr Vater nicht mehr gesagt? Sie musste wissen, was los war – unbedingt! Ihr Vater wusste bestimmt, wo Jonathan war. Sie kochte vor Wut, dass er sie wie ein kleines Kind behandelte. Als ob sie kein Geheimnis für sich behalten könnte!

Zornig ging sie in ihrem Zimmer auf und ab, wie ein unruhiger, eingesperrter Tiger. Sie sah den Stapel Bücher auf dem Tisch am Fenster. Das Lesen konnte sie jetzt auch nicht mehr ablenken. Sie musste nach Lowestoft, sonst würde sie durchdrehen. Luke würde sie wohl kaum mitnehmen … und vor allem wollte sie ihn nicht darum bitten müssen. Gestern Abend auf dem Ball hatte sie sich mal wieder unmöglich aufgeführt, das war ihr inzwischen auch bewusst. Nein, sie würde das selbst in die Hand nehmen müssen. Entschlossen ging sie zu ihrem Schrank, packte einige Kleider und alles was sonst noch nötig war in eine Tasche, nahm einen ihrer vielen Hüte, der zu allen Kleidern passen würde, und ihren Mantel. Dann setzte sie sich an ihren kleinen Sekretär und schrieb eine Nachricht an ihre Mutter, damit sie sich keine Sorgen machen musste. Sie würde mit Pilgrim in die Stadt reiten, dann würde sie mit ein bisschen Glück die Nachmittagskutsche noch erreichen. Spät am Abend wäre sie bei ihrem Vater im Hotel Cromwell. Sie legte den Zettel gut sichtbar auf den Boden und schlich sich aus ihrem Zimmer.

William saß mit Jonathan und Graham in der Kutsche. Graham kauerte links neben William so weit wie möglich von ihm weg und starrte nach draußen, wo die freie Natur an ihm vorüberzog. Er hielt sein Geldbündel fest umklammert. Es sah aus, als gäbe es ihm die nötige Sicherheit, um ruhig auf seinem Platz zu sitzen und nicht auf der Stelle wegzulaufen. William verspürte wieder einmal Mitleid mit dem armen Jungen. Vermutlich hatte er sich von klein auf durchs Leben boxen müssen, ganz auf sich gestellt und von der Gesellschaft verstoßen.

William sah in Jonathans Gesicht, der die Augen geschlossen hatte und versuchte, ein wenig zu dösen. Irgendwie fühlte er, dass Jonathan und Graham sich gar nicht mal so unähnlich waren, nur dass Jonathan schon immer in gutsituierten Verhältnissen gelebt hatte. Aber sein Verhalten zeigte eine Härte, ja fast schon Bitterkeit, mit der er versuchte, weiter voranzukommen. Graham versuchte das auch, nur war er schwächer … Und nicht so stolz wie Jonathan, der es einfacher gehabt hatte, weil er immer Geld besaß. Nun, das besaß Graham auch gerade, jedenfalls hielt er es für viel. William lehnte sich zurück und betrachtete die Felder, die an ihnen vorüberzogen. Was machte *ihn* stark? Sein Besitz? Er war kein armer Mann, das war er noch nie gewesen. Aber war es das Geld, das ihm Selbstbewusstsein gab? Was wäre, wenn er arm wäre?

William war ehrlich genug zu sich selbst, um sich einzugestehen, dass er nicht wusste, zu was für einem Menschen er geworden wäre, wenn er in armen Verhältnissen hätte leben müssen. Aber eines wusste er mit Sicherheit: Es war sein Glaube, der ihn aufrichtete, wenn er fiel. Er stärkte ihn, wenn er ausgelaugt war, er zeigte ihm den richtigen Weg, und er half ihm, sich selbst treu zu bleiben.

Ein Ruckeln weckte William. Er musste eingeschlafen sein. Wo war Graham? Ein Adrenalinstoß durchfuhr seinen Körper und er setzte sich aufrecht hin. Und wo war Jonathan? Er saß alleine in der Kutsche! Er sprang auf und stieß sich an der Decke. »Autsch«, rief er und rieb sich den Kopf. Wo waren sie? Zumindest fuhren sie nicht mehr, sondern standen in einem kleinen Hof. Plötzlich klopfte jemand an der Kutschtür, und Jonathan lugte durch das Fenster.

»Wir gehen in die Wirtschaft«, sagte er und seine Stimme hörte sich gedämpft an, weil die Tür geschlossen war.

Zustimmend nickte William und musste sich erst noch einmal setzen, bevor auch er die Kutsche verließ, um etwas zu essen und zu trinken, solange die Pferde versorgt wurden.

Es war schon dunkel, als sie endlich in Lowestoft ankamen. William sprang aus der Kutsche und atmete tief ein. Bis jetzt hatte alles gut geklappt. Das Beweisgeld, Graham, Jonathan und William waren allesamt in Lowestoft und begaben sich ins Hotel Cromwell. Graham schüchterte diese neue Umgebung ein, er wich keinen einzigen Schritt von Williams Seite. Die vielen fremden Leute, die unbekannte Stadt und ungewohnte Situation waren für ihn wohl genauso unheimlich wie faszinierend. Dieser Umstand machte es für William leicht, auf ihn aufzupassen. Genau genommen musste er sich kaum um ihn kümmern, weil er ihm sowieso wie ein Hund auf Schritt und Tritt folgte. Sie mussten ein sehr interessantes Trio abgeben. Ein gut aussehender junger Schotte, ein Advokat im besten Mannesalter und ein verschüchterter Junge in einem zu großen Anzug.

Die Reise war für alle anstrengend gewesen. Deshalb aßen sie noch zusammen in dem Hotel und gingen dann jeder auf sein Zimmer. William ließ seine Tür einen Spalt weit offen. So hoffte er, es zu bemerken, falls Graham doch aus Angst davonlaufen sollte.

19

Am nächsten Morgen sprang William aus dem Bett, noch bevor die Sonne aufgegangen war und ging in Grahams Zimmer. William war erleichtert, den Jungen schlafend vorzufinden. Allerdings schlief Graham zusammengerollt auf dem Teppich vor seinem Bett. Das Bündel Geld lag in seinen Armen. William war schockiert. Der Junge war weder Stuhl noch Bett gewohnt! Was hatte er denn bisher für ein Leben geführt? *Seine Arme und Beine müssen doch schmerzen, wenn er hier auf dem Boden geschlafen hat*, dachte William und schüttelte bestürzt den Kopf.

Verstört schrak Graham auf, als William ihn sanft an der Schulter rüttelte. Graham kroch zu einer Wand, presste seinen Rücken dagegen und umklammerte das Geldbündel, als hätte er Angst, dass es ihm jemand wegnehmen wollte. Seinen Blick wandte er nicht von dem großen reichen Mann ab.

»Guten Morgen, Graham«, sagte William zu ihm und bemühte sich, so sanft wie möglich zu dem Jungen zu sprechen. Grahams Verhalten erinnerte William an ein verängstigtes Pferd, das erst wieder Vertrauen gewinnen musste. Auch den freundlichen Ton schien Graham nicht gewohnt zu sein, denn er machte keinerlei Anstalten, ebenfalls zu grüßen.

»Wünschst du mir nicht auch einen guten Morgen?«, fragte William und erntete einen verständnislosen Blick.

»Schau, Graham, man wünscht sich einfach einen guten Tag, wenn man sich begegnet«, versuchte William zu erklären. Wenn der Junge schon mal bei ihm war, konnte er auch gleich die Gelegenheit nutzen, ihm einige Verhaltensregeln beizubringen. »Sag *Guten Morgen*«, forderte er ihn auf.

»Guten Morgen«, wiederholte Graham murmelnd und sah auf den Boden.

»Kommst du mit zum Frühstücken?«

Graham nickte, stand auf und ging William hinterher, der auch noch an Jonathans Zimmertür klopfte.

»Jonathan, wir frühstücken«, sagte er laut und ging dann mit Graham in den Speiseraum des Hotels.

William erstarrte im Türrahmen, als er seine älteste Tochter dort an einem Tisch am Fenster sah, hübsch angezogen und munter auf die Straße blickend.

»Celina«, rief er und konnte die Schärfe in seiner Stimme nicht zurückhalten. »Was machst du hier?«, grollte er und baute sich vor ihr auf.

»Ich möchte wissen, was los ist«, sagte sie ruhig und sah zu ihm auf.

»Und da kommst du den ganzen Weg nach Lowestoft?« Wie gut, dass sie hier gerade alleine im Speiseraum waren und es niemanden störte, wenn er etwas lauter wurde. »Was wird deine Mutter sich für Sorgen machen!«

Celina antwortete nicht, sondern starrte wortlos an ihm vorbei zur Tür. Zornig drehte sich William um und sah Jonathan in der Tür stehen, der seinerseits überrascht in Celinas Gesicht blickte. William blickte von einem zum anderen und erkannte, dass die beiden nur Augen für einander hatten. Es wäre zwecklos, jetzt eine Erklärung für ihr impulsives Handeln zu fordern.

Wenn William nicht gewusst hätte, dass die zwei sich schon vorher in Tainbridge begegnet sein mussten, hätte er auf *Liebe auf den ersten Blick* getippt. Jetzt erinnerte er sich wieder daran, dass Mary-Ann schon einmal bezüglich Jonathan und Celina etwas angedeutet hatte.

War Celina nur wegen Jonathan gekommen? Ein Blick in ihr Gesicht gab ihm die Antwort. »Celina«, sprach er sie dann erneut mit strenger Stimme an. »Was ist mit deiner Mutter?«

»Ich habe ihr eine Nachricht hinterlassen.«

William schloss die Augen und schickte ein Stoßgebet zum Himmel, dass Mary-Ann nicht völlig außer sich war vor Sorge. Er ließ sich auf den Stuhl am Nachbartisch fallen und bedeutete Graham, der bis jetzt etwas abseits das Geschehen verfolgt hatte, sich ebenfalls an den Tisch zu setzten.

Die kleine runde Frau des Hotelbesitzers tauchte in der Tür auf. »Mein Herr, wollen Sie nicht hineingehen?«, fragte sie mit ihrer hohen Stimme und versuchte, sich an Jonathan ohne Erfolg vorbeizudrücken.

»Oh, Entschuldigung«, sagte Jonathan und trat in den Raum, damit die Frau mit ihrem kleinen Tablett vorbeikonnte. Sie brachte Celina einen schwarzen Tee und wandte sich an William. »Was kann ich den Herren bringen?«

»Das Gleiche und Rührei mit Speck und Toast. Für ihn auch.« Er deutete auf Graham.

»Und was darf ich Ihnen bringen?«, fragte die Frau an Jonathan gerichtet, der seine Augen nicht von Celina lösen konnte, genauso wenig wie sie.

»Porridge«, bestellte er abwesend, und die Gastgeberin watschelte aus dem Raum, um die bestellten Sachen zu bringen.

Zögernd setzte sich Jonathan zu William und Graham an den Tisch, aber so, dass er Celina direkt sehen konnte. William glaubte verrückt werden zu müssen, wenn er das weiter mit ansehen musste.

»Jonathan«, sagte er, und es klang ähnlich wie ein Hund, der bellte, um das Grundstück seines Herrn zu verteidigen. »Was machen Sie nach dem Frühstück?«

»Zur Fabrikhalle gehen, um die Leute zu treffen, die uns letzte Woche so viel erzählt haben.«

»Und danach?«

»Treffen wir uns um die Mittagszeit im Gasthaus am Marktplatz.«

William atmete tief durch. Was machte er hier eigentlich? Sie hatten den Plan so oft in der Kutsche durchgesprochen. Jonathan *wusste*, was er zu tun hatte.

Glücklicherweise kam in diesem Augenblick die Gastwirtin und brachte das Frühstück. Jetzt war es einfacher, das Schweigen auszuhalten, vor allem musste William nicht mehr mit ansehen, wie Jonathan und Celina sich anstarrten. Mit jedem Bissen, den er in seinen Magen bekam, fühlte er sich stärker. Langsam erholte er sich von dem Schock, seine Tochter hier im Hotel vorgefunden zu haben. »Celina«, sagte er, als er aufgegessen hatte und legte die Serviette beiseite, »wenn du schon einmal da bist, woran sich ja nun nichts mehr ändern lässt, möchte ich, dass du mithilfst.« Celina wartete, was ihr Vater von ihr erwarten würde. Mithelfen war für sie in dieser Angelegenheit kein Problem. Solange sie bei Jonathan sein konnte, störte sie gar nichts. »Wir werden uns jetzt aufteilen. Graham, du und ich gehen zum Richter Cornell, Jonathan geht zur Fabrik, um mit den Leuten zu sprechen, die als Zeugen aussagen könnten.«

»Warum gehen wir drei zu Richter Cornell, und er muss alleine gehen?«, protestierte Celina und deutete auf Jonathan.

William musste zugeben, dass seine Tochter recht hatte. Vielleicht war es sogar gut, wenn Celina dabei war, um die Menschen davon zu überzeugen, vor Gericht gegen Jonson auszusagen. Wenn eine hübsche junge Frau dabeistand, waren sie eventuell leichter zu überreden. Wer wollte vor ihr schon als Feigling dastehen? So würde Celinas Leichtsinn sogar noch zu etwas Gutem führen.

Trotzdem widerstrebte es William, seine Tochter alleine mit Jonathan zu lassen. Konnte er ihnen in ihrer Verliebtheit trauen? Jonathan und Celina waren beide hitzköpfig. Aber was sollte am helllichten Tag schon passieren? Ob sie versuchen würden, gemeinsam durchzubrennen?

Ach, William, schalt er sich selbst. *Was denkst du nur?* Jonathan war klug genug, um jetzt so kurz vor dem Sieg nicht zu türmen. Seine väterlichen Sorgen waren nicht angebracht.

»Ich will, dass du Jonathan keinen einzigen Schritt von der Seite weichst«, sagte er schließlich zu Celina und sah sie eindringlich an, sein Zeigefinger war auf sie gerichtet und verstärkte seinen Befehl. Er stand auf und nahm seinen Mantel, den er über den Stuhl gehängt hatte.

»Wir treffen uns um die Mittagszeit im Gasthaus«, sagte er und sah nun Jonathan mit demselben eindringlichen Blick an. *Bringen Sie sie mir heil wieder zurück*, war groß und breit in seinen Augen zu lesen. Jonathan nickte ehrerbietig. *Sie können mir vertrauen*, war seine Antwort.

»Graham, wir gehen«, sagte William, und der Junge stand auf, um seinem Gönner zu folgen.

Als Celina und Jonathan allein waren, erhob sich der junge Mann, um sich an den Tisch zu Celina zu setzen.

»Bist du wirklich ohne das Wissen deiner Eltern hierher gekommen?« fragte er, amüsiert und fasziniert von ihrer Spontaneität.

»Ich habe meine Mutter informiert«, verteidigte Celina sich. »Ich habe ihr einen Brief hinterlassen.« Sie verdrehte die Augen. »Ach, sie wird es überleben.«

Jonathan lachte. »Und wieso bist du ...?«

»Ich konnte zu Hause nicht mehr rumsitzen, Jonathan«, erklärte Celina, noch bevor er die Frage ganz aussprechen konnte. »Und ich hasse es, nicht eingeweiht zu werden, nur weil mein Vater glaubt, dass es nichts für mich wäre.« Sie sah ihn an. »Vor allem wenn es um eine Sache geht, die mein Leben verändern würde.«

»Was?«, Jonathan sah sie stirnrunzelnd an.

Celina schaute aus dem Fenster. War er aber heute schwer von Begriff! »Ich meine, dass ich nicht zu Hause sitzen kann, bis ich endlich weiß, ob du verurteilt wirst oder nicht.«

»Ich bin unschuldig.«

»Ja, aber die Frage ist, ob du für unschuldig *erklärt* wirst oder nicht.« Sie blickte ihn wieder an und erwartete einen ernsten Gesichtsausdruck, aber Jonathan grinste schon wieder.

»Du bist süß«, sagte er schmunzelnd, nahm ihre Hand und küsste sie. Celina runzelte die Stirn. Süß? So hatte sie das letzte Mal ihr Großvater genannt.

»Und woher wusstest du, dass ich hier bin?«, fragte Jonathan weiter.

»Das wusste ich nicht genau, aber ich habe es gehofft. Mein Vater wollte mir ja nichts sagen.«

Jonathan schüttelte grinsend den Kopf. »Na dann lass uns mal ein paar Zeugen zusammentrommeln, damit du wieder beruhigt in deinem eigenen Bett schlafen kannst«, schlug er vor und stand auf. Zusammen verließen sie das Hotel und traten auf die Straße, Celina an Jonathans Arm. Da Lowestoft größer war als Tainbridge, wurden sie hier nur wenig beachtet. Es kamen viele Fremde in die Stadt, sodass die beiden nicht weiter auffielen. Trotzdem schauten manche dem hübschen Paar interessiert hinterher. Celina hatte sich noch nie so stolz gefühlt wie an diesem Morgen, als sie an Jonathans Arm von den Menschen aus Lowestoft um den jungen Mann an ihrer Seite beneidet wurde. Sie mussten wirklich schön anzusehen sein.

Jonathan führte sie zu der Fabrikhalle, die ganz in der Nähe des Marktplatzes lag. Sie sah nicht viel anders aus als die Fabrik in Tainbridge. Roter Backstein, verrußte Schornsteine, die verschiedensten Menschen von kleinen Jungs mit Schlapphüten über ältere Frauen bis hin zu Männern jeden Alters. Jonathan und Celina bildeten einen schillernden Kontrast zu den schmutzigen Arbeitern in der Fabrik, als sie eintraten. Es war heiß, rauchig und laut. Celina hielt sich die Ohren zu. Gleich an der ersten Maschine, einer Dampfmaschine von beeindruckender Größe, stand ein großer dürrer Mann, etwa so alt wie William und sogar noch ein Stück größer als Jonathan.

Als der Mann Jonathan und Celina sah, kam er sofort auf sie zu. Er winkte sie vor die Halle, wo es ruhiger war, sodass man sich verständigen konnte.

»Mr Brown«, sagte er und streckte ihm seine schmutzige Hand entgegen.

»Mr McAllister«, erwiderte Jonathan den Gruß und nahm die Hand, ohne zu zögern. »Darf ich vorstellen, Celina Auburn, die Tochter des Advokaten.«

»Sehr erfreut, Miss«, sagte Mr McAllister und zog seinen Hut. *Wie gut, dass ich ihm nicht die Hand geben muss*, dachte Celina und lächelte ihn stattdessen höflich an.

»Wir sind in einer wichtigen Angelegenheit hier, Mr McAllister«, erklärte Jonathan und trat einen Schritt beiseite, weil zwei Arbeiter in die Halle gehen wollten.

»Ja, ich kann mir auch schon vorstellen, warum«, erwiderte Mr

McAllister. »Ich habe über Ihre Anfrage nachgedacht. Was immer Sie von mir brauchen, ich bin dabei.«

Jonathan starrte den Mann vor sich überrascht an. Hatte er sich verhört? So einfach hatte er sich das nicht vorgestellt! Wie kam es zu dieser Wende? »Äh«, stotterte er und grinste verdutzt. »Das freut mich.«

»Wissen Sie, ich gehe sowieso weg von hier«, erklärte der Arbeiter.

»Wo gehen Sie hin?«

»Nach Amerika.«

Celina sah, wie Jonathans Augen vor Erstaunen weit wurden und die Abenteuerlust darin aufblitzte. Es gab ihr einen schmerzhaften Stich, dieses Fernweh in seinem Blick zu entdecken. Instinktiv hätte sie am liebsten seinen Arm gepackt und ihn festgehalten, was natürlich dumm war. Jonathan würde schließlich nicht auf der Stelle nach Amerika auswandern.

»Ich habe genug Geld für die Überfahrt zusammen«, sprach Mr McAllister weiter. »Ich fange ein neues Leben an. Und wenn ich weg bin, kann mir Jonson sowieso nichts mehr anhaben. Der kann mich so oft aus seiner Firma rausschmeißen, wie er will.«

Jonathan schluckte und versuchte die Frage abzuschütteln, die sich in seinem Kopf festsetzte: *Was hindert mich eigentlich daran, nach Amerika zu gehen?*

»Mr McAllister, Sie wissen gar nicht, wie Sie mir damit helfen. Ich erinnere mich noch gut daran, wie Sie gesagt haben, dass Sie ursprünglich in der Firma von Mr Morrison gearbeitet haben und fast ein Freund von Ihrem ehemaligen Arbeitgeber waren. Sie sagten doch, dass die Firma Morrison kurz vor dem Verkauf ohne erkennbaren Grund plötzlich Verluste machte, oder? Sind Sie bereit, auch vor Gericht auszusagen, dass Mr Jonson derjenige war, der die Firma in den Ruin getrieben hat, indem er Arbeiter von Morrison dafür bezahlt hat, nicht mehr anständig zu arbeiten, Maschinen zu demolieren und Stoffe zu stehlen?«

»Mich selbst hat er nicht angeworben, weil er wusste, dass ich da nicht mitmachen würde. Er hat mich trotzdem übernommen. Er weiß, dass ich gute Arbeit leiste«, erklärte Mr McAllister nicht ohne Stolz. »Wenn ich weg bin, kann er sehen, wo er bleibt.«

»Könnten Sie uns Namen der Personen nennen, die für Geld sabotiert haben?«

»Ich will niemandem Schwierigkeiten machen.«

Ich wusste, dass es nicht so leicht wird, dachte Jonathan und wollte gerade noch einmal nachhaken, da sagte Mr McAllister: »Aber ich weiß jemanden, der vielleicht noch einiges mehr erzählen kann als ich und der mit mir nach Amerika gehen wird. Mein Neffe Charlie.« Mr McAllister wischte sich über die Stirn. »Er arbeitet als Küchenjunge in Mr Jonsons Haus.«

»Wo finden wir ihn?«, fragte Jonathan sofort.

»Er geht vormittags meistens einkaufen. Wenn Sie sich beeilen und ein wenig Glück haben, erwischen Sie ihn vielleicht noch.«

»Wo?«

»Na, am Markt.«

»Mr McAllister, wir sind Ihnen sehr zu Dank verpflichtet«, antwortete Jonathan.

»Keine Ursache. Dieser Jonson hat eine Lektion verdient.«

»Vielen Dank«, erwiderte Jonathan und schüttelte dem Mann ein letztes Mal die Hand.

Er wandte sich um und wollte sich schon in Bewegung setzen, da fragte Celina den Arbeiter: »Wie sieht der Junge aus?«

»Er ist wahrscheinlich der einzige vierzehnjährige Junge am Markt, der nicht spindeldürr ist. Und er trägt bessere Hosen.«

»Danke sehr«, sagte Celina und sah Jonathan mit selbstgefälligem Blick an.

»Na, wenn ich dich nicht hätte«, meinte er, und sie nahm den Arm, den er ihr anbot. Mit langen Schritten ging Jonathan Richtung Marktplatz. »Vielleicht ist der Junge unsere Rettung«, sagte er, und Celina versuchte, mit ihrem Begleiter Schritt zu halten.

Wenn dieses Korsett nicht so eng wäre, könnte ich schneller sein, dachte sie ärgerlich und war froh, als sie endlich am Marktplatz ankamen. Es standen einige Holzstände auf dem gepflasterten Platz. Die Bauern der Umgebung priesen frisches Obst und Gemüse, duftendes Brot, würzigen Käse, Fleisch und Frühlingsblumen an. Es war ein buntes Treiben, aber keineswegs hektisch. Gemütlich liefen einige Bedienstete an den Ständen vorbei und kauften für ihre Herrschaften ein. Auch ein paar feiner aussehende Damen und Herren spazierten über den Marktplatz. Zwei Katzen saßen in der Sonne neben einem Eimer voller Tulpen und putzten sich ausgiebig. Jonathan und Celina gingen an den Ständen vorbei und sahen sich möglichst unauffällig nach einem vierzehnjährigen Küchenjungen um. Hatten sie ihn verpasst? Als sie den Platz einmal überquert hatten und hilflos am anderen Ende standen, sich in jede Richtung drehten und wandten, sah Celina plötzlich einen Jungen aus einem der Häuser kommen.

»Jonathan«, sagte sie und deutete zu dem etwas pummeligen Jungen, der mit einem Korb voller Essen die Straße entlanggging.

»Das muss er sein«, vermutete Jonathan und eilte dem Jungen hinterher. Celina folgte ihm, so schnell sie konnte.

»Hey, Junge, warte mal«, rief Jonathan, als er ihn fast eingeholt hatte.

»Was ist denn?«, fragte er, und Wut blitzte in seinen Augen, die Jonathan überraschte.

»Ich muss dich etwas fragen.«

»Was?«, fragte der Junge wieder.

Celina hatte die beiden auch endlich erreicht und trat keuchend zu ihnen.

»Hallo«, sagte sie lächelnd. Bewundernd sah der Junge zu dieser schönen, blonden jungen Frau auf. Alle Wut schien verflogen.

»Ich heiße Celina Auburn, und das ist Jonathan Brown«, sagte sie mit lieblicher Stimme und deutete auf ihren Begleiter. »Und wie heißt du?«

»Ich … ähm … Charlie«, stotterte er, und seine dicken Backen wurden rot.

»Charlie, dein Onkel schickt uns. Wir brauchen einige Informationen von dir. Meinst du, du könntest uns einige Fragen beantworten?«

Charlie nickte mit großen Augen, und Celina lächelte Jonathan siegesgewiss an.

Jonathan räusperte sich. »Charlie … du arbeitest bei Mr Jonson in der Küche, oder?«

Charlie nickte und sah auf den Korb voller Essen in seinem Arm. Das alles war für Mr Jonson.

»Hast du irgendwann schon einmal davon gehört, dass er Probleme mit seiner Firma hat?«

Charlie runzelte die Stirn und schwieg. Als Celina ihn aufmunternd anlächelte, sagte er knapp: »Er hat keine Probleme. Aber es ist ihm nie genug.«

»Was ist ihm nie genug?«

Unruhig nahm Charlie seinen Korb in die andere Hand und schaute nach links und rechts. »Sein Geld eben.«

»Du meinst den Erfolg seiner Firma?«

Charlie nickte.

»Woher weißt du, dass es ihm nie genug ist?«

Charlies Blick wanderte rastlos über den Marktplatz, und er sah sich ängstlich um, ob jemand in der Nähe war, der sie hören konnte.

»Charlie«, schaltete Celina sich wieder ein. »Wir wissen, dass Mr Jonson ein böser Mann sein kann. Aber wir möchten Jonathan Browns Bruder helfen. Ihm gehört die Firma Brown's Productions in Tainbridge. Hast du davon schon einmal gehört?«

Charlie nickte und betrachtete wieder die Pflastersteine auf dem Boden.

»Hast du auch schon einmal gehört, dass Mr Jonson die Firma Morrison nur deshalb kaufen konnte, weil er Leute dafür bezahlt hatte, damit sie Dinge in der Fabrik zerstören?«, schaltete sich Jonathan nun ein. Bei Jonathans harter Stimme war Charlie noch mehr eingeschüchtert, aber er nickte wieder.

»Wollte Mr Jonson das bei Brown's Productions auch so machen?«, drang Jonathan weiter auf Charlie ein und erntete ein erneutes Nicken. Celina legte eine Hand auf Jonathans Arm, um ihn zu stoppen.

»Charlie, woher weißt du das alles?«, fragte Celina mit sanfter Stimme, um Charlie wieder ein wenig zu beruhigen.

»Aus der Küche«, sagte Charlie.

Jonathan sah Celina an. Aus *der Küche?*

»Wie meinst du das?«, fragte Celina geduldig.

»Es gibt in der Küche einen Rauchabzug, so einen Lüftungsschacht. Und da hört man, wenn Mr Jonson in seinem Salon spricht.«

»Was genau hast du da gehört?«, wollte Jonathan wissen.

»Wie er seinen Assistenten aufgefordert hat, nach Tainbridge zu fahren und alles zu regeln«, erzählte Charlie, und seine Stimme hörte sich inzwischen etwas trotzig an. Vielleicht hatte er sich daran erinnert, dass er mit seinem Onkel sowieso bald weit weg von Mr Jonson sein würde.

Jonathan und Celina sahen sich an. Jetzt hatten sie ihn! Das war die Information, die sie gebraucht hatten.

20

William und Graham traten in das Wirtshaus am Marktplatz ein, und der Geruch von abgestandenem Tabakrauch und Essen schlug ihnen entgegen. Sie suchten sich einen Tisch und setzten sich, William mit dem Rücken zur Tür. Etwas nervös schaute er sich nach Jonathan und Celina um, aber sie waren wohl noch nicht da. Luke würde ebenfalls bald ankommen müssen. Auf der Standuhr neben dem Eingang konnte er sehen, dass es gerade erst zwölf Uhr war. Ein wenig beruhigt drehte er sich wieder zu Graham. Der Junge war für ihn schon zu einem selbstverständlichen, ruhigen Begleiter geworden. Graham sagte kein Wort, wenn er nicht gerade dazu aufgefordert wurde, aber er verfolgte interessiert jede Bewegung, die William machte. Wenigstens hatte er ihn davon überzeugen können, das Geldbündel im Hotel zu lassen.

Der Gastraum war leer, nur der Wirt stand an der Theke und wischte den Tresen. Es klapperte leise, als der Wirt die Trinkbecher spülte und zurück ins Regal stellte. Nach einer Weile stand William auf und orderte Getränke für sich und Graham. Während er trank und an die Wand starrte, dachte er darüber nach, was der Richter heute Morgen gesagt hatte. Endlich sprang die Tür auf, und ein junger Mann trat herein. William drehte sich um. Luke war da. Er nahm seinen Hut ab und kam zu ihnen herüber, schnappte sich einen Stuhl und setzte sich. Luke sagte zuerst einmal nichts, schaute einfach nur zusammen mit den anderen beiden durch den Raum und wartete darauf, dass sein Onkel ihm alles erzählen würde, was er wissen musste. Irgendwann bemerkte er, dass Graham ihn anstarrte. Der Junge war ihm unheimlich. Lynnie hatte ihn auf ihrem Bild wirklich gut getroffen. Sie hatte ihm diese innere Unruhe in den Blick gelegt.

»Wo ist Celina?«, brach Luke schließlich das Schweigen.

»Sie ist mit Jonathan Zeugen besorgen. Wie geht es Deiner Tante Mary-Ann?«

»Sie macht sich Sorgen.«

Natürlich machte sie das. »Aber sonst geht es ihr gut?«

Luke nickte. »Die beiden müssten eigentlich bald kommen«, erklärte er und zog seine Taschenuhr aus der Hosentasche. *Zehn nach zwölf.*

In diesem Moment ging die Tür wieder auf, und Jonathan und Celina traten herein, sie an seinem Arm. Celinas Blick traf sofort den von Luke. In ihren Augen lag Stolz, aber auch ein bisschen Schuldbewusstsein. Luke sagte nichts. Wieder wurden zwei Stühle gerückt, und die beiden Neuankömmlinge setzten sich.

»Wir haben Zeugen«, platzte Jonathan heraus, aber bekam keine Reaktion. William war immer noch ein wenig überfordert mit der Situation, weil Celina mit Jonathan gegangen war. Überhaupt die Tatsache, dass sie mit an diesem Tisch saß, brachte ihn aus dem Konzept.

»Genau genommen haben wir *den* Zeugen.«

Jetzt horchte William auf. »Wen?«, fragte er.

Jonathan sah wissend zu Celina.

»Charlie«, antwortete Williams Tochter triumphierend und sah ihren Vater an, als wolle sie sagen: *Siehst du, war es also doch ganz gut, dass ich dabei war.*

William sah seine Tochter ausdruckslos an. »Und was weiß dieser Charlie?«, fragte William an Jonathan gewandt. Dieser jedoch ließ Celina weitersprechen. Ohne ihre Hilfe wäre er schließlich nie an diese ganzen Informationen gekommen.

»Er ist Küchenjunge bei Mr Jonson und hat Gespräche mit angehört, in denen Mr Jonson gesagt hat, er wolle Brown's Productions niedermachen – genau wie damals mit der Firma Morrison.«

Jetzt war William wirklich baff und starrte seine Tochter an. »Und was haben *Sie* bei Richter Cornell erreicht?«, fragte Jonathan den Advokaten und blickte ihn gespannt an.

William riss sich zusammen und räusperte sich. »Wir haben Richter Cornell über die ganze Sache informiert.«

»Und weiter?«, fragte Jonathan. »Was hat er gesagt?«

»Er meinte, dass er schon lange darauf warte, dass endlich jemand gegen diesen Jonson ins Feld zieht.« William musste lachen. Ja, so war Richter Cornell eben. Immer frei heraus. »Und außerdem sind wir alle bei ihm heute zum Abendessen eingeladen.«

Alle außer Celina waren erstaunt. Williams Tochter wusste, dass ihr Vater sich sehr gut mit dem Richter aus Lowestoft verstand.

»Das heißt, wir haben ihn in der Tasche?«, fragte Jonathan.

»Das ist nicht unbedingt gesagt, wir müssen schon noch gute Arbeit leisten. Gesetz ist Gesetz! Aber ... er ist zumindest auf unserer Seite«, erwiderte William, und Jonathan grinste. Luke sah ernst zu Celina. Sie hätte ihm am liebsten gesagt, er solle aufhören, sie wieder so durchdringend anzusehen. Das konnte sie nicht ausstehen. War er etwa wieder neidisch, weil sie sich an Jonathans Seite so wohlfühlte?

»Wo ist dieser Charlie jetzt?«, fragte William.

»Er ist in der Küche von Mr Jonson bei der Arbeit«, antwortete Jonathan. »Mr McAllister ist sein Onkel. Beide haben vor, nach Amerika zu gehen, deshalb macht es ihnen auch nichts aus, vor Gericht auszusagen.«

»Das ist gut«, sagte William und nickte. »Ich habe Hunger«, verkündete er plötzlich und bekam allgemeine Zustimmung. Sie bestellten beim Wirt ein Essen, und bis es fertig war, besprachen sie, wie sie weiter vorgehen wollten. William schlug vor, dass Celina und Luke Charlie bei Mr Jonsons Haus abpassen sollten. Er, Graham und Jonathan wollten nochmals versuchen, mehr Zeugen für den Fall Morrison zu finden.

Celina wurde fast panisch bei dem Gedanken, dass sie mit Luke gehen sollte. Einem Gespräch mit ihm konnte sie dann nicht mehr ausweichen. »Papa, wäre es nicht besser, wenn Jonathan mit zu Charlie kommt?«, fragte sie, und alle Augen wandten sich zu ihr. »Ihn kennt er doch schon.« Sie vermied Blickkontakt mit den jungen Männern und sah nur in das Gesicht ihres Vaters.

»Nein«, entschied er in einem Ton, der keine Widerrede duldete. »Du gehst mit Luke.« Mit strengem Blick sah er seine Tochter an. »Ich brauche Jonathan bei mir«, erklärte er, und es war klar, dass er nicht bereit war, noch weiter darüber zu diskutieren.

Celina starrte genau wie Graham auf den Tisch vor sich, bis das Essen kam und hörte dann stumm dem Tischgespräch der drei Männer zu. Als alle aufgegessen hatten, teilten sie sich in zwei Gruppen. Celina fiel auf, dass es Jonathan nicht sonderlich zu stören schien, dass sie nicht mit ihm gehen durfte. Er zwinkerte ihr im Vorbeigehen lächelnd zu, um sie aufzumuntern. Dann war er fort.

Luke erhob sich ebenfalls vom Tisch, und Celina folgte ihm aus dem Wirtshaus. Immer noch enttäuscht sah sie Jonathan hinterher, der mit ihrem Vater und Graham gerade den Marktplatz überquerte. Cousin und Cousine gingen schweigend nebeneinander her. Luke spürte tausend kleine Stiche im Herzen, weil Celina so hartnäckig versucht hatte, ihm auszuweichen. Er wollte ihr ein wahrer Freund sein, aber sie stieß ihn zurück, sobald er ehrlich ihr gegenüber war. Wie sollte er ihr da helfen? Dieses Mal hatte er keine Ahnung, wie er beginnen sollte. Wenn sie nicht mit ihm reden wollte, dann musste er ja auch kein Gespräch erzwingen. Aber nur zu gern hätte er die Dinge aus dem Weg geräumt, die zwischen ihnen standen. Doch es gehörten immer zwei Menschen zu einer Freundschaft. *Wenn sie nicht will …*, dachte er und schluckte traurig.

Celinas Gewissen zwickte sie gewaltig. Sie wusste, dass sie Luke verletzt hatte, und ihr war bewusst, dass sie es eigentlich nicht gewollt hatte. Sie wollte nicht mit ihm reden, weil *sie* sich so schrecklich benahm, nicht weil sie ihn nicht schätzte. Luke bedeutete ihr doch so viel! Aber wie sollte sie ihm das sagen, wenn ihr Verhalten doch ständig etwas anderes zeigte?

Mr Jonsons Haus lag etwas außerhalb der Stadt, deshalb mussten sie ein ganzes Stück gehen. Irgendwann verließen sie die gepflasterten Straßen und die engen grauen Häuserreihen und traten auf einen staubigen Weg, der einen kleinen Hügel hinaufführte. Die Vögel zwitscherten fröhlich und schwirrten am blauen Himmel. Es roch nach Gras und warmer Erde. Bienen und Hummeln summten im Gras und die Luft war sonnengewärmt. Es war wirklich ein wunderschöner Tag und Celina spürte, wie die Schönheit der Natur ihr Kraft gab.

Als sie den kleinen Hügel erklommen hatten, sahen sie die majestätische Villa von Mr Jonson thronen. Das riesige Haus hatte einen weißen Anstrich und leuchtete strahlend. Vor dem Grundstück angekommen, hatten sie noch immer kein einziges Wort miteinander gewechselt. Eine mannshohe grüne Hecke umzäunte den Garten. Auch Luke konnte nicht darübersehen. Kein Wunder, dass die Leute erzählten, dass Mr Jonson sehr zurückgezogen lebte. Wenn er dieses Haus tatsächlich selten verließ – dann war es fast unmöglich, dass ihn je einer zu Gesicht bekam. Das eiserne Tor zum Hauseingang war gerade so groß, dass eine Kutsche hindurchpasste. Es war allerdings kein kunstvolles schmiedeeisernes Tor aus mehreren Eisenstäben wie das von Gut Randolph, sondern bestand aus zwei massiven dicken Eisenplatten, sodass man nicht hindurchsehen konnte. Die hohe Hecke und das Tor wirkten unfreundlich und abweisend.

Luke ging ein Stück an der Hecke entlang, bis er tatsächlich eine Stelle fand, an der die Blätter nicht so dicht waren. Er lugte hindurch und sah in einen gepflegten Garten, in dem zwischen bunten Blumenbeeten Statuen aus Marmor von allen möglichen Tieren und Menschen standen. Er winkte Celina zu sich her, die ebenfalls durch das kleine Loch in der Hecke blickte. Die Fenster an dem Herrenhaus waren verhältnismäßig klein, und an vielen von ihnen waren dichte Vorhänge zugezogen.

Luke und Celina sahen sich an. Was jetzt? Sie mussten warten, bis Charlie heraus kam. Außerhalb des Gartens stand links vom Grundstück eine große Eiche mit einem dicken Stamm. Kleine grüne Blätter entfalteten sich immer mehr, streckten sich der Sonne entgegen und umhüllten die Äste des mächtigen Baums mit einem hellgrünen Kleid. Luke nahm Celinas Hand und führte sie zu der Eiche. Hier konnte sie sich hinsetzen, solange sie warten mussten. Celina ließ sich auf einer Wurzel am Stamm nieder und stützte ihr Kinn auf ihre rechte Hand. Die Sonne schien ihr angenehm warm aufs Gesicht. Luke steckte seine Hände in die Hosentaschen und blickte auf die Stadt hinunter, Celina den Rücken zugewandt. Kutschen fuhren in den Straßen, dünne Rauchfahnen quollen aus den Schornsteinen. Ein Stückchen rechts am Hügel war ein kleines Wäldchen.

Celina war erstaunt, dass Luke nichts sagte. Sie genoss es, war dankbar und bewunderte ihn dafür, gleichzeitig fühlte sie sich schrecklich.

Unruhig zupfte sie Gras aus dem Boden und drehte es in ihren Fingern. Die Minuten verstrichen viel zu langsam. Es konnte noch eine halbe Ewigkeit dauern, bis Charlie nach Hause gehen würde.

»Was machen wir eigentlich, wenn Charlie nicht herauskommt, bis wir zu Richter Cornell gehen müssen?«, fragte Celina plötzlich, und Luke drehte sich überrascht zu ihr um, als hätte er in hundert Jahren nicht damit gerechnet, dass sie etwas sagen würde.

»Äh … dann gehen wir morgen nochmals hierher.«

Celina nickte, Luke sah sie an, und sie schaute weg. Daraufhin drehte Luke sich wieder um, und das Schweigen setzte sich fort. Irgendwann hielt Celina es einfach nicht mehr aus: »Luke, weißt du was?«

Diesmal wandte er sich nicht zu ihr um.

»Ich … ich …«, stammelte sie und fuhr fort, Gras aus der Wiese zu reißen.

»Schau«, sagte Luke mit angespannter Stimme und deutete aufgeregt Richtung Stadt.

»Was ist denn?«, fragte sie alarmiert und stand auf. Als sie neben ihm stand, sah sie, was ihn beunruhigte. Ein einzelner Reiter bog mit seinem braunen Pferd auf den Weg, der den Hügel zum Haus nach oben führte.

»Wer ist das?«

»Ich weiß nicht genau. Der Kleidung nach zu urteilen, könnte es Mr Jonsons Assistent sein.« Sein Anzug sah sehr nobel aus.

»Und was tun wir jetzt?«, fragte sie nervös.

»Nichts.«

»Nichts?«, wiederholte Celina panisch.

»Nein.«

»Luke, was ist, wenn der wissen will, weshalb wir hier sind?«

»Dann sagen wir ihm die Wahrheit.«

»Die Wahrheit?«, piepste Celina entsetzt.

»Nur die halbe Wahrheit. Vertrau mir, Celina, und lass mich reden. Setz dich wieder.«

Celina beobachtete mit großen Augen, wie der Reiter sein Pferd langsam den Hügel hinauflenkte. Anscheinend hatte er sie noch nicht entdeckt.

»Setz dich, Celina«, befahl Luke wieder, und sie gehorchte, wenn auch zweifelnd.

Der Reiter hatte fast die Spitze des Hügels erreicht, als er die beiden Fremden am Baum sitzen sah. Nun konnte man auch ihn besser erkennen. Der junge Mann hatte blondes Haar, eine flache Stirn und eine markante Nase, die aber so perfekt in sein Gesicht passte, dass man sie fast als schön hätte bezeichnen können. Sein Pferd trabte auf sie zu, und der Mann sah zuerst Luke und dann Celina an. Seine Augen waren mindestens so blau wie die von Celina.

»Guten Tag«, sagte Luke und blickte zu dem Reiter auf.

»Guten Tag«, antwortete der junge Mann mit fragender Stimme. »Suchen Sie etwas?«

»Genau genommen suchen wir *jemanden*«, erwiderte Luke. »Aber niemand hat uns eingelassen.«

Der Mann lachte, und sein Pferd tänzelte unruhig von einem Bein aufs andere. »Hier wird niemand eingelassen. Nur das Personal kommt auf das Anwesen.«

»So?«, fragte Luke erstaunt.

»Wen suchen Sie denn?«, wollte der Mann wissen, ohne auf Lukes überraschte Frage einzugehen.

»Sagt Ihnen der Name Charlie etwas?«, fragte Luke.

»Ja, das ist unser Küchenjunge. Was wollen Sie von ihm?«

»Ich selbst will eigentlich nichts«, erklärte Luke. »Aber Richter Cornell.«

Der Mann runzelte argwöhnisch die Stirn. Jetzt machte er sich doch die Mühe, abzusteigen. »Und was möchte Richter Cornell von ihm?«

»Das weiß ich nicht, Sir«, sagte Luke. »Ich erledige nur den Job.«

»Den Job?«

»Ich soll Charlie zu ihm bringen.«

»Aha.« Der Mann schien nicht sehr überzeugt davon zu sein, dass Luke die Wahrheit sagte und warf wieder einen Blick zu der hübschen jungen Frau. »Woher kommen Sie?«

»Aus der Nähe von London.« Diese Information machte immer Eindruck.

Der junge Mann zog die Augenbrauen nach oben. »Und was machen Sie dann hier in Lowestoft?«

»Ich besuche Verwandte in der Nähe von Lowestoft.« Na ja, nicht die nächste Nähe, aber … Tainbridge lag jedenfalls näher als London.

»Und wie kommt es, dass Richter Cornell sie beauftragt, Charlie zu holen?«

»Ich erledige alle möglichen Jobs in der Stadt.«

»Wer ist das Mädchen? Sollen Sie sie auch zu Richter Cornell bringen?«

Luke lachte und drehte sich zu Celina um. »Nein. Das ist meine Cousine.«

»Und die nehmen Sie überall mit hin?«

»Wir genießen jede Sekunde, die wir zusammen haben.«

»Ah, verstehe.« Die Stirn des Mannes war noch immer argwöhnisch gerunzelt. »Nun, also … Charlie geht nach der Teezeit eigentlich immer nach Hause.«

»Dann warten wir hier so lange.«

Der Mann nickte. »Wie heißen Sie?«

»Luke O'Dwell.«

Nie gehört. »Und Sie?« Er deutete mit seiner Reitgerte zu der jungen Frau.

»Ihr Name ist Celina.«

»O'Dwell?«

Luke nickte. *Erste Lüge.* Celinas Nachnamen zu nennen, war zu riskant. Auburn war ihm vielleicht ein Begriff. »Darf ich auch Ihren Namen erfahren?«, fragte Luke, um seine Verlegenheit zu überspielen.

»Steven Winston.«

»Angenehm.« Luke lächelte und streckte ihm die Hand entgegen. Nach kurzem Zögern nahm Steven die Geste an, und sie schüttelten sich die Hand.

»Und Sie, was wollen Sie hier?«, fragte Luke freundlich.

Steven sah zum Haus. »Ich wohne hier.«

»Tatsächlich?«

»Ich bin die rechte Hand des Besitzers.« *Des Besitzers der ganzen Stadt.*

Diesen Gedanken sprach Steven nicht laut aus. Es reichte, wenn die Bürger von Lowestoft wussten, wer hier das Sagen hatte.

»Ah, Mr Jonson, richtig?«

Steven nickte und sah Luke immer noch etwas misstrauisch an.

»Na, dann wollen wir Sie mal nicht länger aufhalten«, meinte Luke und klopfte den Hals des braunen Pferdes.

»Ich wünsche noch einen schönen Tag«, nickte Steven ein letztes Mal und führte sein Pferd zum Tor, öffnete und trat ein. Einen kurzen Moment später war das Tor wieder verschlossen, und Luke und Celina waren wieder alleine.

21

»Was wolltest du vorhin sagen?«, fragte Luke und setzte sich neben Celina ins Gras, als wären sie nicht gerade eben erst Steven Winston begegnet.

Sie schluckte. »Das hast du aber gut hinbekommen«, entfuhr es ihr.«

Luke grinste und sah sie an. »Das wolltest du sagen?«

»Nein. Ich ... weiß es nicht mehr.«

»Es ist jedenfalls schön, dass du wieder mit mir sprichst.«

»Luke, es tut mir so leid«, brach es aus Celina heraus, und sie sah, wie seine Kiefermuskeln sich anspannten. Das unbekümmerte Lächeln war aus seinem Gesicht gewischt.

»Was?« fragte er. »Was tut dir leid?«

Sie seufzte. »Dass ich ... mich so schlecht benehme, dir gegenüber.«

»Warum tust du es dann?«

»Ich weiß nicht.« Am liebsten hätte sie losgeweint, und Luke sah geradeaus, um ihr nicht ins Gesicht schauen zu müssen. »Es tut mir leid, dass ... ich mich ständig entschuldigen muss.«

Luke schwieg.

»Ich ... weiß nicht, wie ich mich ändern soll«, sagte Celina leise.

»Die Frage ist, ob du dich ändern *willst*«, bemerkte Luke, immer noch geradeaus blickend. »Die Frage ist, ob du ernst meinst, was du sagst. Oder ob du es eben einfach nur sagst, damit wieder alles in Ordnung ist. Auf Heuchelei kann man keine echte Beziehung aufbauen, Celina.«

Sie biss sich auf die Lippen und nickte beschämt. Er hatte ja recht. »Es tut mir wirklich leid.« Ihre Stimme war nur ein leises Flüstern.

Jetzt sah er sie an. »Wirklich?«

»Wirklich, wirklich leid«, nickte sie, und ihre Augen glitzerten feucht. »Ich will dich nicht verletzen. Das wollte ich nie.«

Als Luke immer noch nichts antwortete, rückte sie endlich mit der Sprache heraus: »Ich war eifersüchtig auf Lynnie.«

Luke sah sie stirnrunzelnd an, und Celina fragte sich, was das zu bedeuten hatte.

»Versprichst du mir, dass du nie vergessen wirst, dass ich dich liebe?«, fragte er plötzlich.

»Was?«, fragte Celina mit tränenerstickter Stimme, überrumpelt.

»Versprichst du mir, dass du nie vergessen wirst, dass ich das Beste für dich will? Versprichst du mir, dass du mir immer vertrauen wirst, egal was passiert?«

Celina versuchte zu verstehen, was er gerade gesagt hatte. Ein dicker Kloß steckte in ihrem Hals und es gelang ihr nicht, ihn herunterzuschlucken. Sie war zu gut darin, Versprechen zu geben und sie nicht einzuhalten. »Ich habe Angst, dass ich solch ein Versprechen wieder breche.«

»Das war immerhin ehrlich«, sagte Luke und nahm ihre Hand. »Versprich es. Und brich es diesmal *nicht*.«

Hilflos versuchte Celina, die Schluchzer zu unterdrücken, die in ihrer Brust bebten. Schluchzer, weil sie traurig über sich selbst und überwältigt von Lukes Zuneigung war.

»Versprochen«, flüsterte sie und konnte die Tränen nicht mehr zurückhalten. Ehe sie sich versah, hatte Luke sie in den Arm genommen. Sie fühlte seine starken Arme um sich und legte ihren Kopf auf seine Schulter. »Versprochen«, schniefte sie und legte ihre Arme um seine Taille. War es möglich, dass Luke sie so sehr mochte? War das möglich?

Celina wischte sich über die Augen, als sie sich wieder voneinander lösten.

»Es gibt keinen Grund für dich, auf deine Schwester eifersüchtig zu sein«, sagte Luke. »Und deshalb gibt es auch keinen Grund, so gemein zu ihr zu sein. Sie liebt dich, Celina.«

Beschämt blickte sie auf den Boden. Liebte sie auch ihre Schwester? Unweigerlich kamen ihr Kindheitserinnerungen: wie sie mit ihrer Schwester gespielt hatte, im Haus, im Garten, mit Puppen, mit Holzklötzen, die ihr Vater ihnen geschnitzt hatte; wie sie sich gegenseitig Frisuren gemacht und zusammen bei Emma in der Küche gestanden hatten, wenn sie Plätzchen gebacken hatte; wie sie zusammen gemalt oder vierhändige Stücke auf dem Klaviergespielt hatten. Wann hatte sich das verändert? In letzter Zeit hatte Celina ihre kleine Schwester nur noch als Rivalin gesehen. Sie war so hübsch geworden, zugleich war sie so begabt, so ruhig, liebevoll und warmherzig. Und sie? Sie warf mit bissigen Bemerkungen um sich und ließ Türen knallen. Konnte es wahr sein, dass ihre Schwester sie trotzdem noch liebte? Würde sie ihr überhaupt verzeihen können? Dieser jetzige Zustand war jedenfalls grauenvoll. So konnte das nicht weitergehen.

»Ich liebe sie auch«, sagte sie leise.

»Du musst dich niemandem unterlegen fühlen, Celina. Und deshalb musst du auch nicht dafür sorgen, dass *dir* jemand unterliegt. Verstehst du, was ich meine?«

Celina nickte. Er sprach ihre Angewohnheit an, auf alle anderen herabzusehen – und sie das auch spüren zu lassen. »Danke, Luke«, flüsterte sie und zupfte am Gras herum. »Danke, dass du so ehrlich bist.«

»Das bin ich schon, seit ich hier bin.«

»Danke, dass du nicht aufgegeben hast«, fügte sie kleinlaut hinzu, und Luke musste lächeln. Ein zweites Mal nahm er seine Cousine in den Arm, und sie genoss diese Geste. Er strich ihr sanft übers Haar, dann ließ er sie wieder los. Sie lächelte, er grinste zurück und erhob sich dann.

»Es dauert noch, bis Charlie rauskommt«, sagte er, während er den Stand der Sonne betrachtete. Er drehte sich wieder um. »Ist dir kalt?«

Celina nickte fröstelnd. Es war ein wenig Wind aufgekommen, und auf dieser Anhöhe war das besonders zu spüren, besonders jetzt, als die Sonne langsam schwächer wurde. Die zartgrünen Blätter an der Eiche zitterten leicht im Wind.

Luke ging zu ihr und zog sie auf die Beine.

»Komm, wir gehen mal um das Grundstück herum. Vielleicht finden wir ja noch ein zweites Loch in der Hecke, durch das wir etwas sehen können. Und dir wird wärmer.«

Gesagt, getan. Das Grundstück war riesig. Offenbar lag hinter dem Haus – das für zwei Personen wirklich überdimensional groß war – ein kleiner Park, der immer noch mit der hohen Hecke eingegrenzt war. Dieser Mann brauchte sein Anwesen nicht zu verlassen, um einen Spaziergang zu machen.

Ein Loch in der Hecke hatten sie nicht mehr entdeckt, als sie wieder an der Eiche ankamen. Auch war alles still geblieben. Wenigstens war ihr tatsächlich ein bisschen wärmer geworden. Nun konnte es ja auch nicht mehr so lange dauern, bis Charlie von der Arbeit nach Hause ging. Morgen in aller Frühe, wenn sie noch alle schlafen würden, musste er wahrscheinlich wieder in der Küche stehen.

Sie setzten sich beide an den Baumstamm, und Luke legte einen Arm um Celina, ein kleiner Versuch, sie vor dem kalten Wind zu schützen. Endlich hörten sie ein quietschendes Geräusch, und beide wandten ihren Blick zu dem Tor, das sich einen Spalt öffnete. Heraus trat Charlie und sah die zwei Fremden sofort. Luke sprang auf und half Celina auf die Beine.

»Charlie«, rief Celina und ging auf ihn zu.

»Miss, was haben Sie ihm erzählt?«, flüsterte er ängstlich.

»Wem?«

»Mr Winston.«

Celina sah zu Luke, der zu ihnen trat.

»Hallo, Charlie, ich bin Luke«, begrüßte er ihn mit warmer Stimme und streckte ihm die Hand hin. Lukes freundschaftliche Art schaffte es sofort, Charlies Vertrauen zu gewinnen.

»Ich erledige nur einen Job für Richter Cornell. Er möchte dich sehen«, sagte er betont laut. »Komm mit.«

Celina sah Charlie eindringlich an und hoffte, er würde verstehen, weshalb Luke das so gesagt hatte.

Stumm nickte der Junge, und zu dritt entfernten sie sich von Jonsons Villa. Als sie ein gutes Stück den Hügel hinuntergegangen waren, begann Luke wieder zu sprechen.

»Richter Cornell hat uns heute zum Abendessen eingeladen. Dich auch«, erzählte er, und Charlie blickte erstaunt zu dem jungen, schlanken Mann auf. »Du weißt ja sicher, dass wir dich ganz dringend brauchen. Meinst du, du kannst dem Richter genau das erzählen, was du auch Miss Celina und Mr Brown heute Morgen erzählt hast?«, fragte Luke.

Charlie blies die Backen auf und nickte.

»Danke. Ich habe gehört, du willst nach Amerika«, sagte Luke und legte seine Hand auf Charlies Schulter.

»Woher weißt du das?«, fragte Charlie erstaunt, und Celina lächelte, dass Charlie es gar nicht mehr für nötig zu halten schien, Luke zu siezen. Und sie war sich sicher, dass Luke es nicht einmal bemerkte.

»Hm. Rate mal«, forderte Luke ihn auf und Charlie lachte. »Sie hat es erzählt«, vermutete er und deutete auf Celina, die hinter den beiden ging.

Luke hatte einen neuen Freund gewonnen.

Im Hotel Cromwell trafen Luke, Celina und Charlie auf William, Jonathan und Graham. Celina und Jonathan wechselten liebevolle Blicke und Celina hoffte, dass man ihr nicht ansah, wie müde sie war. Die Reise und dieser Tag waren einfach so anstrengend gewesen.

Zu sechst machten sie sich zu dem schmalen alten Haus von Richter Cornell auf. Es lag mitten in der Stadt in der Nähe des Marktplatzes, zwischen einem Stoffladen und dem kleinen Gerichtssaal, dem einzigen in dieser Gegend. Eine Frau mit grauen Haaren unter einer Haube und einer weißen Schürze öffnete die Haustüre aus buntem Glas und ließ die Gäste ein. Sie traten in die geflieste Eingangshalle und wurden von einem älteren Herrn mit einer runden Glatze begrüßt. Für einen Engländer in seinem Alter war er erstaunlich lebhaft. Jonathan und Luke sahen sich verwundert an. So einen energiegeladenen Richter hätten sie beide nicht erwartet.

»Also, Mr Auburn«, rief er erfreut und schüttelte ihm kräftig die Hand. »Herzlich Willkommen in meinem bescheidenen Heim.« Er lachte und Celina dachte daran, dass es sich ein bisschen wie das Gackern eines Huhns anhörte.

»Und wer sind Sie?«, fragte der Richter, bevor William etwas erwidern konnte und wandte sich zu den jungen Leuten hinter dem Advokaten.

»Jonathan Brown«, stellte Jonathan sich vor und gab dem Richter die Hand.

»Aaah«, sagte der Richter und nickte wissend. »Sie sind also der Beschuldigte.«

»Luke O'Dwell«, nannte Luke seinen Namen, als der Richter sich zu ihm wandte.

»Der Neffe«, wusste Richter Cornell und schüttelte Luke die Hand.

»Ooooh!«, rief er aus, als er Celina sah. »Eine junge Dame? Das haben Sie mir aber verschwiegen, Mr Auburn. Ist das etwa ihre werte Frau?«

»Nein, meine Tochter, Sir«, berichtigte William verlegen.

Der Richter beugte sich zu Celinas Hand hinunter und küsste sie. »So ein hübsches Fräulein hatte ich schon lange nicht mehr in meinem Haus.« Er zwinkerte Celina zu.

»Das ist Charlie McAllister. Der Küchenjunge von Mr Jonson«, erklärte sie ihm und nahm den Jungen an die Hand.

»Charlie, hmhm. Und Graham«, begrüßte der Richter auch den Jungen, der sich ganz hinten gehalten hatte und klopfte ihm kräftig auf die Schulter, sodass es aussah, als würde Graham jeden Moment in die Knie sinken. »Nur keine Scheu, nur keine Scheu, Graham.« Er drehte sich einmal im Kreis. »Darf ich die Herren und die Dame zu Tisch bitten? Hier geht's lang.« Er ging durch eine geöffnete Tür in einen Raum, der fast allein durch einen großen Tisch aus dunklem Holz in Besitz genommen war. Kerzenleuchter hingen an den Wänden oder standen auf den Tischen, und ihr Schein warf einen gemütlichen orangefarbenen Schatten an die holzgetäfelte Wand. Gedeckt war mit edlem Porzellangeschirr und Silberbesteck. Der Richter setzte sich ans linke Kopfende und wies William den Stuhl am rechten Kopfende zu. Jonathan und Luke saßen bei Richter Cornell, dann kamen Graham und Charlie und schließlich Celina. Ihr gegenüber blieb ein Platz frei.

Sobald alle auf ihren Stühlen saßen, traten zwei Bedienstete ein, die Essen hereintrugen. Charlie bekam große Augen, Graham noch Größere. So ein Essen hatte er vermutlich noch nie in seinem Leben zu Gesicht bekommen. Verschiedenes gedünstetes Gemüse, knusprig gebratenes Fleisch, frisch gebackenes Brot und Obst. In dem Raum breitete sich ein unwiderstehlicher Duft aus, sodass jedem das Wasser im Mund zusammenlief.

»Greifen Sie zu, greifen Sie zu, bitte«, forderte Richter Cornell seine Gäste auf, und William war froh, dass Graham sowieso immer zuerst zu ihm sah, um sich abzuschauen, wie man sich verhielt.

Nachdem alle ein paar Bissen gegessen hatten, sagte der Richter: »So, nun, also. Erzählen Sie mir mal, wie Sie am liebsten vorgehen wollen, Mr Auburn.« Er nahm einen Schluck Wein. »Dieser Jonson …« Er schüttelte den Kopf, während er ein Stück von dem Fleisch auf seinem Teller abschnitt. »Der hat auf jeden Fall Dreck am Stecken, das weiß ich – aber ich habe keine Beweise. Wenn Sie etwas gegen ihn in der Hand haben … dann sag ich: Nur zu!« Er lachte wieder sein gackerndes Lachen.

»Wie bekommen wir Mr Jonson dazu, vor Gericht zu erscheinen?«, stellte William die Frage, die ihn am meisten beschäftigte.

»Ach, das ist ein Leichtes«, sagte Richter Cornell und winkte ab. »Eine offizielle Vorladung vor Gericht kann auch ein Mr Jonson nicht missachten. Die Frage ist eher: Wann soll der Spaß beginnen?« Seine Augen blitzten und hätte er nicht Gabel und Messer gehalten, hätte er mit Sicherheit aus Vorfreude die Hände aneinander gerieben. »Es ist schon zu lange her, Mr Auburn, dass ich Sie in einer großen Verhandlung erleben durfte.«

William nickte lächelnd. »Es wäre wahrscheinlich am besten, wenn jetzt alles schnell ginge. Wir haben Charlie dabei, ein wichtiger Zeuge … aber er ist Küchenjunge bei Mr Jonson und dessen Assistent weiß, dass er heute Abend hier ist. Ich könnte mir vorstellen, dass er den Braten riecht, wenn wir noch länger warten.«

Richter Cornell stieß einen jubelnden Schrei aus, sodass Graham erschrocken zusammenfuhr. »Dann ist das abgemacht. Morgen Mittag beginnt die Verhandlung.« Er lachte gackernd und klingelte nach dem Personal. Dann gab er Anweisung, dass die bereits vorbereitete Vorladung zum Gericht unverzüglich an diesem Abend noch an Mr Jonson zugestellt werden musste.

»Was ist, wenn Mr. Jonson einen Anwalt haben will?«, wandte Luke ein.

»Das will er nicht«, sagte Richter Cornell überzeugt und winkte ab. »Mr Jonson ist eine ganz eigene Sorte Mensch. Der will keine Hilfe.«

Es war still, während Richter Cornell nochmals einen Bissen in den Mund schob und kaute. Luke und Jonathan warfen sich wieder einen Blick zu. Sie hatten sich inzwischen aneinander gewöhnt.

»Ein Eigenbrötler war er, ist er und wird er bleiben«, sprach Richter Cornell dann weiter. »Aber das ist ja jetzt egal. Morgen ist die Verhandlung.« William nickte zustimmend.

22

Am nächsten Morgen stand William schon früh auf, um sich auf die Verhandlung am Mittag vorzubereiten. Trotzdem nahm er sich zunächst Zeit für ein Gebet. Anschließend ging er hinunter in den Frühstücksraum. Heute war der Himmel bewölkt, aber es war warm, fast schon ein wenig schwül. Wahrscheinlich würde es noch regnen, was den Pflanzen nicht schaden konnte nach den letzten Wochen voller Sonnenschein.

Luke erschien als Zweiter, frühstückte und machte sich auf den Weg zu Charlie. Graham stand in der Tür, sobald Luke das Hotel verlassen hatte.

»Guten Morgen«, sagte William und winkte ihn herein.

»Guten Morgen«, erwiderte Graham schüchtern und setzte sich dazu.

»Wie geht es dir heute?«, fragte William den Jungen, der heute ebenfalls seinen großen Auftritt haben würde.

Graham zuckte mit den Schultern und sah auf den Tisch.

»Weißt du noch, was du heute zu sagen hast?«

Graham nickte, und William war beruhigt. Er hatte oft genug mit seinem neuen Schützling abgesprochen, was er ihn fragen würde. Außerdem würde der Prozess unter Ausschluss der Öffentlichkeit stattfinden. Die Bürger von Lowestoft und Tainbridge würden es erst dann erfahren, wenn alles schon vorbei war. Graham und er waren inzwischen fast schon ein eingespieltes Team.

Williams größere Sorge lag bei Mr Jonson selbst. Obwohl Richter Cornell überzeugt davon gewesen war, dass Mr Jonson erstens ohne Probleme auftauchen und zweitens keinen Anwalt anfordern würde, war William nicht so sicher, ob alles reibungslos ablaufen würde. Wahrscheinlich lag es einfach daran, dass er diesen Mann noch nie gesehen hatte, den er anklagen würde.

William und Graham waren schon fertig mit frühstücken, als endlich Jonathan auftauchte.

Wo ist Celina?, wollte William fragen, aber hielt sich noch rechtzeitig zurück. Woher sollte Jonathan das auch wissen? Er beschloss, lieber selbst einmal nach ihr zu sehen.

»Graham, bleib bei Mr Brown«, ordnete William an und erhob sich. »Ich komme gleich wieder.«

Leise klopfte er an der Hotelzimmertür seiner Tochter.

Als niemand antwortete, klopfte er nochmals kräftiger. »Celina?«, fragte er.

Immer noch keine Antwort. Er drückte die Türklinke – und erschrak. Das unvorsichtige Kind hatte nicht abgeschlossen! William öffnete die Tür einen Spalt und lugte hinein. Sie lag auf dem Bett und schien tief und fest zu schlafen. Entweder hatte sie gestern einfach ihr Kleid angelassen oder sie hatte es heute früh schon angezogen und hatte sich nochmals aufs Bett gelegt. Ihre Frisur war jedenfalls offen, sodass ihr goldenes Haar sich über das Kissen ergoss. Seine Tochter. Wo waren nur die Jahre hin? Es konnte doch nicht so lange her sein, dass er sie auf den Schultern getragen hatte …

Sie regte sich und schlug die Augen auf.

»Guten Morgen«, flüsterte William und lächelte.

Celina sagte nichts, sondern ließ ihren Kopf wieder aufs Bett sinken.

William trat ins Zimmer und schloss die Tür hinter sich. »Geht es dir nicht gut?«, fragte er besorgt.

»Doch. Ich war nur so müde … und hab so schön geschlafen«, antwortete Celina, ohne ihren Kopf zu heben.

»So eine Reise ist doch etwas anstrengend, nicht wahr?«

Celina antwortete nichts darauf. Sie wusste, dass er auf ihr unerlaubtes Ausreißen anspielte.

»Unten wartet jedenfalls Frühstück auf dich«, sagte William versöhnlich, als sie weiter schwieg und verließ das Zimmer wieder.

Als Celina später nach unten kam, lächelte sie Jonathan an und setzte sich.

»Guten Morgen«, sagte Jonathan. Graham folgte schüchtern Jonathans Beispiel.

»Guten Morgen«, erwiderte Celina und bestellte einen schwarzen Tee bei der Wirtin.

»Was machen wir heute Vormittag?«, fragte sie und sah ihren Vater erwartungsvoll an. Jetzt, wo sie einigermaßen ausgeschlafen war, freute sie sich auf die Ereignisse dieses Tages.

William überlegte. Ja, was machte er jetzt mit seiner Tochter? Sie hatten noch gut drei Stunden Zeit.

»Wir gehen in den Gerichtssaal. Ich muss mich vorbereiten.«

»Aber wir ...«

»Nein«, sagte William streng. Er wusste was sie sagen wollte, oder zumindest was sie gerne tun wollte. Mit Jonathan alleine durch die Gegend streifen. Nein. Außerdem brauchte er Jonathan. Und es war sicherer, wenn er bei ihm war. Wer weiß, was noch passieren würde?

Celina blitzte ihren Vater wütend an. Aber wenigstens waren sie und Jonathan nicht wieder getrennt. Aus Trotz nahm sie Jonathans Arm und stolzierte an ihrem Vater vorbei. Es war ihr egal, ob es ihn störte, dass sie so nah bei ihm ging. William hätte am liebsten etwas gesagt, unterließ es dann aber. Hatte er nicht vor Kurzem erst zu Mary-Ann gesagt, Celina käme nun ins heiratsfähige Alter? Ihn störte mehr die trotzige Geste, mit der sie versuchte, ihn zu provozieren. Aber auf solch kindische Spielchen würde er sich nicht einlassen.

Zu viert verließen sie das Hotel. Um zum Gerichtssaal zu kommen, mussten sie zum Marktplatz. William ging voraus, Graham wich ihm nicht von der Seite. Jonathan und Celina folgten ihnen. Es war schon einiges los auf den heute feuchten Straßen. Kutschen rumpelten an ihnen vorbei, Pferde zogen Karren hinter sich her, Frauen, Männer und Kinder waren unterwegs. Kurz bevor sie den Gerichtssaal erreichten, blieb Graham plötzlich so abrupt stehen, dass Jonathan beinahe in ihn hineingerannt wäre. Grahams Augen waren vor Entsetzen geweitet. Der Schrecken stand ihm förmlich ins Gesicht geschrieben.

Was ist denn nun schon wieder los? William folgte Grahams erschrockenen Blick und sah einen jungen muskulösen Mann auf einem braunen

Pferd thronen. Der blonde Mann sah Graham mit ebenso starrem Blick an, Erstaunen zeichnete sich auf seinem Gesicht ab. Nun bemerkte der Mann auch William und es schien, als würde er ihn erkennen. *Weiß er, wer ich bin?,* schoss es William durch den Kopf, und er überlegte fieberhaft, wer dieser Mann war. Einige Sekunden verstrichen, dann wendete der Mann sein Pferd und trabte davon.

William drehte sich zu Jonathan um und sah ihn fragend an. Wer war das gewesen? Und was hatte das zu bedeuten? Graham neben ihm begann zu zittern, sodass es seinen ganzen Körper schüttelte: Sogar seine Zähne klapperten aufeinander.

»Graham«, sagte William und berührte ihn an der Schulter. Der Junge sah ihn mit angstvollem Blick an. Noch nie hatte William solche Furcht in dem Gesicht eines Menschen gesehen wie bei diesem Jungen in den letzten Tagen.

»Graham, beruhige dich«, sagte er und starrte in Grahams Augen, die Hilfe und Halt bei ihm zu suchen schienen. »Komm, es wird dir niemand etwas tun.« William packte Graham an beiden Schultern und hielt ihn fest, doch das Zittern ließ nicht nach.

Hilflos sah William zu Jonathan. »Kommt«, sagte er schließlich und führte Graham, so gut es ging, die letzten Meter in den kleinen Gerichtssaal. Jonathan und Celina folgten bestürzt.

Als sie in den Raum traten und den Lärm auf der Straße hinter sich ließen, überkam Celina ein noch bedrückenderes Gefühl. Es gab nur kleine Fenster, die Luft war dick und die Stille wirkte schwermütig. Nur das unheimliche Hallen von ihren Schritten auf dem Holzboden konnte man hören. Es war fast so, als würden die Bretter unter ihren Füßen aufstöhnen. Die Wände schienen Augen zu haben, die sie argwöhnisch verfolgten. Die hölzernen Bänke schienen erzählen zu wollen, was sie schon alles an Bösem mit angehört hatten. Ganz vorne befand sich der große Richterstuhl, und daneben stand ein Podest, das aus einfachen Brettern zusammengeschraubt worden war. Ein bisschen erinnerte Celina das Ganze an eine Kirche, weil die Reihen der Holzbänke genauso mit einem Mittelgang angeordnet waren. Wenn man sich den Richterstuhl als Altar und das Podest als Kanzel vorstellte, sah es tatsächlich so aus. Nur wirkte ein Kirchenschiff auf Celina nie so bedrohlich wie der Gerichtssaal in diesem Moment.

William führte Graham nach vorne zu einer der vorderen Bänke, doch der schlotternde Junge wollte sich gar nicht setzen. Er schüttelte den Kopf und presste seinen Rücken an die Wand, als wolle er darin verschwinden.

»Graham«, sagte William wieder. Sein Herz tat ihm weh beim Anblick dieses Jungen. Er wollte ihm helfen, aber er wusste nicht wie. Wie sollte er ihn beruhigen? Wie konnte er ihn dazu bringen, über das zu reden, was geschehen war? William schluckte und setzte sich in die Bank gleich neben Graham. Er stützte sein Gesicht in seine Hände und begann, leise zu beten. Das war das Einzige, was ihm einfiel, das er jetzt tun konnte. »Herr, hilf du diesem Jungen. Zeige ihm dein Licht, damit er sich nicht mehr in Dunkelheit gefangen fühlt. Lass ihn deine Wärme spüren, damit er aufhören kann zu zittern. Nimm du sein Herz in deine Hände, damit er geborgen ist in deiner Liebe und sich nicht mehr zu verstecken braucht.«

Betroffen verfolgten Celina und Jonathan das Geschehen. Der Junge zitterte, als stände ihm die Todesstrafe bevor. In seine Augen zu sehen, war, als blicke man der Angst persönlich ins Gesicht.

Celina sah, dass ihr Vater betete, wenn auch die Worte zu leise gesprochen waren, als dass sie hätte verstehen können, was er sagte. Die Minuten verstrichen. Ganz langsam wurde das Zittern weniger. Graham schien sich zu beruhigen. Als William aufsah, hatte Graham sich mit dem Rücken an der Wand auf den Boden rutschen lassen.

»Graham, kannst du erzählen, wer das war, der dir so Angst gemacht hat?«, fragte William mit sanfter Stimme.

Graham nickte und atmete ein paar Mal tief ein und wieder aus. »Äh … Ah… Assistent von J… Jonson. Eh… er ha… hat mir d… das Geld gegeben.«

William nickte. Das hätte er sich ja eigentlich denken können. Wer sonst in der Stadt würde so stolz auf seinem Pferd thronen wie dieser Mann. »In Ordnung, Graham«, sagte er leise. »Hör zu, sowohl Mr Jonson als auch sein Assistent werden dir ab heute Nachmittag nichts mehr tun können – egal, mit was sie dir gedroht haben. Vorausgesetzt, du erzählst alles, was du mir gesagt hast, wenn später die Verhandlung ist.«

Graham nickte.

»Du brauchst keine Angst zu haben. Auch wenn die beiden im Raum sitzen werden – schau nur mich an. Graham, schau nur mich an.«

Graham nickte wieder und sah William in die Augen. Endlich war wieder ein kleiner Hoffnungsschimmer darin zu erkennen. William seufzte. »Gut«, sagte er und lächelte ermutigend. »Ruh dich jetzt aus.«

Jonathans Blick wanderte zu Celina. Sie sahen sich kurz an, dann setzten sie sich nebeneinander in die letzte Reihe. War jetzt alles vorbei?

William stand auf und begab sich hinter einen der zwei Tische, legte einen Stapel vollgeschriebenen Papiers darauf, setzte sich und vertiefte sich in die Akten. Graham blieb an der Wand sitzen und schien sich mit Blicken an William festzuhalten.

Celina war einfach nur froh, dass Graham sich wieder beruhigt hatte – und dass Jonathan neben ihr saß. Sie konnte nicht anders, als sich ständig fragen, was er wohl dachte. Dachte er über Graham nach? Oder an die Gerichtsversammlung heute Nachmittag? Dachte er an Amerika? Dachte er an sie? Plötzlich spürte sie, wie seine Hand ihre berührte, und eine Gänsehaut fuhr ihr vom Haaransatz bis zu ihren Zehen den Rücken hinunter. Sie hob ihren Blick und sah ihn an mit einer Frage, die ganz deutlich in ihren Augen stand: *Liebst du mich?*

Er antwortete mit einem Lächeln, und Celina war sich nicht sicher, ob er verstanden hatte, was sie wissen wollte.

Ihr stummes Gespräch wurde unterbrochen, als Luke zusammen mit Charlie den Raum betrat.

Luke schien die angespannte Atmosphäre zu spüren. Er sah sie fragend an. War etwas passiert? Celina fuhr sich mit der Zunge über die Lippen und zog ihre Hand verlegen aus Jonathans.

»Onkel William«, sagte er und ging auf ihn zu. »Hier ist Charlie.«

Celina drehte sich zu Charlie um, der etwas verloren in der Tür stand und lächelte ihn aufmunternd an. Sie konnte sich denken, wie er sich in diesem Raum fühlen musste.

William drehte sich zu seinem Neffen um. »Und?«, fragte er. »Hat irgendjemand Charlie Probleme gemacht?«

Noch bevor Luke antworten konnte, stürmte Richter Cornell in den Raum.

»Er kommt«, rief er aufgeregt. »Mr Jonson kommt.«

»Jetzt schon?«, fragte William erstaunt.

»Nein, nein, aber heute um dreizehn Uhr. Sein Assistent hat mir die Nachricht überbracht.«

»Möchte er einen Anwalt?«, fragte Luke.

»Nein«, antwortete der Richter und grinste von einem Ohr zum anderen.

Dann ist wohl doch alle Sorge unbegründet gewesen, überlegte William und legte den Stapel Blätter auf dem Tisch vor sich ordentlich hin.

»Onkel«, rief Charlie plötzlich, und ein erleichtertes Leuchten ging über sein Gesicht. Mr McAllister tauchte auf, und Celina musste beim Anblick der beiden lächeln.

»Richter Cornell«, grüßte Mr McAllister als Erstes den Richter der Stadt. »Mr Auburn«, wandte er sich dann an den Rechtsanwalt. »Ich stehe Ihnen zur Verfügung.«

»Guten Tag, Mr McAllister, ich freue mich, Sie wiederzusehen.« William lächelte ihn erleichtert an, und sie schüttelten sich die Hand. Endlich ein unkomplizierter Zeuge. Er blickte auf die Uhr an der Wand. Sie zeigte fast zwölf Uhr. Wo war nur die Zeit geblieben?

»Ich denke, wir sollten noch eine Kleinigkeit essen, bevor es losgeht«, meinte er dann.

Und das taten sie dann auch. Es war eine recht einsilbige Tischrunde, alle waren in Gedanken bei der Zukunft. Keiner wusste, was auf sie zukommen würde, und jeder hoffte, dass es keine bösen Überraschungen geben würde.

23

Endlich war es soweit. Richter Cornell saß auf seinem Richterstuhl, William stand hinter einem der Tische. Jonathan, Luke, Graham, Charlie, Mr McAllister und Celina saßen auf den Bänken hinter ihm. Der Zeiger der Standuhr im Raum zeigte genau dreizehn Uhr.

Draußen auf den Straßen von Lowestoft beachtete kaum jemand die Kutsche, die vor dem Gerichtssaal anhielt und der ein etwa fünfzigjähriger Herr entstieg.

Richter Cornell kannte Mr Jonson, aber alle anderen schauten den älteren Mann erwartungsvoll an. Selbst Charlie hatte den Mann, für den er als Küchenjunge gearbeitet hatte, nie zu Gesicht bekommen. Wie würde er aussehen? Celina hatte eine gewisse Vorstellung im Kopf. Sie erwartete einen griesgrämigen, störrischen alten Mann mit finsteren Augen und einem Blick hart wie Stahl, einer Habichtnase und einer vor Bitterkeit gerunzelten Stirn.

Doch es war ein kleiner abgemagerter älterer Herr mit dünnen schneeweißen Haaren, wässrigen hellblauen Augen und knochigen, zitternden Händen, der auf einen Gehstock gestützt den Mittelgang entlangkam. Bei jedem Schritt hallte das Klackern des Holzstocks im Raum wieder. Mr Jonson sah gebrechlich aus, als er mit wackeligen Schritten auf sie zu kam. War das wirklich der Mann, auf den sie alle gewartet hatten? Richter Cornell war als einziger nicht überrascht beim Anblick des Mannes.

William warf einen kurzen, besorgten Blick zu Graham, doch er schien im Moment Herr über seine Angst zu sein. Wahrscheinlich war er genauso überrascht wie sie alle beim Anblick dieses Mannes, der schon so viele Menschen betrogen hatte.

Als der alte Herr endlich den Tisch auf der rechten Seite des Raumes erreicht hatte, setzte er sich auf einen der beiden Stühle. Er sah fast erleichtert aus, dass er es bis dahin geschafft hatte. Sein Blick schien durch Richter Cornell hindurchzudringen. War er blind?

Trotz des Wissens, was dieser Mann angerichtet hatte, weckte sein Anblick Mitleid unter den Anwesenden. Er sah so hilfsbedürftig aus.

Der Richter durchbrach schließlich die peinlich berührte Stille, erledigte zügig die Formalien und forderte dann William auf zu beginnen. Der Advokat erhob sich und räusperte sich. »Mr Jonson. Ich beschuldige Sie …«

Der Angeklagte zeigte keine Regung. Er sah einfach gerade aus, während William die Liste der Beschuldigungen vortrug. Die einzige sichtbare Bewegung waren die pulsierenden bläulichen Pulsadern, die an den Schläfen des alten Mannes pochten.

Nacheinander rief William die Zeugen auf, und sie beantworteten seine Fragen. Grahams Stottern ließ sich auch jetzt nicht abstellen, aber dennoch beantwortete er alle Fragen wahrheitsgemäß und vollständig. Selbst Charlie schaffte es, alles korrekt wiederzugeben, was er gehört hatte. Als der Rechtsanwalt nach einer guten Stunde fertig war, hatte sich Mr Jonson immer noch nicht bewegt.

»Mr Jonson, haben Sie etwas zu Ihrer Verteidigung zu sagen?«, fragte der Richter, aber er wartete vergeblich auf eine Antwort.

»Mr Jonson?«, fragte Mr. Cornell erneut.

Endlich schien der alte Mann aus seiner Erstarrung aufzuwachen. Er räusperte sich unbeholfen und schluckte ein paar Mal mühsam. Mit stark zitternder Hand zeigte er auf William und sah dabei in die Richtung des Richters.

»Er hat recht«, sagte er mit belegter Stimme. Sie hörte sich ebenso alt und gebrechlich an, wie Mr Jonson aussah. Mr Jonson lachte leise auf. »Er hat recht.«

Stille im Raum.

»Mr Jonson, wollen Sie damit sagen, dass Sie alles gestehen?«, fragte Richter Cornell nach.

Mr Jonson lachte wieder leise, dann begann er zu husten. William sah zu Richter Cornell. Sollten sie ihm irgendwie helfen?

»Mr Jonson«, sagte William und machte einen Schritt auf ihn zu. »Brauchen Sie ein Glas Wasser?«

Doch Mr Jonson winkte ab, hustete noch einmal laut, dann hatte er sich wieder gefasst. Schwer atmend sagte er: »Ja, ich gestehe. Was wollen Sie mir am Ende meines Lebens noch tun? Ich brauche kein Geld mehr.«

William sah wieder zu Richter Cornell. Keiner hatte mit einem solchen Geständnis gerechnet.

»Wo ist ihr Berater?«, fragte Richter Cornell ungerührt.

»Ich habe keinen Berater«, presste Mr Jonson mühsam hervor.

»Ihr Assistent eben«, grollte Richter Cornell.

Mr Jonson lachte wieder, was einen so heftigen Hustenanfall nach sich zog, dass es Celina Angst machte. Mr Jonson wurde puterrot im Gesicht. Es war, als drückte ihm jemand die Luft ab.

»Wo ist er?«, fragte Richter Cornell.

Trotz seiner Atemnot grinste Mr Jonson nun. Der Husten hörte auf, er holte einmal tief Luft, dann presste er heraus: »Inzwischen über alle Berge – mit dem nötigen *Kleingeld* ausgestattet.« Es war, als wäre die gelungene Flucht seines Assistenten sein persönlicher Sieg.

»Mr Jonson, unter diesen Umständen verurteile ich Sie …« begann Richter Cornell die Urteilsverkündung.

Noch bevor er jedoch das Urteil zur Hälfte verkündet hatte, bekam Mr Jonson erneut einen Lachanfall, der in einem schrecklichen Hustenanfall endete. Er krümmte sich nach Luft röchelnd und rutschte von seinem Stuhl.

William eilte zu dem Mann und kniete sich neben ihn auf den Holzboden. Doch Mr Jonsons tränende Augen blickten ihn nur noch ausdruckslos und starr an. Williams durchfuhr ein Schaudern. Diesen Ausgang hatte er nicht erwartet.

Celina schaute entsetzt zu Jonathan, der mit starrem Blick das Geschehen beobachtete. Dann sah sie Hilfe suchend zu Luke, der ihren Blick traurig erwiderte.

Eine betroffene Stille senkte sich über den Raum.

Richter Cornell erhob sich von seinem Richterstuhl und trat an Williams Seite. Er beugte sich über den alten Mann, strich ihm über die Augen und schloss sie. Dies war die erste Situation, in der er nichts sagte, und alle waren froh darüber.

Schweigend verharrte William neben dem kleinen Mann auf dem Boden, bis Richter Cornell mit einem weißen Tuch wieder neben ihm stand. Gemeinsam breiteten sie es über dem Leichnam aus.

»Das war's«, sagte Richter Cornell und schaute sich im Raum um. Sein Blick blieb an Graham hängen. »Machen Sie mit dem Jungen, was Sie für richtig halten«, sagte er zu William. »Ich werde Ihnen die nötigen Dokumente ausstellen, dass Ihr Mandant, Jonathan Brown, in allen Anklagepunkten entlastet ist.

William nickte stumm und sah wieder auf das weiße Laken, unter dem Mr Jonson nun ruhte. *Nimm seine Seele, Herr*, betete er leise und ging mit müden Schritten zu seinem Platz. Mit den Akten unter dem Arm verließ er dann nachdenklich den Saal. Graham stand unschlüssig an der Wand und folgte William schließlich, sein Geldbündel fest umklammert.

Mr McAllister legte seine Hand auf die Schulter seines Neffen, der zu seinem Onkel aufsah. Gemeinsam verließen die beiden den Saal. Charlie drehte sich im Gehen um und winkte Luke und Celina ein letztes Mal zu.

Das war nicht schön, schoss es Celina durch den Kopf, die mit Jonathan und ihrem Cousin zurückgeblieben war. *Nein, das war grausam.* Irgendwie schaffte sie es nicht, ihren Blick von dem weißen Leinentuch am Boden zu wenden.

»Lasst uns gehen«, sagte Luke nach einer Weile leise und berührte sanft ihren Arm. »Kommst du, Celina«, fragte er, und erst jetzt blickte sie ihn an und nickte zustimmend. Sie sah zu Jonathan, doch er starrte ins Leere.

Konnte es sein, dass ihn der Tod seines Gegners so sehr getroffen hatte? Er, der doch stark wie ein Fels war. Oder schien es ihr etwa nur immer so? »Jonathan«, flüsterte sie.

»Wir haben gewonnen«, sagte er ausdruckslos, aber sah sie nicht an. Er konnte es wohl noch gar nicht fassen, wie sie alle.

»Ja«, erwiderte Celina. »Du hast gewonnen. Jetzt kannst du wieder zurück nach Tainbridge!« Sie versuchte so viel Freude wie möglich in ihre Stimme zu legen – sie empfand ja auch Erleichterung und Freude.

Doch die Bestürzung über den plötzlichen Tod von Mr Jonson überwog.

Luke zog Celina sanft mit sich.

»Geht nur schon mal vor«, sagte Jonathan, ohne sie anzusehen. »Ich komme nach.«

Celina gab Lukes sanftem Ziehen nach und ließ sich von ihm nach draußen führen. Die Straße war nass. Es regnete nicht mehr, aber die Luft war feucht, als wäre sie mit Tränen angereichert. Celina atmete tief ein. Noch einmal wurde ihr bewusst, wie schrecklich düster und bedrückend dieser Saal gewesen war. Obwohl die Wolken auf die Dächer der Stadt drückten, war Celina erleichtert, den Himmel wieder über sich zu sehen. Noch froher war sie, dass sie nicht alleine war. Die Aufregungen der letzten Tage, der Gerichtsprozess und nun der Tod von Mr Jonsons waren ihr fast zu viel. Luke gab ihr Kraft. Sie war wieder einmal unendlich dankbar für seine Freundschaft und lächelte ihn an, um ihm durch diese Geste zu zeigen, wie froh sie war, dass er da war, wenn er auch ohne Worte einfach nur an ihrer Seite ging. Luke lächelte zurück, und schweigend gingen sie zum Hotel. In stiller Übereinkunft beschlossen beide, auf ihre jeweiligen Zimmer zu gehen. Erschöpft ließ sich Celina auf ihr Bett sinken und vergrub ihr Gesicht in ihrem Kissen. Ein paar Tränen nässten den Stoff, und sie war froh, dass nun alles vorbei war. Morgen würden sie nach Hause zurückkehren. Hoffentlich. Und alle würden erfahren, dass Jonathan unschuldig war. Dann stand einer gemeinsamen Zukunft nichts mehr entgegen. Alle würden sie wieder beneiden, und sie wäre die stolzeste und liebevollste Ehefrau der Welt. Celina schämte sich fast für diesen vereinnahmenden Gedanken, aber konnte ihn nicht stoppen. Die Vorstellung war einfach zu schön. *Jonathan*, flüsterte sie leise. Immer und immer wieder flüsterte sie seinen Namen in ihr Kissen und stellte sich sein Gesicht vor, wie er sie mit seinen grünen Augen und den Grübchen in den Wangen anlächelte. Heute hatte sie sein Lächeln kaum gesehen. Aber morgen war ein neuer Tag. Ein Tag, an dem die Hoffnung bestand, dass sie in sein Gesicht sehen konnte und er in ihres. Wenn sein Blick in ihrem suchte und sie in seinem und sie sich dann nach einer Weile fanden, dann war sie glücklich. Sie seufzte mit dem Bild von Jonathans lächelndem Gesicht vor ihrem inneren Auge und schlief schließlich vor Erschöpfung ein.

Jonathan verließ den Gerichtssaal, als der Leichnam abgeholt worden war. Er ging ins Hotel zurück und verspürte eine wohlbekannte Unruhe in seinem Herzen, als er in sein Zimmer eintrat. Der Tod war etwas Schreckliches, das er nicht ertragen konnte, weil er nichts dagegen tun konnte. Menschen waren hier machtlos. Mit ruhelosem Herzen stand er in seinem Zimmer. Wie so oft in den letzten Wochen zog er einen Brief aus seiner Reisetasche. Sie hörte einfach nicht auf zu schreiben. Was sollte er nur tun? Sollte er einmal einen Brief öffnen? Was würde sie ihm schon schreiben? Er wollte dieses Kapitel seines Lebens endlich abschließen. Diese Sabotagegeschichte hatte heute ja auch ihren Abschluss gefunden. Bis jetzt hatte er jeden Brief vernichtet, doch sein schlechtes Gewissen quälte ihn jedes Mal mehr. Ach, diese Frau war ihm doch eigentlich egal!

Er starrte auf die Straße und beobachtete die Leute. Es waren nur wenige, weil es wieder zu regnen angefangen hatte. Seine Finger fühlten über den Briefumschlag. Es war nun schon fast drei Wochen her, dass sie diesen letzten Brief geschickt hatte. Vielleicht würde sie nun endlich aufgeben und ihn in Ruhe lassen. Vielleicht hatte sie jetzt endlich begriffen, dass er nichts damit zu tun haben wollte und dass es sinnlos war, ihn damit zu belästigen. Sie hatte doch nun ihr Ziel erreicht, und er wollte mit Sicherheit nichts von ihr. Er starrte auf ihre Handschrift und es machte ihn fast verrückt. Der Brief schien in seinen Händen wie heiße Kohlen zu glühen. Nein, er wollte sie nicht! Wütend schmiss er ihn in die Ecke. Konnte die Vergangenheit nie ruhen? *Du kannst nicht vor ihr fliehen … Die Vergangenheit holt dich immer wieder ein,* hörte er eine Stimme in seinem Kopf sagen.

Nein, schrie er lautlos zur Antwort. *Nein! Wenn ich nur weit genug weg bin, dann bin ich frei …*

Er sah zu dem Brief auf dem Boden und hob ihn auf. Er biss die Zähne zusammen, wütend über sich selbst, und steckte ihn wieder zurück in die Tasche.

Plötzlich klopfte es an seiner Türe. »Herein«, sagte er, und William trat ein.

»Herzlichen Glückwunsch«, sagte der Anwalt und lächelte ihn an.

Jonathan lächelte ebenfalls. »Ich gratuliere *Ihnen*. Sie waren grandios.«

»Es war mir eine Ehre«, sagte William. Der junge Schotte hatte ihm zwar ein großzügiges Honorar bezahlt, doch es war ihm noch viel wichtiger, dass jetzt endlich wieder Frieden in Tainbridge herrschen würde.

»Ich war eben bei Richter Cornell«, erzählte William. »Er hat mir ein offizielles Dokument für Ihren Bruder mitgegeben, der ihm und damit ganz Tainbridge mitteilt, dass Sie absolut unschuldig sind.«

»Ich kann es noch gar nicht fassen.«

»Ich fahre noch heute nach Tainbridge zurück«, verkündete der Advokat. »Wir wollen alle nach Hause. Kommen Sie mit?«

»Ja«, nickte Jonathan. Er wusste zwar noch nicht, ob er seinem Bruder überhaupt noch einmal unter die Augen treten wollte, nach allem, was er ihm vorgeworfen und zugetraut hatte, aber das konnte er immer noch später entscheiden, wenn sie wieder in Tainbridge waren.

»Dann bis später. Wir treffen uns unten.«

William, Graham, Celina, Jonathan und Luke waren recht schweigsam auf der Fahrt. Jeder hing seinen Gedanken nach. Trotzdem stellte sich bei allen das süße Gefühl des Sieges ein. Wenn ihre Blicke sich trafen, lächelten sie sich triumphierend an.

Celina beobachtete Jonathan, der aus dem Fenster starrte. Woran *er* wohl dachte? Vermutlich daran, wie er seinem Bruder gegenübertreten sollte. Sie selbst freute sich gerade auf ihr Zuhause, auch wenn der Gedanke an ihre Mutter ihre Freude ein wenig trübte. Hinten am Horizont sah man ab und zu ein Wetterleuchten aufblitzen, das den dunklen

Himmel aufleuchten ließ. Celina kuschelte sich in ihre Decke und versuchte ein wenig zu schlafen. Das Wetterleuchten nahm sie als Zeichen, dass nun endlich alles gut werden würde.

Als sie mitten in der Nacht Gut Randolph erreichten, war es selbstverständlich, dass Jonathan noch einmal im Gästezimmer übernachten würde. Celina hatte nicht schlecht gestaunt, als sie erfahren hatte, dass Jonathan ohne ihr Wissen schon einmal in ihrem Haus geschlafen hatte. William wollte Andrew Brown die Unterlagen des Richters am nächsten Vormittag persönlich überreichen. Sobald Andrew die Nachricht in den Händen hielt, konnte sich Jonathan in Tainbridge wieder frei bewegen.

William öffnete die Haustüre, und sie traten leise ein. Mit einem flüchtigen Gruß wünschten sich alle eine gute Nacht und begaben sich auf ihre Zimmer. Luke nahm Graham, der verloren an der Eingangstür stehen geblieben war, unter seine Fittiche. William wollte jetzt nur noch zu seiner Frau. Mary-Ann liefen vor Erleichterung die Tränen über die Wangen, als William sie sanft weckte und in die Arme schloss. Celina stand verschämt in der Tür – unschlüssig, ob sie bleiben oder gehen sollte. Als Mary-Ann ihre Tochter sah, eilte sie zu ihr und schloss sie in die Arme. »Mach das bitte nie wieder, hörst du?«, flüsterte Mary-Ann und küsste ihre Tochter auf die Stirn. Celina nickte schuldbewusst. Erst jetzt wurde ihr klar, was ihre Mutter sich für Sorgen gemacht haben musste.

24

Celina wachte am nächsten Morgen vom Frühlingsregen auf, der in Strömen auf die Erde prasselte. Es war, als hätte der Himmel seit Wochen Wasser in sich gesammelt, um der Erde die Feuchtigkeit zu spenden, die sie so dringend brauchte. Celina streckte sich genüsslich in ihrem Bett und war einfach unendlich froh, wieder zu Hause zu sein. Würde jetzt alles gut werden? Für Jonathan war es ein Happy End … Würde es für sie beide auch eines geben? Wenn ganz Tainbridge bald wissen würde, dass er zu Unrecht von Andrew beschuldigt worden war, stand einer gemeinsamen Zukunft eigentlich nichts mehr im Weg! Als sie mit Vorfreude daran dachte, dass sie Jonathan beim Frühstück wiedersehen würde, tanzten in ihrem Bauch viele kleine Schmetterlinge. Irgendwo in einem der Gästezimmer schlief er wahrscheinlich gerade noch. Aufgeregt zog Celina sich an und ging nach unten in das Esszimmer, obwohl es noch viel zu früh am Morgen war. In der Küche hörte sie Emma hantieren und die gedämpften Stimmen von Harry und Priscilla.

Celina setzte sich auf ihren Platz und dachte darüber nach, wie sie Lynnie am besten begegnen sollte. Luke hatte so recht gehabt, dass sie Lynnie unfair und gemein behandelt hatte. Wie sollte sie sich nur entschuldigen? Sie hatte keine Ahnung. Und wenn Lynnie ihre Entschuldigung nicht annahm? Celina seufzte. Wahrscheinlich war es am besten, die Dinge einfach auf sich zukommen zu lassen.

Sie hörte ein Geräusch draußen in der Eingangshalle. Vielleicht würde jemand kommen, um ihr Gesellschaft zu leisten. Oder es war Harry, der langsam anfing, den Tisch zu decken? Als niemand herein kam, stand sie neugierig auf, um nachzuschauen, wer da draußen in der Eingangshalle war. Sie sah gerade noch, wie sich die Haustüre schloss. Wer war da hinausgeschlichen? Wollte Graham verschwinden? Sie eilte ans Fenster und erblickte Jonathan, wie er über den Hof schritt, die kleine Reisetasche über der linken Schulter, in der rechten Hand einen schwarzen Regenschirm. Was machte er denn da? Wo ging er hin? Ohne nachzudenken, riss sie die Tür auf und stürzte ihm hinterher.

Dass der Regen in dicken Tropfen auf die Erde niederprasselte, störte sie im Moment herzlich wenig. Durch die Pfützen auf dem Boden, in denen der Kies schon fast verschwand, rannte sie einfach hindurch.

»Jonathan«, rief sie, und er drehte sich verwundert um.

»Celina!« Ihre Haare und ihr Kleid waren tropfnass, bis sie vor ihm stand.

»Wo willst du hin?«, fragte sie und spürte jeden einzelnen eiskalten Regentropfen.

»Ich gehe ins Hotel zurück«, erklärte Jonathan wie selbstverständlich. » Ich brauche Bewegung.«

»Warum bleibst du nicht zum Frühstück?«, fragte sie bittend, fast flehend.

»Ich möchte nicht weiter ungeladener Gast im Haus deiner Eltern sein.«

»Du bist kein ungeladener Gast«, entrüstete sie sich.

»Doch. Bin ich.«

»Nein. Ich lade dich hiermit ein, mit uns zu frühstücken.«

Jonathan lachte und schüttelte den Kopf. »Triff mich heute Nachmittag im Hotel, in Ordnung? Ich werde dort auf dich warten.«

Celina überlegte, ob sie damit leben konnte und nickte schließlich. Bis heute Nachmittag würde sie es wohl ohne ihn aushalten. Ihre Haare hingen in Strähnen herunter und klebten an ihrer Stirn, und ihr Kleid war inzwischen schwer von dem vielen Wasser, dass der Stoff aufgesaugt hatte. Es war eiskalt durch den Wind, der den Regen an sie peitschte.

Jonathan legte einen Arm um sie, sodass sie mit unter seinen Schirm passte. Er führte sie zurück zur Tür. »Du wirst dich noch erkälten«, flüsterte er nahe an ihrem Ohr und sah sie mit seinen grünen Augen an. Hinter diesem regnerischen Hintergrund schienen sie Celina wie zwei Smaragde der Hoffnung. »Miss Celina«, rief Priscilla aus, als Celina in die Halle trat. Das Dienstmädchen trug ein Tablett voller Geschirr und sah sie entsetzt an.

»Ist nicht so schlimm, Priscilla«, beruhigte Celina sie. »Ich gehe mich jetzt umziehen.«

Dass sie eine nasse Spur hinter sich zurückließ, wo immer sie hinging, wollte sie nicht bemerken. Priscilla starrte ihr bestürzt und zugleich empört hinterher. Als Celina schon längst in ihrem Zimmer war und sich das nasse Kleid von der Haut streifte, wischte Priscilla noch immer das Wasser vom Fußboden auf.

»Was machst du da?«, fragte plötzlich eine piepsige Stimme, und Priscilla sah zu Joyce auf, die neben ihr stand.

»Das siehst du doch«, antwortete sie, etwas genervt wegen dieser unnötigen Zusatzarbeit am Morgen.

»Aber warum ist da so viel Wasser?«, fragte Joyce unbeirrt weiter.

»Deine Schwester ist wieder da«, meinte Priscilla nur und fuhr fort, die Wassertropfen vom Boden zu entfernen.

»Celina?«, fragte Joyce und wandte sich um. In dem Moment kam Luke den Gang entlang.

»Luke«, schrie Joyce schrill vor Freude, und Priscilla fuhr zusammen. Dieses Mädchen hatte ein Temperament! Joyce rannte auf ihren Cousin zu. Er fing sie lachend auf und schwenkte sie einmal durch die Luft.

»Ich habe dich vermisst«, sagte er und setzte sie wieder ab.

»Ich dich auch«, antwortete sie und umklammerte seine langen Beine. »Kommst du mit?«, fragte sie, nahm ihn an der Hand und zog ihn den Gang entlang.

»Wohin?«, fragte er und folgte ihr.

»Zum Frühstücken.«

»Na klar. Ich habe einen Bärenhunger, du nicht?«

»Hmhm, doch«, sagte Joyce und führte Luke ins Esszimmer, stolz, dass sie ihren Cousin als Erste entdeckt hatte.

Das kleine Mädchen kletterte auf ihren Stuhl, und Luke setzte sich auf den seinen. Inzwischen hatte Harry den Frühstückstisch auch ohne Priscillas Hilfe schon fast fertig gedeckt. »Jetzt müssen wir nur noch warten, bis die anderen kommen«, sagte sie und klang dabei fast ein wenig altklug, aber das machte nichts.

Es dauerte auch nicht lange, da wurde Luke von Jeremy genauso überschwänglich begrüßt wie zuvor von Joyce. Celina trat in den Raum, als die beiden jüngeren Geschwister beide auf Luke einredeten. Er sah verwundert auf ihr feuchtes Haar.

»Warst du draußen?«, fragte er, ohne weiter auf das Geplapper der beiden Kinder zu hören.

»Ja«, antwortete sie nur und lächelte.

Luke lachte. In diesem Moment kam Lynnie herein, und ein Strahlen ging über ihr Gesicht, als sie Luke sah.

»Guten Morgen, Lynnie«, begrüßte er seine Cousine und lachte sie an.

»Guten Morgen, Luke. Wie schön, dass ihr wieder da seid«, sagte sie, immer noch freudig überrascht, und setzte sich glücklich auf ihren Platz.

»Guten Morgen, Lynnie«, sagte auch Celina und lächelte sie vorsichtig an.

»Guten Morgen«, antwortete Lynnie überrascht, dass sie von ihrer Schwester begrüßt wurde, und lächelte schüchtern zurück. »Wir haben uns Sorgen um dich gemacht«, traute sie sich zu sagen.

»Das war nicht nötig«, sagte Celina und erntete einen ernsten Blick von Luke wegen des eingeschnappten Tonfalls. »Aber tut mir leid, dass ihr euch gesorgt habt«, fügte sie schnell hinzu und sah, wie Luke über ihre Unbeholfenheit schmunzeln musste.

William, Mary-Ann und Graham traten in den Raum. Joyce sprang jubelnd von ihrem Stuhl und rannte auf ihren Vater zu, der sie auf den Arm nahm und ihr einen Kuss auf die Wange drückte.

Graham fühlte sich sichtlich unwohl angesichts dieser familiären Szene und drückte sich stumm an die Wand.

»Du kannst dich hier hinsetzen, Graham«, sagte Mary-Ann freundlich und wies ihm einen Stuhl zu.

»Wo ist Mr Brown?«, fragte Mary-Ann William leise.

»Er ist heute früh bereits in die Stadt zurück«, sagte Celina schnell.

»So?«, fragte William und sah seine Tochter an.

»Ich habe ihn mit seiner Tasche gehen sehen, als ich aufgestanden bin.«

Luke blickte zu seiner Cousine. Deshalb war sie also draußen im Regen gewesen.

Schließlich saß die ganze Familie auf ihren Stühlen, neigte die Köpfe, und William sprach ein Tischgebet. Graham hatte kein Problem damit, den Kopf ebenfalls zu neigen. Das war schließlich seine normale Reaktion auf alles, was er nicht kannte.

Beim Essen ging das fröhliche Erzählen los. Die Kinder interessierten sich nicht so sehr für den Fall, an dem ihr Vater gearbeitet hatte. Sie wollten vielmehr erzählen, was sie die letzten Tage erlebt hatten. Mary-Ann hatte bereits alles von William erfahren.

»Papa, muss ich heute in den Unterricht?«, fragte Jeremy, als alle fertig gegessen hatten.

»Natürlich.«

»Aber jetzt seid ihr gerade erst wieder gekommen.«

»Du hast ja nicht den ganzen Tag Unterricht.«

Jeremy setzte eine beleidigte Miene auf, und William versuchte, ihm den Wind aus den Segeln zu nehmen, indem er lachte und sagte: »Jeremy, mach die Stimmung nicht kaputt. Wir haben heute noch genug Zeit, um miteinander zu spielen.«

Jeremy sprang trotzig auf. »Nur ich muss in den blöden Unterricht«, rief er sauer und stapfte aus dem Raum.

William und Mary-Ann sahen sich an. Dass es mit ihrem Sohn immer so ein Kampf wegen des Lernens war!

»Papa, darf ich dir was auf dem Klavier vorspielen?«, fragte Joyce, und William nickte.

»Unbedingt.«

Freudig sprang sie auf. »Jetzt gleich?«

»Nachher, in Ordnung?«

»Warum erst später?«, fragte sie traurig.

»Ich muss noch einen Brief zu Mr Andrew Brown bringen. Wenn ich das gemacht habe, bin ich ganz für dich da.«

Joyce nickte zustimmend.

»Braves Mädchen«, lobte William seine Tochter und strich ihr über die Wange. Er legte seine Serviette auf den Tisch und erhob sich. »Am besten gehe ich sofort.« Sein Blick streifte Graham, der ihn erwartungsvoll ansah. Wo wollte William hin? Konnte er mitkommen?

William sah zu Mary-Ann, die Grahams Angst ebenfalls bemerkt hatte und holte einmal tief Luft. »Graham, kommst du mit mir?«, fragte er, und Graham nickte erleichtert, sodass sie schließlich zu zweit den Raum verließen. Luke war das erste Mal seit Längerem froh, dass er dieses Mal nicht mitkommen durfte.

»Luke, kann ich *dir* was vorspielen?«, fragte Joyce und sah ihn mit großen bittenden Augen an.

»Sicher«, sagte Luke.

»Und vorsingen?«

Luke nickte lächelnd und ließ sich von seiner kleinen Cousine ins Musikzimmer führen.

»Ich gehe mal nachsehen, wohin Jeremy sich verkrochen hat«, erklärte Mary-Ann, stand auf, und Lynnie und Celina blieben allein zurück.

Das ist deine Chance, schoss es Celina durch den Kopf. *Jetzt oder nie!*

Ihre Schwester wollte gerade aufstehen, da überwand sie sich: »Lynnie, ich muss dir was sagen.«

Überrascht hielt Lynnie inne und sah ihre ältere Schwester an.

»Es tut mir leid, dass ich mich dir gegenüber so schrecklich verhalten habe.«

Lynnie starrte sie sprachlos an.

»Es tut mir wirklich leid, ich war gemein zu dir.« Celina schaute auf den Boden. »Kannst du mir verzeihen?«

Lynnie war so überrascht, dass sie im ersten Moment nicht wusste, was sie antworten sollte.

»Ich verstehe es, wenn du es nicht kannst«, sagte Celina leise. Sie hatte geahnt, dass es nicht so einfach funktionieren würde. Wieso versuchte sie es überhaupt? Als noch immer keine Antwort von Lynnie kam, stand sie traurig auf und verließ den Raum.

Ziellos wanderte sie durchs Haus. Was nun? Würde sie sich je wieder so gut mit Lynnie verstehen wie früher? Sie wusste gar nicht, was das Gespräch mit Luke neulich unter der Eiche vor Mr Jonsons Villa in ihr eigentlich ausgelöst hatte. Reue? Sehnsucht nach der Unbeschwertheit ihrer Kindheit? Besinnung darauf, dass sie ihre Schwester liebte? Hatte sie es all die Monate vergessen gehabt?

Sie hielt an, als sie das Klavierspiel und den Gesang ihrer fünfjährigen Schwester aus dem Musikzimmer hörte. Luke stand hinter dem kleinen Mädchen und beobachtete, wie die kleinen Finger die Tasten herunterdrückten und die verschiedenen Töne eine kleine Melodie ergaben. Als es zu Ende war, drehte sich Joyce strahlend zu ihrem Cousin um, der bewundernd klatschte.

»Du spielst und singst toll, Joyce«, lobte Luke. »Das machst du wirklich schön.«

Stolz wandte sich Joyce wieder den Tasten zu und begann, ein weiteres Stück auswendig zu spielen. Sie hatte sichtlich große Freude am Klavier, und es hörte sich wirklich schon sehr gut an.

Celina überlegte, ob sie sich zu den beiden gesellen sollte, aber beschloss, es nicht zu tun. Sie würde nur stören. Stattdessen ging sie weiter, bis sie irgendwann vor den Räumen ihrer Mutter stand.

Unentschlossen stand sie vor der Tür. Schließlich klopfte sie leise und trat ein. Ihre Mutter saß am Fenster und schrieb einen Brief, vermutlich an Ella.

»Celina«, sagte sie, als sie aufsah, und ihre Augen begannen zu leuchten. »Komm her, setz dich zu mir.«

Celina nahm neben ihrer Mutter Platz.

»Wie geht es dir?«, fragte Mary-Ann. Wenn sie in dem Blick ihrer Tochter las, sah sie, dass irgendetwas nicht stimmte.

Celina zuckte mit den Schultern. »Weiß nicht.«

»Was bedrückt dich?« Sie hatte erwartet, dass Celina glücklich war, dass Jonathan für unschuldig erklärt worden war.

»Ich weiß es nicht«, wiederholte Celina.

»Hat es mit Jonathan Brown zu tun?«, fragte Mary-Ann.

Celina seufzte. Warum musste ihre Mutter immer so neugierig sein? Sie wollte nicht darüber *reden*, weder über Jonathan noch über Lynnie. »Darf ich heute Nachmittag in die Stadt fahren?«, fragte sie ablenkend und stand auf. »Vielleicht tut mir ein bisschen Abwechslung gut.«

Mary-Ann runzelte die Stirn. »Allein?«

Celina nickte.

»Nimm bitte Luke und Lynnie mit. Die freuen sich sicherlich auch, in die Stadt zu kommen.«

Celina nickte zustimmend. Irgendwie würde sie die beiden schon loswerden, um zu Jonathan zu kommen.

William und Graham standen vor Andrew Browns Haus. Jim öffnete und war dieses Mal offensichtlich überrascht, den Anwalt zu sehen.

»Guten Morgen, Jim«, grüßte William. »Ist Mr Brown zu sprechen?«

Jim nickte und ließ die beiden in die Eingangshalle ein. Anstatt ins Arbeitszimmer zu gehen, in dem William den Firmenbesitzer vermutet hätte, ging Jim zu einem Raum gegenüber. Als er die Tür zu dem kleinen Salon öffnete, konnte William seinen Augen kaum trauen: Dort saß eine junge Frau. Andrew Brown war eher dafür bekannt, keine Zeit für weiblichen Besuch zu haben. Einen kurzen Moment später trat Andrew Brown in die Eingangshalle.

»Mr Auburn«, sagte Andrew Brown lächelnd und kam auf ihn zu. »Was für eine freudige Überraschung, Sie hier zu sehen. Und wer ist das?«, fragte er mit Blick auf Graham.

»Das ist Graham. Er ist …«, William suchte nach einer passenden Erklärung. »… ein Freund der Familie«, sagte er schließlich, weil ihm nichts Besseres einfiel. »Ich möchte nicht stören und bin nur gekommen, um Ihnen persönlich eine Nachricht von Richter Cornell zu überbringen«, kam er gleich zur Sache und reichte Andrew Brown das Dokument.

Andrew hob erstaunt die Augenbrauen und öffnete. Er las die Nachricht, und William konnte sehen, wie er blass wurde. »Das darf doch nicht … wahr sein«, sagte er mit gebrochener Stimme.

»Es ist wahr«, bestätigte William. »Ihr Bruder ist übrigens wieder in der Stadt. Er hatte mit den Beschädigungen in Ihrer Firma absolut nichts zu tun.« William fiel auf, dass der Mensch, der das Unheil praktisch ausgeführt hatte, hier in der Eingangshalle neben ihm stand: Graham. Doch er hütete sich davor, dieses Geheimnis auszuplaudern.

Andrew atmete tief durch und schluckte. »Nun, Mr Auburn. Ich bin Ihnen zu großem Dank verpflichtet.« Er starrte auf die Unterschrift und das Siegel des Richters und konnte die Wahrheit noch nicht fassen. »Da steh ich dann … wohl ziemlich dumm da.«

William blickte ihn offen an. »Wir alle machen Fehler.«

Andrew nickte benommen und fuhr sich mit dem Handrücken über die Stirn. »Sie haben wieder einmal die Stadt gerettet, Mr Auburn«, sagte er ein bisschen kleinlaut. »Was wären wir ohne Ihre Hilfe …« Er lächelte verlegen.

»Ich zähle immer auf Gottes Hilfe«, sagte William, und Andrew Brown streckte ihm die Hand entgegen.

»Vielen Dank nochmals, Sir.«

»Nichts zu danken.« Sie schüttelten sich die Hand, und William warf nochmals einen letzten Blick zu der jungen Dame im Salon, aus dem Andrew gekommen war. Sie hatte feurig rotes Haar und blasse Haut, die ihr das Aussehen einer Porzellanpuppe gab.

»Auf Wiedersehen«, verabschiedete sich William und verließ mit Graham das Haus. Andrew Brown blieb nachdenklich zurück.

Auf dem Weg nach Hause dachte William intensiv darüber nach, was nun aus Graham werden sollte. Zurück ins Armenhaus konnte er ihn auf keinen Fall bringen. Irgendwie war ihm der Junge ans Herz gewachsen. Graham saß ihm gegenüber und schaute aus dem Fenster. Noch immer trug er den alten Anzug, der ihm ein bisschen zu groß war. William würde mit Mary-Ann reden müssen. Heute Abend, vielleicht, wenn die Kinder im Bett waren. Glücklicherweise wich Graham ihm ja nicht von der Seite. Damit war er ein unkomplizierter und pflegeleichter Geselle. Vielleicht tat es ihm ganz gut, mal ein bisschen Familienleben mitzuerleben.

25

Liebe Ella,

der Fall, von dem ich dir erzählt habe, ist abgeschlossen! Jonathan Brown ist unschuldig! Ganz Tainbridge wird es heute erfahren. Ich hoffe, es wird den Leuten erneut eine Lehre sein, nicht vorschnell über einen Menschen zu urteilen. Ach, du weißt gar nicht, was ich die letzten Tage durchgestanden habe! William ist mit Graham und Mr Brown nach Lowestoft gefahren, um dort vor Gericht zu gehen. Und stell dir vor, Celina ist ihnen einfach hinterhergereist! Nur einen Brief hatte sie in ihrem Zimmer hinterlassen! Ich habe Qualen durchlitten, bis sie wieder da waren! Das Mädchen ist so impulsiv … Ich bin fest davon überzeugt, dass sie nur wegen Jonathan Brown durchgebrannt ist. Weshalb sonst hätte ihr diese Geschichte keine Ruhe lassen sollen? Dass ihr dieser junge Mann gefällt, habe ich sowieso gleich gemerkt. Nun, jetzt da es sicher ist, dass er nicht in diese Sabotagesache verwickelt war, könnte ich mich vielleicht sogar an den Gedanken gewöhnen, dass Celina und er zusammengehören. Er wirkt eigentlich ganz nett auf mich. Auch William scheint ihn für einen ganz anständigen jungen Mann zu halten. Zwar mit Fehlern, aber wer hat die nicht? Die Zeit wird zeigen, ob die beiden füreinander bestimmt sind oder nicht. Wahrscheinlich fragst du dich jetzt, wie ich auf einmal so sachlich darüber sprechen kann. Ich muss gestehen, dass ich mich selbst darüber wundere. Vielleicht habe ich langsam verstanden, dass sich die Zeiten ändern, auch für meine Familie. Was will ich mehr, als einen Ehemann, den Celina liebt und der sie liebt? Trotzdem bin ich froh, dass Lynnie noch kein Interesse an Männern zu haben scheint. Wobei, sie war neulich auf einem der Bälle in der Stadt mit dabei und muss sich ganz gut amüsiert haben. Aber, ach, es ist noch viel zu früh, sich darüber Gedanken zu machen! Nun ist erst einmal Celina an der Reihe. Wie gut, dass wir wissen, dass Gott die Fäden in der Hand hält, nicht wahr?

Übrigens: William hat einen Jungen aus dem Armenhaus als Zeugen gebraucht, Graham. Er wohnt jetzt bei uns. Er ist furchtbar ängstlich und schreckhaft. So einen labilen Jungen hab ich noch nirgendwo gesehen. William ist er allerdings ziemlich ans Herz gewachsen. Und Graham weicht ihm auch keinen Schritt von der Seite! So wie es aussieht, wird er erst einmal bei uns bleiben.

Ich freue mich schon darauf, das Neueste aus deinem Leben zu hören!
In Liebe und im Herzen mit dir verbunden,
Mary-Ann

Gegen Mittag hörte der Regen langsam auf. Als Celina Lynnie und Luke fragte, ob sie mit in die Stadt kommen wollten, sahen die beiden sich an und schüttelten den Kopf.

»Eigentlich nicht unbedingt«, erklärte Luke. »Ist doch so schlechtes Wetter. Und was wollen wir denn da?«

»Sehen, ob wir jemanden treffen«, sagte Celina wie selbstverständlich und war froh, dass ihre Mutter das Gespräch mit angehört hatte, damit sie wusste, dass Luke und Lynnie freiwillig abgesagt hatten.

»Dann fahr ich alleine«, verkündete sie erleichtert und verließ den Raum, bevor irgendjemand protestieren konnte. Sie ging auf ihr Zimmer, schnappte sich einen passenden Hut und steckte ihn auf ihrer Frisur fest.

Da sie nur allein unterwegs war, hatte John ihr den Einspänner gerichtet, den sie selbst lenken konnte.

Jonathan, ich komme!, tönte es die ganze Fahrt in ihr. Als sie an der Kirche vorbeikam hielt sie an. Hier waren genügend Holzpfähle, an denen sie das Pferd festbinden konnte. Von dort aus ging sie die kurze Strecke zum Hotel zu Fuß.

Es war fast niemand auf den Straßen unterwegs. Die paar wenigen Leute grüßten sie freundlich, aber niemand war auf einen Plausch auf den nassen Straßen aufgelegt.

Sie trat in das Hotel ein und traf auf Mrs Kean.

»Ah, Miss Celina«, fing sie an, aber Celina hatte im Moment überhaupt keine Lust, sich auf die Hotelbesitzerin einzulassen.

»Ich möchte zu Mr Brown«, sagte sie deshalb schnell und schnitt Mrs Keans nächsten Satz ab. »Ist er wieder im Zimmer im obersten Stock abgestiegen?«

Mrs Kean war so überrascht über Celinas Dreistigkeit, dass es ihr die Sprache verschlug.

Ohne eine Antwort von der Frau abzuwarten, wandte Celina sich zur Treppe und stieg die Stufen hinauf. Es war ihr völlig egal, dass bald die ganze Stadt wissen würde, dass sie Jonathan besucht hatte. Sollten sie doch reden! Er war unschuldig, und *sie* war ihm treu geblieben. Sie war schon immer von seiner Charakterstärke überzeugt gewesen und würde es auch immer bleiben. Während sie so die Stufen hinaufstieg, spürte sie wieder dieses Gefühl, das sie in den letzten Wochen schon so oft wahrgenommen hatte: ein freudiges Kribbeln in ihrem Bauch und Herzklopfen, das sie schneller atmen ließ. Seit dem ersten Tag, an dem sie Jonathan in der Stadt vor dem Laden gesehen hatte, ging er ihr nicht mehr aus dem Kopf. Jeden Morgen, wenn sie aufwachte, galt ihr erster Gedanke ihm.

Erst als Celina im obersten Stock angelangt war, fand Mrs Kean ihre Stimme wieder und schnatterte darauf los – sie ereiferte sich bei ihrem Mann, wie frech die Mädchen heutzutage waren. Celina achtete nicht darauf, sondern ging den Gang entlang zu der Tür, die zu Jonathans Suite führte, die er gemietet hatte.

Sie strich sich das Kleid glatt und hob zitternd ihre Hand, um zu klopfen.

Da ließ sie eine Stimme innehalten. Jonathan redete. Seit wann führte er Selbstgespräche? Sie lauschte, aber konnte nichts verstehen, weil er sehr gedämpft sprach. Hatte er etwa Besuch? Sie setzte gerade zum Klopfen an, als sie eine zweite Stimme vernahm. Eine *weibliche* Stimme. Celina war so überrascht, dass sie einen Aufschrei unterdrücken musste. Gerade noch hielt sie sich die Hand vor den Mund. *Was hatte Jonathan mit einer anderen Frau zu tun?*

Die Frau sprach deutlicher und lauter, sodass sie die Sätze klar verstehen konnte: »Wenn du mich liebst, kommst du mit mir«, sagte die weibliche Stimme in demselben schottischen Akzent, wie ihn Jonathan sprach. »*Ich* könnte dich lieben, Jonathan. Das weißt du.«

Jonathan schien nichts zu antworten. Celina sah ihn bildlich vor sich, wie er mit dem Rücken zu der Frau am Fenster stand, mit den Händen in den Hosentaschen. Genauso war er auch schon einmal vor ihr gestanden.

Nein, dachte sie empört. *Er liebt doch mich!*

»Jonathan«, sagte die Frau, und ihr Kleid raschelte, als sie aufstand. »Du bist auch nicht unschuldig daran.«

Celinas Herz klopfte ihr plötzlich bis zum Hals, und das Blut rauschte in ihren Ohren. Was hatte das zu bedeuten? Woran war er nicht unschuldig? Die Angst kroch ihr in die Glieder. Sie wusste nicht mehr, was sie denken sollte.

Einem spontanen Impuls folgend sah sie durchs Schlüsselloch. Das war die einzige Möglichkeit, die Wahrheit zu erfahren.

Die Frau trat eben zu Jonathan ans Fenster und legte ihre rechte Hand auf seinen Rücken, ihren Kopf lehnte sie an seine Schulter. Die Frau hatte feurig rote Haare, viele kleine gekräuselte Locken und fast weiße Haut, als wäre sie aus Porzellan oder hellem Marmor. Jonathan wandte seinen Kopf zu ihr.

»Rosalie«, sagte er leise.

Rosalie, wiederholte Celina in Gedanken und fuhr zurück, als hätte Jonathan ihr soeben einen Schlag ins Gesicht versetzt. *Jonathan wusste, dass Rosalie ihn lieben konnte? Er war nicht unschuldig?* Was hatte das nur zu bedeuten? Was sollte sie jetzt tun? Sie schwankte und hielt sich mit der linken Hand an der Wand fest. *Ich war dumm*, dachte sie. *Ich war so dumm. Er hat mich nie geliebt. Er hat vielleicht meine Gesellschaft genossen, aber er hat mich nie geliebt. Er liebt dich nicht, du dummes, einfältiges Mädchen. Er liebt dich nicht.* Diese Erkenntnis traf sie wie ein riesiger grauer Stein, der aus dem Nichts vom Himmel fiel und zermalmte ihr Herz. *Wie konnte ich so dumm sein?* Ihre Lippen begannen zu beben. *Wie konnte ich glauben, dass er mich lieben würde? Er hatte es mir ja nie gesagt. Ich habe mir das alles nur eingebildet, weil ich es mir so sehr gewünscht habe.* Am liebsten hätte sie laut aufgeschrien angesichts des Trümmerhaufens, den dieser Schlag in ihr zurückließ. All ihre Hoffnungen und Wünsche lagen zerschmettert vor ihr auf dem Boden. Sie blieb mit einem gebrochenen und blutenden Herzen inmitten der Scherben eines gläsernen Traumschlosses, das sie sich selbst in ihrer Phantasie aufgebaut hatte, zurück. *Warum liebst du mich nicht, Jonathan? Ich wollte dich … Ich wollte dich von ganzem Herzen.* Schluchzer, die in ihrer Brust brodelten, drohten der ganzen Welt sagen zu wollen, wie verletzt sie war. Sie presste sich die Hand auf den Mund

und wandte sich ab. Ohne sich noch einmal umzusehen, stürmte sie die Treppen hinunter, an Mr und Mrs Kean vorbei und aus dem Hotel hinaus. Sie dachte gar nicht darüber nach, welche kuriosen Gerüchte die beiden wahrscheinlich über sie in die Welt setzen würden.

Die Sonne war durch die grauen Wolken gebrochen. Trotzdem regnete es wieder einen sanften Nieselregen auf die Straßen, der Celinas Gesicht nässte und die Tränen unsichtbar machte. Unter anderen Umständen hätte es fast schön ausgesehen, weil die Sonne die Regentropfen wie kleine leuchtende Glasperlen erscheinen ließ. Doch Celina hatte keinen Blick dafür. Sie eilte zum Einspänner zurück, band hektisch das Pferd los, sprang auf und klatschte die Zügel so heftig auf den Pferderücken, dass dieses sofort losstürmte.

Auf der Fahrt konnte sie ihren Tränen endlich freien Lauf lassen. Wie sollte sie diesen Schmerz in den Griff bekommen, bis sie zu Hause war? Wie sollte sie erklären, was geschehen war? Sie fühlte sich betrogen! Doch genau genommen stimmte das nicht einmal. Jonathan hatte sie nicht betrogen, weil er ihr nie ein Versprechen gegeben hatte. Kein einziges.

Wie konntest du mir das antun, Jonathan?, schrie es in ihr. *Hast du nie an meine Gefühle gedacht? An das, was dein Verhalten in meinem Herzen anrichtet?*

Doch in ihrem Kopf hämmerte es nur: *Du bist selbst schuld. Du hast dich von seinem Charme umgarnen lassen und hast Dinge in sein Verhalten hineininterpretiert, die er nur zum Spaß gemacht hatte.*

Die letzten Wochen mit Jonathan liefen wie im Film an ihr vorbei. Jede Situation rief sie sich ins Gedächtnis, jedes Wort, das er gesprochen hatte.

Wie sie sich das erste Mal auf dem Ball begegnet waren, sein selbstsicheres Auftreten und wie sie von allen angestarrt worden waren. Wie er sich bei ihren vielen Fragen irgendwann unwohl gefühlt und sie mit seinem Blick gefangen genommen hatte, sodass sie nicht mehr reden konnte. Wie sie sich getroffen hatten und er sie mit seinem Lächeln und seinen Komplimenten fasziniert hatte. Wie er zu dem anderen Treffen nicht aufgetaucht war. Und wie es doch so ehrlich gewirkt hatte, als er ihr gesagt hatte: »Du gibst mir Halt.« Vielleicht hatte sie ihm tatsächlich Halt gegeben. Aber jetzt, als die Sabotageangelegenheit abgeschlossen war, brauchte er sie nicht mehr. Jetzt war ja die andere Frau aus Schottland da. Er brauchte sie nicht mehr. Vermutlich kannte er Rosalie von früher und hatte sie, Celina, nur als als Platzhalterin gesehen. Wie schrecklich ausgenutzt und missbraucht sie sich nun fühlte! *Du hättest es merken müssen, Celina. Du hättest es wissen können, dass er nicht so fühlt wie du.*

Warum?, weinte sie und konnte die Tränen nicht stoppen, die ihr wie Ströme aus den Augen flossen.

Weil er frei sein will. Das hat er doch sogar gesagt. Er will frei sein. Er braucht dich nicht.

Celina wimmerte auf bei diesem Gedanken. *Aber ich brauche ihn doch,* wollte sie sagen, aber gestand es sich nicht einmal zu, diesen Satz in ihrem Herzen zu denken. Es tat zu weh. Die Erkenntnis, dass sie ihn tatsächlich brauchte, schien ihr den Boden unter den Füßen wegzuziehen.

Lynnie saß in ihrem Zimmer und starrte auf die leere Leinwand vor sich. Sie war noch völlig verwirrt von der Entschuldigung ihrer großen Schwester. Was hätte sie ihr auch sagen sollen? Entschlossen nahm sie einen Pinsel zur Hand und tauchte ihn in Farbe. Sie würde ihr auf ihre Weise eine Antwort geben.

Kurz bevor Celina in die Allee einbiegen wollte, die zum Gut Randolph führte, lenkte sie das Pferd auf den Feldweg, der zum Wald führte. Sie konnte noch nicht nach Hause. Der kalte Regen, den das Verdeck nur bedingt abhielt, störte sie nicht. Er war das kleinere Übel, das sie auf sich nahm. Er war die Strafe für ihre Naivität, mit der sie sich selbst ins Unglück geritten hatte. *Ich hätte auf Luke hören sollen. Er hatte mich gewarnt. Warum hab ich nicht auf ihn gehört?*

Du konntest nicht, du warst zu verliebt. Liebe macht blind, Liebe macht blind, du bist blind! Sie erinnerte sich verzweifelt daran, dass sie schon einmal um Jonathan geweint hatte, als er unangekündigt nach Lowestoft gegangen war und sie gedacht hatte, er sei geflüchtet. Spätestens zu diesem Zeitpunkt hätte sie merken müssen, dass sie ihm unwichtig war!

Am Waldrand angelangt, band sie das Pferd an einem Baum fest. Die Räder des Einspänners würden nur im aufgeweichten Waldboden einsinken. Sie hob ihr Kleid ein Stück nach oben, damit es nicht gänzlich im Schlamm einsinken würde und eilte durch den Wald. Ihre Füße patschten in den Pfützen, sodass ihre Strümpfe und Schuhe schnell voller Schlamm wurden. Ihre Lunge brannte in ihrem Brustkorb, und ihre Schluchzer heulten mit dem Wind. Ihre Tränen vermischten sich mit dem Regen. *Was soll das?*, schimpfte sie mit sich selbst. *Ist doch nicht so schlimm jetzt. Du wirst einen anderen Mann finden.*

Aber das Weinen in ihrem Herzen wollte nicht nachlassen.

Sie kam an eine Lichtung und erkannte sie als die, auf der sie mit Jonathan spazieren gegangen war. Sie schluchzte verzweifelt auf.

Wer liebt mich denn?, fragte sie sich und dachte an ihre Mutter und ihren Vater, an Luke, Lynnie und ihre anderen beiden kleinen Geschwister.

Sie lieben mich wenigstens, versuchte sie sich selbst zu trösten, doch ihre Gedanken wanderten nur weiter zu Caroline, Josh, Miranda, Katherine, Mandy und all die jungen Leute aus der Stadt, die sie ihre Freunde nannte. Liebten sie sie? *Nein.*

Aber meine Familie! Celina schüttelte traurig den Kopf. *Nein, Lynnie liebt mich nicht. Und der Rest … das ist nicht genug*, sagte sie sich. *Ich will mehr. Ich will mehr. Ich will mehr.*

Erschöpft ließ sie sich auf den Boden sinken. Das Gras war durchnässt. So schwamm sie in einem Meer aus Tränen und Regen. Celina streckte ihr Gesicht gen Himmel und öffnete ihre Herzensschleusen. *Gott, wenn es dich gibt und wenn es wahr ist, dass du mich liebst, wie es Mama immer sagt, dann hilf mir. Ich brauche dich jetzt. Ich kann und will nicht mehr allein sein.*

Der Regen strömte kalt, nass und unbarmherzig auf sie herab. Doch sie hatte plötzlich das Gefühl, dass der Himmel mit ihr weinte und dass es jemandem nicht egal war, dass sie sich traurig und verlassen fühlte.

Es ist dir nicht egal?, fragte sie Gott scheu und öffnete ungläubig ihre Augen.

Sie bekam keine Antwort, stattdessen verdunkelte eine Wolke die Sonne. Aber das Gefühl, dass sie Gott nicht egal war, blieb. Die Schluchzer in ihrer Brust wurden leiser, bis sie schließlich ganz verstummten. Für den Moment war es gut. Für diesen Moment zumindest fühlte sie sich geborgen.

Mühsam erhob sie sich und merkte erst jetzt, wie zitternd und schwach sie war. Mit wackeligen Knien ging sie durch den Wald zu ihrem Pferd zurück, band es los und fuhr erschöpft und zitternd vor Kälte nach Hause.

26

Mary-Ann stand besorgt am Fenster, als sie ihre Tochter mit dem Einspänner in den Hof fahren sah.

»Priscilla«, rief sie laut.

Priscilla kam sofort in die Eingangshalle geeilt. »Handtücher«, orderte Mary-Ann in ungewohnter Knappheit und öffnete die Tür für ihre Tochter. Beim Anblick ihrer Mutter kamen Celina wieder die Tränen. »Mama«, sagte sie nur, und Mary-Ann nahm ihre triefende Tochter in die Arme.

»Meine Kleine«, sagte Mary-Ann liebevoll und küsste sie auf die nassen Haare. Was war geschehen?

Seit Wochen wusste sie, dass ihre Tochter etwas bedrückte, aber sie war nicht an sie herangekommen. War jetzt die Zeit für eine Wende in ihrem Leben gekommen? Sanft wiegte sie Celina hin und her und ließ sie nicht aus ihrer festen Umarmung. Wie sehr sie ihre Kinder doch liebte, jedes einzelne!

Priscilla tauchte mit den Handtüchern auf, und Mary-Ann legte liebevoll ein großes Handtuch um ihre Tochter. Sie war ja völlig durchweicht und ausgekühlt! So nass konnte man im Einspänner doch nicht werden!

Celina sah mit rotgeweinten Augen auf. Sie war vollkommen erschöpft.

»Komm, ich bringe dich auf dein Zimmer«, sagte Mary-Ann fürsorglich, legte einen Arm um sie und half ihr die Stufen hinauf.

Celina war unendlich froh, dass sie keinem anderen Hausbewohner begegneten.

Als sie endlich die klatschnassen Kleider von ihrem Körper gestreift und trockene Sachen angezogen hatte, setzte sie sich auf ihr Bett und hüllte sich in eine Decke ein. Mary-Ann saß hinter ihr, um ihre Haare zu trocknen.

Wie Celina so in das prasselnde Kaminfeuer blickte und ihr Körper sich aufzuwärmen schien, fühlte sie sich schon viel besser. Endlich schien sie sich wieder unter Kontrolle zu haben. Dennoch fühlte sie sich komplett anders als heute Morgen. Sie fühlte sich unendlich leer und hatte keine Ahnung, womit sich diese Leere füllen konnte.

»Möchtest du reden?«, fragte Mary-Ann. Celina nickte stumm und holte tief Luft. »Es ist …« *Was sage ich nur? Es klingt alles so dumm!*

»Lass dir Zeit«, sagte Mary-Ann wieder mit ihrer freundlichen sanften Stimme. Zärtlich fuhr sie mit den Fingern durch Celinas feuchtes Haar.

»Ich dachte, er würde mich wollen, genauso wie ich ihn will«, flüsterte Celina schließlich leise.

Wer?, wollte Mary-Ann fragen, biss sich aber noch rechtzeitig auf die Zunge. *Jonathan Brown natürlich.*

»Woher weißt du, dass er es nicht will?«

Celina bemühte sich, nicht schon wieder ihre Fassung zu verlieren. »Ich weiß es.« Sie atmete heftig ein und schluckte. »Eine andere Frau war in seinem Hotelzimmer.«

Mary-Ann hob die Augenbrauen, war aber klug genug, jetzt nichts zu sagen.

»Ich stand vor der Tür und wollte klopfen, da hab ich sie reden gehört. Die Frau sagte: *Wenn du mich liebst, dann kommst du mit mir.*«

Als Celina lange Zeit nicht weitersprach, fragte Mary-Ann. »Und was hat Jonathan darauf geantwortet?«

Celina schwieg. »Nichts«, sagte sie dann.

»Aber das ist doch …«

»Schlecht«, weinte Celina. »Er hat ihren Namen gesagt, als sie sich an ihn geschmiegt hat.«

»Aber vielleicht hat er ihren Namen gesagt, um zu erklären, dass er das nicht will.«

Celina sagte nichts, und Mary-Ann streichelte ihr über den Rücken.

»Ich dachte, dass er mich liebt«, sagte Celina leise.

»Liebst du ihn denn?«

Celina nickte und wischte sich die Tränen von den Wangen. Dann flüsterte sie: »Ich … er … er hat mir einfach ein so gutes Gefühl gegeben. Ich dachte, ich könnte endlich einmal ganz sein, wenn er mich liebt.«

»Wie meinst du das?«

»Na ja, es ist, als würde ich mit ihm zusammen ein Ganzes ergeben. Und wenn ich ohne ihn bin, dann bin ich nur halb.« Ihre Stimme war immer erstickter geworden, und nun schluchzte sie auf einmal laut auf. Mary-Ann nahm ihre Tochter fest in den Arm und wiegte sie wie ein Baby hin und her. Celina klammerte sich an die Arme ihrer Mutter, die sie umschlungen hielten. »Celina, weder deine Schönheit noch deine Herzensstärke hängen davon ab, ob Jonathan dich liebt. Du bist schön, egal, ob er es dir sagt oder nicht. Du bist stark, egal, ob du an seinem Arm gehst oder nicht. Du bist liebenswert, so wie du bist.«

Diese Worte liebkosten ihre Seele. Trotzdem konnte sie es nicht so recht annehmen. »Aber …« begann sie ihre Zweifel auszusprechen, »fühlst du dich ohne Papa komplett? Was wärst du ohne ihn?«

»Wenn dein Vater nicht gewesen wäre, dann wäre ich längst nicht mehr am Leben. Und ohne ihn wäre ich nicht dieselbe, die ich heute bin.« Mary-Ann atmete nachdenklich tief ein und aus. »Wenn er nicht mehr da wäre, dann wäre ich … traurig wie nie in meinem Leben.« Celina genoss es, dass Mary-Ann nicht aufhörte, ihr über den Rücken zu streichen. »Aber … ich wäre immer noch *ich*.«

Celina schniefte. War sie sie selbst, wenn sie nicht die Bestätigung von Jonathan hatte? Konnte sie sich selbst noch als jemand sehen, der es wert war, geliebt zu werden?

»Wenn du nicht vollständig du selbst bist, so wie du jetzt vor mir sitzt, dann bist du es auch nicht, wenn er neben dir steht, mein Kleines«, sagte Mary-Ann zärtlich und setzte sich so hin, dass sie ihrer Tochter ins Gesicht blicken konnte. »Nur zwei Ganze können sich so vervollständigen, dass nicht der eine vom anderen mehr erwartet, als er geben könnte.«

Celina sah ihre Mutter hilflos an. »Du meinst, Papa kann dir nicht alles geben, was du brauchst?«

Mary-Ann schmunzelte. »Er gibt mir sehr, sehr viel. Aber nicht *alles*.«

Celina verstand immer noch nicht ganz. »Woher weißt du denn dann, wer du bist?«

»Ich lasse es mir sagen.«

»Von Papa?«

Mary-Ann wiegte ihren Kopf hin und her. »Natürlich auch von William. Aber in aller erster Linie zählt für mich, was *Gott* über mich sagt.«

Celina hatte nicht mit dieser Antwort gerechnet, obwohl sie wusste, dass ihre Mutter dem Glauben einen wichtigen Platz in ihrem Leben gab.

»Sieh mal, früher, als ich noch ein bisschen jünger war als du, da wurde ich von allen verachtet. Ganz Tainbridge war gegen meine Familie. Kannst du dir vorstellen, wie das ist?«

Celina nickte betroffen. Allein die Vorstellung war grauenvoll. »Damals habe ich auf das gehört, was andere Menschen über mich sagten: *Mörderkind, verstoßen, verlassen, böse*.« Mary-Ann strich Celina eine Haarsträhne aus der Stirn, während sie aus der Vergangenheit erzählte. »Irgendwann … nachdem dein Vater mich hierhergeholt hatte, habe ich angefangen, darüber nachzudenken, ob es stimmte, was die Leute von mir sagten. Und letztendlich kam ich zu dem Schluss, dass sie falsch lagen.« Mary-Anns Augen blickten ihre älteste Tochter liebevoll an. »Stattdessen habe ich gelernt, an das zu glauben, was *Gott* über mich sagt und nicht das zu sein, was andere von mir behaupteten. Und auch nicht so zu sein, wie es andere von mir erwarteten. Plötzlich war ich frei, die Person zu werden, die ich wirklich war, vollständig und ganz. Mit Gottes Hilfe.« Mary-Ann lächelte.

»Was sagt er denn?«, fragte Celina leise nach einer kurzen Pause.

»Er sagt, dass ich sein geliebtes Kind bin, seine Prinzessin. Dass ich nicht stark sein und alles unter Kontrolle haben muss, weil *er* alles in der Hand hat.« Sie strich Celina zärtlich über die Wange. »Er nimmt mich an der Hand und führt mich zu Orten in meinem Herzen, von denen ich nicht wusste, dass es sie gibt. Und dann zeigt er mir schöne Seiten an mir, aber auch hässliche Dinge, die er in etwas Gutes umwandeln kann, wenn ich es zulasse. Diese Reise ist das Spannendste, das ich in meinem Leben erlebt habe. Und sie wird erst enden, wenn ich bei ihm im Himmel bin.«

Sie schwiegen eine Weile. »Ich weiß, dass mich nichts auf dieser Welt von Gottes Liebe trennen kann«, sprach Mary-Ann schließlich mit ihrer beruhigenden Stimme weiter. »Das gibt mir meinen Wert, meine Identität, Zufriedenheit und Frieden in Situationen, in denen ich alles andere als ruhig sein würde, wenn ich nicht wüsste, dass Gott auf meiner Seite ist.«

»Ich habe viele hässliche Seiten an mir, glaub ich«, sagte Celina beschämt.

»Die haben wir alle«, meinte Mary-Ann. »Das besondere ist, dass Gott dich da abholt, wo du bist. Du musst nicht perfekt sein, um dich ihm zuwenden zu können.«

Celina ließ diese Worte auf sich wirken und brauchte eine Weile, um sie zu verarbeiten.

»Weißt du, ich habe in meinem Leben erkannt, dass ich ohne Gott nichts kann. Ich bin … verloren ohne ihn in dieser Welt. Das sind, wie ich glaube, alle Menschen. Nur dass sich es viele nicht eingestehen wollen. Viele bemerken es auch nicht, dass sie am eigentlichen Ziel und Sinn des Lebens vorbeilaufen. Gott ist auf der Suche nach Menschen, die verstehen, dass sie ihn *brauchen*. Denn dann kann er uns berühren, sodass wir wissen, dass wir ihm nicht egal sind.«

Celina staunte. Das war genau das, was sie heute erlebt hatte! Sie hatte erkannt, dass sie auf Gott angewiesen war, und er hatte ihr diese Gewissheit geschenkt, dass sie nicht allein war. Während sie hier mit ihrer Mutter so offen sprach, erfüllte sie noch immer dieser Friede. »Ich weiß«, sagte sie leise und wieder stahl sich eine Träne aus ihren Augen.

»Was?«

»Ich weiß seit heute Nachmittag, dass er mich liebt.«

»Jonathan?«

»Nein.« Celina lächelte unter Tränen. »Gott.«

Ein freudiges Lächeln ging über Mary-Anns Gesicht, und sie drückte ihre Tochter froh an sich. »Das ist gut. Er wird dich nie verlassen.« Sie küsste Celina auf die noch immer etwas feuchten Haare, und Celina war tief berührt.

Am nächsten Tag war die ganze Stadt in Aufruhr. Alle wussten nun von der Unschuld Jonathan Browns. Doch weshalb war er noch am Abend zuvor überstürzt nach Schottland abgereist?

Celinas Herz blutete bei diesen Nachrichten. Er war also tatsächlich mit Rosalie zurückgegangen. War sie seine Verlobte? *Sie* hatte gewonnen und hatte den Mann mitgenommen, den sich Celina so sehr an ihrer Seite gewünscht hatte.

Nachmittags lag Celina auf ihrem Bett und las das letzte der Bücher, die Luke ihr gegeben hatte, um ihren Kummer zu vergessen, indem sie sich in die Geschichte eines anderen Menschen hineinvertiefte. Ach, und das Buch, das Lynnie sich genommen hatte, fehlte auch noch, fiel ihr ein. Die weiße Katze, die sich immer in ihrer Nähe aufhielt, sprang plötzlich vom Bett, miaute und strich zur Tür. In diesem Moment klopfte es. »Herein«, forderte Celina auf, und Lynnie trat herein.

»Ich habe etwas für dich«, sagte Lynnie schüchtern.

Irgendwie war es ein seltsames Gefühl für Celina, sich plötzlich zu bemühen, freundlich zu sein. Aber andererseits fiel es ihr auch leicht, seit sie angefangen hatte zu glauben, dass sie geliebt wurde. Ihre Schwester, ihre ganze Familie und Gott, der Urheber aller Dinge, liebten sie.

Lynnie hielt eine Leinwand in den Händen, doch Celina konnte nur die Rückseite sehen. Tausendfach konnte Celina dafür in Lynnies Augen die Liebe lesen, die sie monatelang übersehen hatte. Ihr Egoismus und ihr Neid waren ihr im Weg gestanden. Als Lynnie die Leinwand umdrehte und Celina sah, was sie gemalt hatte, schossen ihr die Tränen in die Augen. Sie hatte große Schwierigkeiten zu entscheiden, ob sie nun lachen oder weinen sollte. Letztendlich tat sie beides.

»Oh, Lynnie, das ist …« Sie fand keine Worte. Stattdessen sprang sie auf und stürzte auf ihre Schwester zu, um sie zu umarmen. »Es tut mir so leid«, sagte sie, während sie ihre Arme um den dünnen zarten Körper ihrer Schwester geschlungen hielt.

»Ist in Ordnung«, sagte Lynnie, leise, zart und barmherzig, wie sie war.

Celina löste sich von ihr und sah erneut mit tränenverschleiertem Blick auf das Gemälde, das Lynnie gemalt hatte, um ihr zu zeigen, dass sie nicht nachtragend war, sondern stattdessen auf einen neuen Anfang hoffte. Das Bild war in hellen Farben gemalt, gelb, himmelblau, hellgrün, zartes Rot und Orange. Es zeigte sie beide, wie sie sich an den Händen haltend drehten, lachend, vereint, so wie sie es früher immer auf der Wiese im Garten gemacht hatten. Nur dass sie beide auf dem Bild so aussahen, wie sie auch in diesem Moment nebeneinander standen. Sie waren beide keine kleinen Mädchen mehr. Aber immer noch Schwestern. »Danke«, sagte Celina, nahm Lynnies Hand und drückte sie sanft. Ihre beiden tränennassen Gesichter lächelten voller Freude. »Ich hab dich lieb, Lynnie«, sprach Celina das aus, was Lynnie schon längst mit ihrem Bild ausgedrückt hatte.

Dann lachte Celina einem spontanen Impuls folgend und streckte Lynnie ihre beiden Hände entgegen. Lynnie verstand. In der Mitte des Raumes wurde sich nun gedreht, schneller und schneller, der eine hielt das Gewicht des anderen, sodass sie in Balance blieben. Beide quietschten vor Freude, bis sie sich lachend aufs Bett fallen ließen und warteten, bis der Raum aufhörte, sich um sie zu drehen. Celina hatte das Gefühl, dass Tränen und Lachen sich in ihrem Kopf vermischten. Sie war überglücklich und erleichtert, dass Lynnie ihr doch vergeben hatte und ihre Entschuldigung nicht zurückwies, wie sie am Anfang befürchtet hatte. Aber der Schmerz über den Verlust Jonathans saß wie ein dunkler Fleck in ihrem Herzen und ließ sie die ganze Freude nur wie durch einen Schleier erleben.

»Ich hab noch was«, sagte Lynnie plötzlich und lenkte Celina wieder von ihren traurigen Gedanken ab. Lynnie stand auf und hob das Buch vom Boden auf, das sie sich geliehen hatte.

»Es ist gut«, bemerkte Lynnie und spornte Celina dadurch an, ihr von den acht anderen Büchern zu erzählen, die Luke ihr empfohlen hatte. Celina kam richtig in Fahrt, während sie Lynnie von den Geschichten erzählte, die sie schon gelesen hatte. Es half, den Liebeskummer nicht so sehr zu spüren, wenn man sich für eine Sache begeistern ließ.

Am Ende hatte Lynnie einen Stapel Bücher auf dem Arm und sah mindestens genauso verdutzt wie Celina drein, als Luke ihr die Bücher in die Hand gedrückt hatte. Celina lachte und nahm ihr die Hälfte wieder ab. »Komm, ich helf dir, sie in dein Zimmer zu tragen«, bot Celina an und öffnete die Tür.

»*Da* seid ihr«, sagte Luke überrascht beim Anblick der zwei Schwestern, die sich so ungewöhnlich friedlich miteinander unterhielten.

»Ja, hier sind wir«, wiederholte Celina und schob sich an ihm vorbei. »Lynnie muss unbedingt jedes dieser Bücher, die du aus der Bibliothek ausgewählt hast, auch lesen«, verkündete sie, und Luke schaute den beiden verwundert hinterher.

»Ihr werdet noch richtig belesen, wenn ihr alle meine Ratschläge befolgt«, scherzte Luke verdutzt und schloss zu ihnen auf.

Den Rest des Nachmittags verbrachten sie zu dritt, zuerst in Lynnies Zimmer, wo sich Celina das erste Mal so richtig auf Lynnies unglaubliche Kunstwerke einließ, ohne neidisch zu werden. Aufmerksam hörte sie Lynnie zu, die jedes einzelne Bild erklärte. *Diese Eifersuchtsgeschichte liegt hinter mir. Schluss damit*, befahl sie sich selbst, als es ihr immer mal wieder einen Stich ins Herz gab, weil sie selbst nicht diese Begabung hatte. Versucht hatte sie es ja, aber schnell wieder aufgegeben. Lynnie jedoch malte traumhafte Landschaften, zauberhafte Blumen, Menschen, die wie lebendig aussahen, ihre süßen Katzen, sogar ein Bild von Gut Randolph war dabei. Es war eine Augenweide, diese Kunstwerke zu betrachten und eine mindestens genauso gute Ablenkung wie das Lesen. Luke, der sich etwas zurückhielt, schmunzelte beim Anblick Celinas, die vor Erstaunen und Bewunderung jedes Mal einen aufgeregten Schrei losließ und riesengroße Augen bekam.

»Wo hänge ich denn eigentlich mein Bild auf?«, fragte Celina irgendwann, als sie wieder an das Gemälde dachte, das Lynnie ihr eben erst geschenkt hatte.

»Ich dachte du könntest es über deine Kommode hängen.«

Celina staunte, dass Lynnie sich sogar schon über den Platz Gedanken gemacht hatte.

»Ich gehe und hole Nägel«, bot sich Luke an und ließ die beiden allein, während sie in Celinas Zimmer zurückgingen. Zusammen setzten sie sich auf das Bett und sahen sich an. Es war fast, als würden sie sich wieder neu kennenlernen. Und doch war es so vertraut. Sie mussten sich einfach nur an früher erinnern. Wie auch immer, es war auf jeden Fall schön.

Als Celina an diesem Abend ins Bett ging, verstand sie sich selbst nicht. Was war nur geschehen, dass sie eine so wunderschöne Zeit gehabt hatte, nur einen Tag, nachdem Jonathan Tainbridge und damit auch sie verlassen hatte? Ihr Herz krampfte sich zusammen, als sie an den Schotten dachte, der ihr den Kopf verdreht hatte. Dennoch … etwas hatte sich verändert. Sie hatte nicht mehr das Gefühl, dass sie fiel, immer tiefer und tiefer, ohne Halt. *Gott, danke, dass du da bist. Und danke für meine Familie*, betete sie leise und irgendwann schlief sie darüber ein.

27

Nach dem kräftigen Regen der letzten Tage entfalteten und vermehrten sich die Blätter an den Bäumen rasend schnell, sodass es aussah, als wäre alles wie auf einen Schlag grün geworden.

Ganz Tainbridge – und besonders Bill – war froh, dass Brown's Productions wieder auf Hochtouren laufen konnte.

Für Luke und William kehrte ebenfalls so langsam wieder der normale Alltag ein. Zeit zum Sortieren der Akten blieb jedoch nicht viel, denn während ihrer Abwesenheit hatten sich zwei Klienten gemeldet. Die üblichen Streitigkeiten eben wieder. William hatte eigentlich nichts dagegen, dass die Normalität Einzug gehalten hatte. Dass Graham nun jeden Tag mit in die Kanzlei kam, war für ihn wie selbstverständlich, und es bedeutete keinerlei zusätzlichen Stress. Willig übernahm er kleine Botengänge und half gerne. Luke hatte ebenfalls kein Problem mit Graham, unterstützte ihn beim Lesen- und Schreibenlernen, wenn es die Zeit erlaubte. Aber Luke bedauerte zugleich, dass die spannende Zeit nun vorbei war. Wenn es nach ihm ginge, könnten sie immer so weitermachen wie im Fall Jonson!

Auch im Haus der Auburns war es ruhiger geworden. Für Celina wie auch für Lynnie war die Schwester zur Freundin geworden, und langsam begannen sie, sich einander zu öffnen. Die Gespräche zwischen ihnen wurden mit jedem Tag, der verging und den sie gemeinsam verbrachten, intensiver. Celina war überrascht, als Lynnie ihr gestand, dass auch sie manchmal eifersüchtig auf die Schönheit ihrer älteren Schwester gewesen war. Gemeinsam beschlossen sie, jeder den anderen so zu nehmen, wie er war, mit ihren Gaben, Stärken und Schwächen.

Für Mary-Ann war die Freundschaft zwischen den beiden eine Gebetserhörung. Noch vor einer Woche hätte sie es nicht für möglich gehalten, dass Celina und Lynnie sich gegenseitig Gesellschaft leisten.

Celina wusste, dass nicht sie selbst diese Veränderung in sich hervorgerufen hatte. Angefangen hatte alles damit, dass sie begonnen hatte, auf Gott zu vertrauen und auf *seine* Liebe zu setzen. Es war der Anfang einer neuen Richtung in ihrem Leben geworden. Luke hatte schon immer angedeutet, dass sie sich mit ihren Verhaltensweisen, die andere verletzten, ins eigene Fleisch schnitt. Aber damals hatte sie es noch nicht einsehen wollen. Mary-Anns Gebete waren nicht umsonst gewesen. Ganz sacht hatte Gott an Celinas Herzen gearbeitet. Durch Menschen, die er ihr in den Weg gestellt hatte, wie Luke zum Beispiel. Letztendlich war sie in Gottes Hände gefallen, als sie dachte, dass nichts sie mehr halten würde.

Luke fand es wahrscheinlich am schönsten von allen, dass sich Lynnie und Celina so gut verstanden. Er war ein harmoniebedürftiger Mensch, und die Streitereien zwischen den beiden hatten ihn sehr belastet. Es hatte wehgetan, Lynnie und Celina leiden zu sehen. Wenn auch jetzt noch nicht immer alles glatt lief, es dennoch einmal Streit gab, war jedenfalls die grundlegende Feindseligkeit zwischen den Schwestern aus dem Weg geräumt.

Celina wusste, dass sie auch jetzt nicht perfekt war. Aber zumindest hatte sie endlich verstanden, was Luke mit der falschen Richtung gemeint hatte und konnte sich sicher sein, dass sie nun auf dem richtigen Weg war. Und das Beste war die Gewissheit, dass sie auf dem Weg ihres Lebens nicht alleine war, auch wenn Jonathan sie nicht mehr begleitete. Das war der größte Schmerz, den sie bis jetzt in ihrem jungen Leben erfahren hatte.

Eines Tages wollte Mary-Ann wieder ins Armenhaus. Danach wollte sie für Graham Stoff kaufen, um einen neuen Anzug für ihn nähen zu lassen.

Celina und Lynnie nahmen sich vor dem Armenhaus an die Hand und beschlossen stumm, das ab jetzt gemeinsam durchzustehen.

Mr Maine war noch genauso schrecklich, die Menschen waren noch genauso eklig und starrten Lynnie genauso durchdringend an wie eh und je. Trotzdem war es erträglicher als sonst, weil sie es *gemeinsam* bewältigen konnten.

Mary-Ann war nach dem Besuch im Armenhaus mit ihren Töchtern auf dem Weg zum Stoffladen. Wie sonst auch trafen sie alle möglichen Leute unterwegs. Die meisten hatten von den Gerüchten gehört, dass Celina Jonathan nach Lowestoft nachgereist war und ihn vor seiner unerwarteten Abreise im Hotel aufgesucht hatte. Natürlich wurde auch von der Frau aus Schottland gesprochen, die Jonathan mit sich genommen hatte. Doch niemand wusste so recht, was es mit dieser Schottin auf sich hatte. Manche munkelten, sie wäre Jonathans Verlobte. Manche behaupteten, sie wäre mit einem anderen Mann verheiratet. Celina versuchte, alles Gerede zu überhören. Nie hätte sie geglaubt, dass sie das Gerede der Leute eines Tages so meiden würde wie ihre restliche Familie. *Andrew Brown macht es richtig*, dachte sie. Er lässt sich erst gar nicht in der Stadt blicken, sodass ihm keiner mit taktlosen Fragen oder Blicken zusetzen konnte.

Als sie in den Stoffladen traten, stand Caroline mit dem Rücken zu ihnen vor der Wand voller verschiedener Stoffe.

»Caroline«, sprach Celina sie erfreut an. Es war schön, ihre Freundin wiederzusehen.

Caroline drehte sich überrascht um und stieß einen spitzen Schrei aus. »Wir haben uns ja schon so lang nicht mehr gesehen!« Sie packte Celina an der Hand und zog sie in eine Ecke. »Sag mal, stimmt es, dass du Jonathan Brown im Hotel besucht hast, kurz bevor er abgereist ist?«

Celinas Stimmung sank augenblicklich, obwohl sie eigentlich hätte wissen können, dass dieses Thema aufkommen würde. Es war einfach *die* größte Neuigkeit in der Stadt. Worüber sonst sollte Caroline mit ihr reden wollen?

»Ja, es stimmt«, seufzte sie resigniert und wich Carolines Blick aus.

»Was hat er denn gesagt? Wieso ist er gegangen? Wir hatten doch alle geglaubt, dass …«

»Ich weiß nicht, weshalb er gegangen ist«, unterbrach Celina ihre Freundin, bevor sie weiterreden konnte. »Auf jeden Fall hat ihn diese Frau wohl überzeugen können.«

»Diese Frau! Hast du sie etwa auch gesehen?«, fragte Caroline aufgeregt. Celina nickte nur, denn sagen konnte sie nichts.

»Wie hat sie ausgesehen?«, kam die nächste Frage.

»Sie war …«, Celina rief sich ihre anmutige Gestalt in Erinnerung, »… hübsch.«

»Tatsächlich? Glaubst du, Jonathan ist deshalb mit ihr zurückgegangen?«

»Vielleicht«, sagte Celina und unterdrückte den Drang, auf der Stelle den Laden zu verlassen, um alleine zu sein. Dieses Thema war zu schmerzhaft für sie. Viel länger würde sie es nicht aushalten.

»Oh, er wäre der perfekte Ehemann für dich gewesen, Celina! Am Anfang war ich ja ganz schön neidisch, aber dann … Bist du kein bisschen traurig, dass er weg ist?«

Celina starrte Caroline verletzt an und wusste nicht, was sie sagen sollte. Ob sie kein bisschen traurig war? Sie war so traurig wie noch nie in ihrem jungen, wohlbehüteten Leben! Sie war so traurig wie ein Sonnenstrahl, der nicht durch eine Wolkenwand brechen konnte. So traurig wie eine Blume, die nie zur Entfaltung kam, weil der Boden zu trocken und steinig war. Es war unmöglich, dass ihr das nicht anzusehen war!

»Doch«, sagte sie leise und drehte sich um, weil ihr die Tränen in die Augen stiegen. Wo war Carolines Taktgefühl geblieben? Hatte sie überhaupt je eines besessen?

Celina war froh, als sie endlich den Laden und die Stadt verließen und wieder auf dem Heimweg waren, fern von den Leuten, die ihr fragend und neugierig hinterhersahen oder sie sogar auf Jonathan ansprachen.

Am Abend, als Luke von einem Ausritt nach Hause kam, stahl sich Celina aus dem Haus. Sie trat durch das Stalltor ein, und Pferdegeruch schlug ihr entgegen. Das Stroh raschelte unter ihren Füßen, als sie zu Luke ging, der in einer Box das Pferd abrieb und leise mit ihm sprach. Sie lehnte sich über die Tür an der Box und sah ihm zu. Es sah so friedlich aus, wie er sich um das Pferd kümmerte, als gäbe es nichts, was die beiden je stören könnte. Als Luke sich umdrehte und sie sah, ging ein freundliches Lächeln über sein Gesicht, das ihr Herz erwärmte.

»Wie war dein Tag?«, fragte er und kam aus der Box um einen Eimer mit Wasser zu füllen.

Celina trat zur Seite und zuckte mit den Schultern. »Wir waren im Armenhaus.«

»Oh, bei dem grauenvollen Mr Maine?«, lachte er bedauernd.

Celina nickte, ohne auf seine Neckerei einsteigen zu können. »Luke?«, fragte sie nach einer kurzen Pause. »Warum, glaubst du, ist Jonathan gegangen, ohne sich zu verabschieden? Weder von Papa noch von dir noch von … irgendjemandem sonst?«

Luke kam wieder aus der Box und schob sich an ihr vorbei, um einen Arm voll raschelndem Heu in die Futtergrippe zu werfen. »Ich weiß es nicht«, sagte er ehrlich.

»Am liebsten …« Sie schluckte und überlegte, ob sie Luke sagen sollte, was sie am liebsten tun würde. Sie erinnerte sich an ihr Versprechen, das sie Luke unter der Eiche gegeben hatte. *Versprichst du mir, dass du mir vertrauen wirst, egal was passiert?,* hatte er bei Mr Jonsons Anwesen gefragt, und sie hatte *Ja* gesagt. »Am liebsten würde ich zu Andrew Brown gehen, um ihn zu fragen, warum Jonathan gegangen ist.«

Luke sagte erst mal nichts, sondern arbeitete schweigend weiter. Er gab dem Pferd einen letzten freundschaftlichen Klaps, dann kam er wieder aus der Box, verschloss sie und machte sich daran, das Zaumzeug am richtigen Platz zu verstauen.

»Vielleicht hatten sie ja doch wieder einen Streit. Und Jonathan musste sofort aufbrechen«, versuchte Celina eine andere Erklärung zu finden. Sie wollte auf keinen Fall glauben müssen, dass Rosalie Jonathan überredet hatte, nach Schottland zurückzukehren. Plötzlich kam ihr ein beunruhigender Gedanke. Wer sagte überhaupt, dass sie nach Schottland gegangen waren? Womöglich war Jonathan bereits auf dem Weg nach Amerika, dem Land seiner Träume! Diese Möglichkeit schockte Celina zutiefst. Dann war jede Chance auf ein Wiedersehen dahin! Nichts würde ihn wieder zu ihr zurückbringen, wenn er gerade über den Ozean in die neue Welt segelte! Nichts, nie wieder.

»Oh nein«, sagte sie und schluckte.

»Was ist?«, fragte Luke und sah besorgt in ihre entsetzten Augen.

»Woher wissen eigentlich alle, dass er nach Schottland gegangen ist?«, fragte sie.

Luke stand vor ihr mit den Händen in den Hosentaschen. »Das … na ja … keine Ahnung«, druckste er. »Gibt es noch eine andere Möglichkeit?«

Celina nickte benommen. »Amerika«, flüsterte sie leise und hatte plötzlich einen dicken Kloß im Hals.

»Amerika?«, fragte Luke erstaunt.

»Da wollte er immer hin«, sagte sie leise. *Und eigentlich dachte ich, er würde mich mitnehmen. Wegen den Muscheln am Strand.* »Denkst du, dass ich mich wirklich so in ihm getäuscht habe?«, fragte sie, und ihre Augen füllten sich mit Tränen. Luke nahm sie in den Arm. Er konnte es nicht ertragen, in ihr trauriges Gesicht zu sehen. Da hielt er sie lieber fest, ohne sie ansehen zu müssen, das gab ihnen beiden Kraft.

»Ich wünschte, es wäre nicht so ausgegangen«, sagte er leise an ihrem Ohr.

Celina klammerte sich an ihn, als könnte er sie vor dem Ertrinken retten. Über ihr Gesicht liefen die Tränen, und sie schämte sich nicht dafür, dass sie Lukes Kleidung dabei nass machte, sondern war ihm einfach nur dankbar, dass er nicht gesagt hatte: *Hättest du halt eher auf mich gehört, ich habe dich ja gewarnt!*

Ihre Gedanken drehten sich im Kreis, wanderten von Jonathan zu Rosalie, wieder zu Jonathan in Amerika, Jonathan bei ihr, Jonathan in Amerika, weit weg, mit Rosalie.

»Weißt du, am Anfang konnte ich Jonathan nicht leiden«, sprach Luke in demselben beruhigenden Ton weiter, wie er auch mit den Pferden sprach. »Ich fand ihn schrecklich arrogant und habe lange gebraucht, bis ich akzeptieren konnte, dass er tatsächlich unschuldig an der Sabotage war.« Celina lauschte auf Lukes besänftigende Worte und genoss es, in seinem Arm zu sein. »Aber jetzt, so am Ende der ganzen Geschichte … hatte ich mich eigentlich an ihn gewöhnt, und er wurde mir immer sympathischer. Eigentlich dachte ich, dass es vielleicht doch ein glückliches Ende für euch beide geben könnte. Er hat seine Macken, aber die haben wir ja alle. Und mit seiner Arroganz … passt er vielleicht auch ganz gut zu dir«, schloss Luke mit einem neckischen Tonfall. Celina musste über seine entwaffnende Ehrlichkeit verlegen lächeln. Ach, Luke hatte ja recht! »Es tut mir wirklich schrecklich leid, dass die Geschichte so für dich enden muss. Wenn ich es könnte, würde ich es ändern.«

Celina musste an Gott denken. *Er* könnte es doch ändern, oder nicht? Auf wundersame Weise ärgerte sie sich aber nicht über ihn, sondern fühlte sich auf einmal nicht mehr so verlassen und verstoßen, als ihre Gedanken sich auf denjenigen richteten, der ihr Schicksal in der Hand hielt. *Luke ist wie ein Engel, den Gott als Zeichen für seine Liebe zu mir geschickt hat*, dachte sie bei sich, während sie noch immer Lukes starken Arm um sich spürte. Sie fand es unbegreiflich, dass Gott es immer wieder schaffte, sie zu überraschen. Mit *ihm* in ihrem Herzen war sie ganz, auch ohne Jonathan. Wie schnell diese Erkenntnis immer in ihr Herz kam. Plötzlich, wie von einer Sekunde auf die nächste, war der Schmerz leichter zu ertragen, sobald sie ihren Blick auf Gott richtete.

Sie löste sich von Luke und lächelte ihn tränenverschleiert an. »Ich weiß nicht, was ich ohne dich machen würde«, sagte sie, und Luke grinste.

»Das weiß ich auch nicht.«

Sie lachte und wischte sich die Tränen weg. »Und ich bin unendlich froh, dass du Jonathan doch noch schätzen gelernt hast. Auch wenn er jetzt weg ist … Es ist mir wichtig, dass du den Menschen leiden kannst, den ich so sehr liebte.«

Luke lächelte und nickte. »Ich glaube, es wartet Tee auf uns«, sagte er verlegen und reichte ihr ein Taschentuch. In seiner Bescheidenheit ging er nicht weiter auf ihr Lob ein. Während sie gemeinsam ins Haus gingen, dankte Celina Gott im Stillen für Luke, den er ihr als guten Freund an die Seite gestellt hatte.

Celina beschloss am nächsten Morgen, dass sie nicht zu Andrew Brown gehen würde, um vielleicht den Grund für Jonathans Abreise zu erfahren. Zurückbringen würde es ihn auch nicht. Was geschehen war, war geschehen. Es war wohl besser zu versuchen, die ganze Sache zu verarbeiten und zu vergessen.

Ein Tag nach dem anderen verging, und das Wetter übertraf sich an Sonnenschein und warmem Wind. Die Wiesen veränderten ihre Farben je nach dem, welche Blumen gerade blühten. Es würde nicht mehr lange dauern, bis auch die Kirschen an den Bäumen von grün nach rot wechseln würden und man sie ernten und genießen konnte. Das herrliche Wetter machte allen Sommerlaune, und bald beschloss die erste Familie der Stadt, mit einem Picknick den gesellschaftlichen Sommerreigen einzuläuten.

Celina sah dem Ereignis mit gemischten Gefühlen entgegen. Einerseits freute sie sich, wie immer. Andererseits hatte sie Angst vor den Themen, die mit Sicherheit zur Sprache kommen würden. Was sollte sie nur sagen, wenn jemand sie auf Jonathan ansprach? Zwar geriet das Thema immer mehr in Vergessenheit, und die Leute sprachen wieder über aktuelle Sensationen. Dass Jonathan in Tainbridge für Unruhe gesorgt hatte, war für die meisten schon Geschichte. Trotzdem kam er hier und da noch einmal zur Sprache, besonders wenn Andrew Brown in der Nähe war. Und wer wusste, ob er sich nicht auch zur Abwechslung mal unter die Picknickgesellschaften mischte. Celina war froh, dass ihre Familie samt Luke beim Picknick dabei sein würde. Wenn es nötig war, würden sie bei ihnen Zuflucht finden – besonders bei Luke.

Graham würde wohl oder übel auch mitkommen. So langsam gewöhnte Celina sich an den Jungen, obwohl es ihr immer noch nicht ganz geheuer war, ihn im Haus zu haben. Ihr Vater jedoch schien dem Jungen zu vertrauen, genauso wie Graham ihrem Vater inzwischen blind und bedingungslos vertraute. Über diesen Punkt zerrissen sich die Leute nur zu gern den Mund. Celina war es schrecklich unangenehm. Auf der anderen Seite hatte sich Tainbridge schon daran gewöhnt, dass die Auburns schon immer für eine Überraschung gut gewesen waren. Und wenn es bedeutete, einen Jungen aus dem

Armenhaus bei sich aufzunehmen. Celina kämpfte jedoch mit dem Ruf ihrer Familie – immer ein wenig anders als die anderen zu sein. Sie seufzte. Ändern konnte sie sowieso nichts. Genauso wenig, wie sie ändern konnte, dass Jonathan gegangen war. Es war schwer, ihn zu vergessen. Eigentlich war es unmöglich. Zwar gab es Momente, in denen sie mit Lynnie oder Luke so viel Spaß hatte, dass dieses Gefühl, dass all ihre Träume zerstört waren, verschwand. Und diese Momente wurden immer häufiger, je mehr Zeit verstrich. Aber in ruhigen Augenblicken wanderten ihre Gedanken stets sehnsüchtig zu dem Schotten, der als Fremder in die Stadt gekommen war und sich dann davongestohlen hatte.

28

Die Vögel sangen fröhlich und gestalteten mit ihren vielstimmigen Liedern einen Klangteppich, während die Sonne warm auf die Erde schien. Das Haus der Familie Whitehouse war aus roten Backsteinen gebaut wie die meisten Häuser in Tainbridge, aber es unterschied sich trotzdem von den üblichen Gebäuden, weil es alle möglichen kleinen Türmchen besaß, sodass es aussah wie ein kleines Märchenschloss. Auf der riesigen Wiese im dazugehörigen Park des Hauses waren weiße Bänke und Gartenstühle aufgestellt und Decken ausgebreitet, auf denen Damen und Herren jeden Alters saßen, Tee tranken, sich unterhielten und Kuchen aßen. Die Kinder tollten vergnügt über die Wiese und machten einen ziemlichen Radau, aber es störte niemanden, weil alle froh waren, dass die Kinder nun endlich wieder draußen spielen konnten.

Die Auburns fuhren mit der Kutsche und dem Einspänner zum Anwesen der Familie Whitehouse, den Gastgebern dieses Picknicks. Während Mary-Ann und William mit Joyce und Graham schon einmal vorausgingen, um die Gastgeber zu begrüßen, war Jeremy sogleich mit den anderen Jungs in seinem Alter verschwunden. Endlich mal wieder so richtig spielen!

Lynnie und Celina folgten mit Luke. Zu dritt steuerten sie schließlich auf das Gastgeberehepaar zu, die sich gerade noch mit Mary-Ann und William unterhielten.

Sie mussten ein schönes Bild abgeben. Luke, der große schlanke gutaussehende junge Mann in seinem grauen Anzug zwischen den zwei hübschen Schwestern: Lynnie in ihrem gelben neuen Kleid, ihre langen braunen Haare offen; Celina in einem blauen Kleid mit den weißen Punkten, die blonden Locken kunstvoll nach oben gesteckt.

Celina sah aus dem Augenwinkel Katherine Whitehouse, die große dürre Tochter der Gastgeber. Ihre Blicke trafen sich kurz, dann drehte sich Katherine demonstrativ zu ihrer Freundin Miranda um und begann, mit ihr zu reden, während ihr Blick immer wieder verstohlen zu Celina glitt. Celina wusste, dass Katherine schon immer neidisch auf sie gewesen war. Dass Jonathan aus der Stadt geflüchtet war, obwohl alle geglaubt hatten, dass er Celina heiraten würde, kam Katherine nur gelegen. Jetzt hatte sie einen Grund mehr, über die älteste Tochter des Advokaten herzuziehen.

Celina wandte sich enttäuscht ab, obwohl sie so etwas eigentlich schon erwartet hatte.

Nachdem sie die Gastgeber begrüßt hatten, führte Luke seine beiden Cousinen zu einer Gruppe junger Leute, unter denen auch Sarah stand. Sie lächelte, als sie die drei auf sich zukommen sah.

»Guten Tag«, begrüßte sie alle auf einmal, und ihre dunklen rehbraunen Augen blickten warm und freundlich. Celina fiel auf, dass Luke sich bestens mit Sarah zu verstehen schien, genauso wie Lynnie. Sie hatte bis heute eigentlich noch nie recht viel Kontakt mit Sarah gehabt, aber sie musste zugeben, dass sie ein sehr angenehmes Wesen hatte. Irgendwie hatte sie bei Sarah das Gefühl, dass sie nicht schlecht hinter ihrem Rücken reden würde, sondern dass sie aufrichtig und liebevoll war. Unter den Leuten, die bei Sarah standen, waren Mandy mit ihren immer roten Pausbacken, Mandys Verlobter George, ein ebenso runder junger Mann, der die Angewohnheit hatte, sich bei Gesprächen zurückzuhalten, und Jessica, Mandys kleine Schwester, ein schmales zierliches Mädchen mit strohblonden Haaren in Lynnies Alter. Alles Menschen, die Celina bis jetzt nicht sehr interessiert hatten, weil sie ihr zu still, zu unauffällig oder zu jung gewesen waren. An diesem Nachmittag musste sie feststellen, dass sie allesamt liebenswerte Menschen waren, die im Gegensatz zu ihren anderen Freunden nicht nur oberflächliches Gerede im Sinn hatten. Keiner aus dieser Runde sprach sie auf Jonathan an. Keiner aus dieser Runde wollte wissen, weshalb sie sich plötzlich mit ihnen unterhielt. Sie nahmen sie einfach in ihre Gemeinschaft auf.

George holte allen aus der Runde etwas Kühles zu trinken, aber blieb sonst ein schweigsamer Zuhörer. Dennoch bewunderte Celina die Güte in seinen Augen, wenn er seine Mandy ansah, deren Backen immer noch röter wurden, wenn ihre Augen den verliebten Blick ihres Verlobten trafen.

Luke und Sarah unterhielten sich über Lynnies Malerei und Lynnie versuchte, nicht hinzuhören, um wegen der vielen Aufmerksamkeit keine verlegene Röte zu bekommen. Stattdessen lachte sie mit Jessica über ihre kleinen Brüder, die beim Rennen immer wieder über ihre Kameraden stürzten. Celina genoss es, einfach nur dabeizustehen und zuzuhören. Sie hatte noch nie gemerkt, wie angenehm und entspannend es sein konnte, einmal nicht im Mittelpunkt zu sein. Die anderen aus der Runde ließen sie in Ruhe, irgendwie schienen sie zu spüren, dass sie nichts erzählen wollte. Trotzdem gaben sie ihr das Gefühl dazuzugehören, indem sie ihr ein Lächeln zuwarfen oder sie in ein harmloses Gespräch mit einbanden.

Nach einer Weile beobachtete Celina, wie ein junger Mann mit schlaksigen Beinen und Armen und einer ulkigen Locke in der Stirn auf sie zukam und sich zu Lynnie und Jessica stellte. Er begrüßte Celina nicht, sondern warf ihr nur einen prüfenden Blick zu. Offensichtlich entschied er, dass er sich heute nicht vor den bissigen Bemerkungen von Lynnies großer Schwester in Acht nehmen musste, denn bald scherzte er ausgelassen mit den beiden jüngeren Mädchen und beachtete sie kaum noch. Lynnie war still wie immer und dennoch so unbeschwert, wie Celina sie kaum kannte. Das freute sie, und sie lächelte. Wie gut, dass Luke dagewesen war, um Lynnie den jungen Leuten aus Tainbridge vorzustellen.

»Celina!«, rief eine Stimme hinter ihr, und als sie sich umdrehte, sah sie Caroline, die sie zu sich herwinkte. »Celina, komm doch bitte mal!«, rief Caroline wieder. Celina wandte sich kurz zu Luke und traf seinen Blick, der so viel sagte wie: »Tu, was *du* willst!« Als Caroline ihren Namen ein drittes Mal rief, wandte Celina sich um und ging zu ihrer Freundin, um zu hören, was sie sagen wollte. Bei ihr standen Josh, Katherine Whitehouse, Miranda und zwei weitere junge Männer.

»Katherine hat erzählt, dass Graham aus dem Armenhaus kommt. Ist das wahr?«

Celina starrte Caroline verdutzt an. Es war ein Wunder, dass sie das noch nirgendwo anders aufgeschnappt hatte.

»Natürlich ist das wahr«, entgegnete sie.

Carolines Mund blieb vor Empörung offen. »Und ich dachte, er sei Lukes kleiner Bruder!«

Das war ein Kompliment für Graham. Er hatte sich tatsächlich gemausert. Sie wandte sich um, damit sie ihn ansehen konnte. Er stand noch immer neben William, der sich mit Mr Whitehouse bestens zu unterhalten schien. Nach einem anständigen Haarschnitt und mit dem neuen Anzug sah Graham wirklich ganz passabel aus, das musste sich auch Celina eingestehen.

»Nein«, antwortete sie, »Lukes kleiner Bruder ist schon im Alter von zwei Jahren gestorben.«

»Aus dem Armenhaus! Schämen sich deine Eltern denn für gar nichts?«, fragte Caroline bissig.

Celina hätte ihr am liebsten eine Ohrfeige gegeben. Katherine, Miranda und die beiden jungen Männer schienen voll auf Carolines Seite zu sein. Herablassende Blicke waren auf sie gerichtet. Josh dagegen sah sie einfach nur erwartungsvoll an, so als könne er kaum noch abwarten, ihre Reaktion zu sehen.

»Nein, sie schämen sich für nichts. Das ist ja gerade das Herausragende an ihnen«, sagte Celina und drehte sich demonstrativ um. Wütend ging sie ein paar Schritte weg, dann wandte sie sich nochmals um und sah Caroline, Katherine und Miranda an. »Und für Graham muss man sich nicht schämen. Er ist ein netter junger Mann, der Respekt verdient wie jeder andere hier auch.«

Als Celina wieder zu Luke, Lynnie und den anderen zurückging, konnte sie selbst nicht fassen, was sie gerade getan hatte. Hatte sie allen Ernstes Graham verteidigt? Vor ihren Freunden, denen sie bis jetzt immer gefallen wollte? Sie lachte in sich hinein, als sie sich an ihre Gesichter erinnerte. Ja, sie hatte sich verändert. Und es tat unglaublich gut. Sie fühlte sich so frei wie nie. Ihre Mutter hatte recht gehabt! Sobald sie anfing, nicht mehr das zu tun, was die anderen von ihr erwarteten, hatte sie das Gefühl, dass sie wirklich ganz sie selbst war. Sie musste niemanden darstellen, nein, sie war einfach so wie sie war. Sie konnte gehen wohin und zu wem sie wollte. Sie konnte lachen, wann sie wollte; sie konnte schweigen oder ihre eigene Meinung sagen. Und bei all dem war es ihr egal, was die anderen von ihr dachten. Sie grinste breit und atmete tief die warme Frühlingsluft ein. Wie befreiend das doch war!

Als sie fast bei Luke und den anderen angekommen war, spürte sie, dass jemand hinter ihr ging.

»Celina«, hörte sie Joshs Stimme und wandte sich um. Das Grinsen konnte sie nicht aus ihrem Gesicht wischen, als sie ihn triumphierend ansah.

»Das war klasse«, sagte Josh bewundernd.

»Danke«, meinte Celina und winkte ab, als wäre es das Selbstverständlichste auf der Welt gewesen.

»Wollen Sie eine Runde mit mir über die Wiese gehen?«, fragte Josh bittend, und Celina wunderte sich über seine unsichere Art, das Gespräch mit ihr zu suchen. Irgendwie hatte sie es anscheinend geschafft, ihm zu zeigen, dass sie nichts von seinem kindischen Imponiergehabe hielt. Jetzt stand nur noch der junge Mann vor ihr, der er wirklich war: unsicher und ängstlich, zurückgewiesen zu werden. Ohne seine Maske, hinter der er sich versteckte, hatte sie eigentlich nichts dagegen, sich ein wenig mit ihm zu unterhalten. Er schien ja ganz nett zu sein, und ein guter Tänzer war er auch, erinnerte sie sich.

»Gerne«, sagte sie und gemeinsam schlenderten sie über den Rasen. Josh schien keine Ahnung zu haben, was er eigentlich mit ihr reden sollte, jetzt wo er verstanden hatte, dass sie nicht hören wollte, wie toll *er* doch war.

»Sie … Sie sehen heute wirklich mal wieder fabelhaft aus«, sagte Josh.

Celina suchte in seinen Augen nach diesem schrecklichen Blick, der ihr sagte, dass er sie nur besitzen wollte, wie eine teure Zuchtstute. Doch im Moment stieß sie nur auf echte Bewunderung. Das gefiel ihr.

»Danke«, sagte sie lächelnd. *Das macht die Liebe*, wollte sie noch hinzufügen und dachte dabei an das Gefühl, das sie empfunden hatte, als sie allein im Regen gewesen war. *Du bist mir nicht egal*, hatte Gott gesagt. Ein warmer Schauer erfüllte ihr Herz.

Sie schwieg absichtlich. Sollte nur Josh ein Gespräch anfangen. *Er* hatte schließlich mit *ihr* reden wollen.

Josh fieberte nach Fragen, die er der hübschen jungen Frau stellen konnte, aber ihm fiel einfach nichts ein. Inzwischen hatten sie einmal die ganze Wiese umrundet, und die Wiese war groß. Als sie in die Nähe von Luke und Lynnie kamen, blieb Celina stehen, knickste höflich und bedankte sich für den netten Spaziergang. *Das war deine Chance, Josh*, dachte sie amüsiert und ging zu Luke und Lynnie zurück.

»Hat mich auch gefreut, Celina«, rief Josh ihr noch hinterher und blieb dann verwirrt zurück. Dieses Mädchen war ganz schön schwer zu knacken. Vielleicht zu schwer für ihn. Er schaute ihr hinterher und sah, wie sie sich zu Luke stellte und sich bei ihm unterhakte. Er zuckte die Achseln. Na ja, es gab ja auch noch andere schöne Mädchen, mit denen er sich amüsieren konnte. Josh ging zurück zu Miranda, Caroline und Katherine, die sich alle drei freuten, ihn wieder bei sich zu haben. Besonders Miranda war froh, dass Josh sich wieder von Celina abgewandt hatte. Sie strahlte ihn an, und Josh beschloss an diesem Nachmittag, dass Miranda sowieso viel hübscher war als Celina.

Luke sah in Celinas Gesicht und wusste sofort, dass endlich das eingetroffen war, was er sich immer für sie gewünscht hatte. Sie schien von innen heraus glücklich zu sein – trotz des Verlustes von Jonathan. In ihrem Schmerz hatte Gott sie sich selbst finden lassen. Und das war genug.

Am Abend fiel Celina müde in ihr Bett. Was für ein Tag war das doch wieder gewesen! Sie war so zufrieden und ausgeglichen wie schon lange nicht mehr. Endlich fuhren ihre Gefühle nicht mehr ständig Achterbahn. Es war, als hätte sie eine Grundlage gefunden, auf der sie nun stehen konnte, die sie halten würde, egal was passierte. Sie dachte an Jonathan und war immer noch traurig. Er war ein wunderbarer Mensch. Sie vermisste den amüsierten Blick in seinen smaragdgrünen Augen, sein Lachen, seinen starken Arm. Wieso hatte er sich nicht wenigstens verabschiedet? Weshalb war er ohne eine Erklärung gegangen? War sein ganzes Verhalten wirklich nur Täuschung gewesen? Es war zu wunderbar gewesen, als dass es alles eine einzige Lüge gewesen sein konnte. Im Gegenteil, bei ihm hatte sie immer das Gefühl gehabt, dass er bis auf den Herzensgrund forschen wollte, bis er *sie* gefunden hatte.

Ach, wenn er doch sehen könnte, wie sie jetzt war: nicht mehr aufgesetzt fröhlich, sondern selbstbewusst; immer noch ein wenig arrogant, aber nicht mehr verletzend bissig. Sie seufzte leise und kuschelte sich in ihre Bettdecke. Während sie so dalag und der Mond in ihr Zimmer schien, kam ihr plötzlich eine seltsame Idee. *Vielleicht sollte ich für Jonathan beten*, dachte sie. *Vielleicht war er ja doch in Schwierigkeiten. Ach, Herr, bitte segne und beschütze du doch Jonathan! Ich weiß nicht, wo er ist, aber ich wünsche mir, dass es ihm gut geht.* Am liebsten hätte sie noch gebetet, dass er wieder zurückkommen sollte. Aber das traute sie sich nicht. »Wenn der Herr will«, sagte ihr Vater immer. *Wenn der Herr will, dann wird er ihn wieder zu mir zurückführen*, dachte sie und schlief schließlich beruhigt ein.

Der Frühsommer verging wie im Flug und der Sommer brach ohne Vorwarnung herein. Nacheinander wurden alle möglichen Geburtstage gefeiert. Zuerst wurde Jeremy ein Jahr älter. Die zehn Kerzen passten geradeso auf seinen Kuchen. Dann wurde Joyce sechs Jahre alt und schließlich Mary-Ann achtunddreißig. Einen Tag später war Celinas achtzehnter Geburtstag. Es war ein heißer Tag, und die ganze Familie hielt sich lieber drinnen als draußen auf, weil die Hitze so unerträglich war. Erst gegen Abend wagten sich Luke und Celina an die frische Luft, um einen Spaziergang zu machen. Sie steuerten in Richtung Wald, weil es da am kühlsten war. Die tief stehende Sonne warf lange Schatten auf den staubigen Boden und tauchte alles in ein warmes Licht. Grillen zirpten im hohen trockenen Gras und übertönten dabei fast die Vögel.

»Sarah hat mir neulich erzählt, dass ihr Vater Interesse hätte, eines von Lynnies Gemälden zu kaufen«, begann Luke ein Gespräch.

»Wirklich?«, staunte Celina. »Hast du es Lynnie schon erzählt?«

Luke schüttelte den Kopf. »Ich frage mich, was sie dazu sagen wird.«

»Sie wird sich freuen«, meinte Celina ohne zu zögern. »Wir haben ja sowieso bald keinen Platz mehr im Haus für all die Bilder. Da wird sie ja wohl vernünftig genug sein zu verkaufen.«

Luke grinste. Sie war schon noch dieselbe Celina geblieben mit ihrer offenen, direkten Art. Nur wurden einige scharfe Kanten ihrer Persönlichkeit in der letzten Zeit abgeschliffen. Das stand ihr gut.

Schweigend gingen sie nebeneinander her und traten endlich in den Schatten der Bäume. Es war erstaunlich, was für einen Sprung die Temperatur von heiß nach kühl machte.

»Du magst Sarah gern, nicht wahr?«, fragte Celina und lenkte die Unterhaltung geschickt in eine andere, interessantere Richtung.

Luke sah auf den Boden und kickte einen unsichtbaren Stein mit dem Fuß weg. »Ja. Du nicht?«

»Doch. Sie ist ein nettes Mädchen«, sagte Celina und beobachtete ihren Cousin aus dem Augenwinkel.

»Und … findest du sie … findest du …« Das war Celina nicht von Luke gewöhnt, dass er so rumdruckste. Er musste sich tatsächlich schon ernsthafte Gedanken um Sarah gemacht haben. Es überraschte sie ein bisschen.

»Findest du, sie passt zu mir?«, vollendete Luke seine Frage und sah Celina zweifelnd an, wie ein kleiner Junge, der nicht wusste, ob die Farben blau und grün zusammenpassten.

Celina schnappte nach Luft. »Äh … Ähm … Natürlich passt sie zu dir«, sagte Celina, als sie sich von ihrem Schreck erholt hatte.

»Natürlich?«

»Ja, natürlich. Sie ist sanft, lieb, warmherzig, hilfsbereit, alles was man sich nur von einer Frau wünschen kann. Das hast du selbst einmal gesagt. Und damit ist sie fast genauso gut wie du.«

Luke lachte erleichtert. »Na ja, mal sehen, wann ich sie fragen werde«, sagte er verlegen, und Celina horchte. *Wann er sie fragte?*, wiederholte sie in Gedanken.

Als sie Luke einen prüfenden Blick zuwarf, um zu sehen, ob er vielleicht mal wieder einen Scherz gemacht hatte, schauten seine Augen in die Ferne und lächelten verträumt.

Celina schüttelte den Kopf. *Nein, das war kein Scherz. Meine Güte, ist der verliebt*, dachte sie mit einem mulmigen Gefühl im Bauch. Sie freute sich für ihn, aber … wo würden die beiden dann wohnen? Es war das erste Mal, dass sie daran dachte, dass Luke nicht für immer bei ihnen bleiben würde. Was sollte sie nur ohne ihn machen? Wenn er eines Tages verheiratet war … würde es dann so bleiben können, wie es war? Als sie nach Hause zurückgekehrt waren und Celina in ihrem Zimmer war, erfüllte ihr Herz eine nie gekannte Angst. Sie wollte, dass Luke bei ihr blieb. Sie brauchte ihn so dringend als Freund an ihrer Seite. Ihr Blick wanderte aus dem Fenster zu dem sternenklaren Himmel. *Hilfe*, rief sie stumm in Gedanken und wandte sich kleinlaut an den Schöpfer des Universums.

Ich versorge dich, sagte eine Stimme in ihrem Herzen, und Celina erinnerte sich an den Bibelspruch, den der Prediger in der Kirche schon so oft zitiert hatte. *Gott versorgt die Vögel. Und ihr seid ihm doch viel wichtiger als sie*. Ihre Hand zitterte leicht, als sie die Vorhänge zuzog und sich in ihr Bett legte. Sie wünschte sich, dass Luke glücklich war. Und mehr als auch auf ihre eigene Versorgung zu vertrauen, konnte sie nicht tun. *Gott, ich bin in deiner Hand,* betete sie mit einem angstvollen Herzen und dachte wieder an Jonathan. Wie jeden Abend schloss sie ihn in ihr Gebet mit ein. *Schütze ihn, wo immer er ist. Segne das Werk seiner Hände, was immer er tut.*

29

Luke machte Sarah bereits am nächsten Sonntag nach der Kirche einen Heiratsantrag. Das Gespräch mit Celina, die ihn, genauso wie er sie, so gut kannte, wie niemand sonst, hatte ihm die letzte Bestätigung dafür gegeben, dass Sarah die richtige Frau für ihn war.

Celina beobachtete, wie ihr Cousin und Freund mit seiner Auserwählten nach dem Gottesdienst gemeinsam über den Kirchplatz spazierte.

Sie wandte sich ab. Wie hatte sie es nur verpassen können, dass Luke sich so viele Gedanken um Sarah machte? Wie konnte das nur so schnell gehen? Zwei Menschen, die plötzlich zusammen gehören … Und sie? Sie schämte sich für diesen Gedanken, weil sie sich eigentlich für die beiden freuen sollte, aber sie konnte nicht anders. Sarah war in ihrem Alter. Die meisten Mädchen aus Tainbridge hatten jetzt einen Verlobten, wenn sie nicht sowieso schon verheiratet waren.

Jonathan, dachte sie wieder einmal traurig und sah, wie Luke und Sarah wieder unter die Leute traten. Sarah strahlte überglücklich, wie eine junge Braut eben strahlte, und Luke sah stolz aus, so stolz wie sie ihn noch nie gesehen hatte. Es gab ihr einen kleinen Stich ins Herz.

Die Nachricht von der Verlobung sprach sich so schnell herum wie noch keine andere, weil Luke Sarahs Vater mitten auf dem Kirchenvorhof um die Hand seiner Tochter bat. Sarahs Vater fiel aus allen Wolken, willigte aber gerne ein, und bald stand das neue Paar in einer kleinen Traube von Gratulanten: Mary-Ann, William, Sarahs Eltern, Lynnie, Mandy und George. Es war eine kleine Sensation, aber Celina bekam alles nur wie durch einen Schleier mit, als wäre es nur ein Traum.

Alle lachten laut und sprühten nur so vor Freude. Celina wollte nicht, dass irgendjemand ihr die melancholische Stimmung anmerkte, die sie erfasst hatte. So stellte sie sich mit in die Runde, weil ihr Verschwinden nur *noch* mehr aufgefallen wäre. Sie gratulierte Sarah höflich und lächelte Luke an. Natürlich, wie könnte es anders sein, erkannte er den traurigen Zug um ihren Mund, aber im Moment hatte er einfach keine Zeit, auf sie einzugehen. Wenn sie sich es auch gewünscht hätte, sah sie ein, dass Luke sich nun um eine andere Frau kümmern würde.

Nach einer halben Ewigkeit, wie es Celina vorkam, verließen sie endlich das Kirchengelände – ohne Luke, denn er war spontan von Sarahs Eltern zum Mittagessen eingeladen worden. Celina fand ihr Benehmen selbst furchtbar kindisch, aber sie konnte nicht anders, als nach dem Mittagessen zu Hause sofort das Weite zu suchen. Sie musste alleine sein. Seltsam eigentlich, weil sie doch gerade Angst vor dem Alleinsein hatte, weil Luke im Begriff war zu heiraten. Glücklicherweise war es nicht mehr ganz so heiß wie an ihrem Geburtstag, sodass es kein Problem war, ein wenig an die frische Luft zu gehen. In ihrer rechten Hand hielt sie einen kleinen Sonnenschirm, passend zu ihrem Kleid, um sich von der Mittagshitze abzuschirmen.

Ohne groß nachzudenken ging sie den Weg in Richtung Wald entlang, den sie auch mit Luke gegangen war, als sie vor nur wenigen Tagen über Sarah gesprochen hatten. Sie trat zwischen die Bäume und genoss den Schatten, den sie spendeten. Celina klappte ihren Schirm ein und sah zu dem blauen Himmel, der durch die Baumkronen blinzelte. Die Sonne beleuchtete die Blätter und warf interessante Schatten auf den Waldboden. Umgeben von den mächtigen Baumstämmen, die immer am selben Platz standen, nie schwankten, egal wie heftig ein Sturm auch sein mochte, fühlte sie sich sicher. Die Bäume kamen ihr vor wie stumme Freunde, treue Zuhörer, die jederzeit für sie da sein würden, wann immer sie wollte. Sie luden sie ein, sich bei ihnen anzulehnen und ihre Seele zur Ruhe kommen zu lassen, während sie sich darum kümmerten, die anstrengende Hitze abzuschirmen. Die Bäume würden keine unpassenden Fragen stellen, wenn sie weinte oder wenn sie lachte, und sie würden niemals ein streng behütetes Geheimnis weitererzählen. Celina atmete tief die würzige Waldluft ein. *Einfach nichts denken, Celina. Genieß es, hier zu sein.*

Plötzlich nahm sie eine Bewegung etwa hundert Meter vor sich auf dem kaum benutzten Waldweg wahr. Ein Reh? Es kam so gut wie nie vor, dass hier jemand vorbei kam. In diesem Waldstück ging normalerweise nur ihre Familie spazieren. Sie blieb wie angewurzelt stehen, als sie die Gestalt eines großen Mannes mit breiten Schultern erkannte, der da ungefähr hundert Meter von ihr entfernt zwischen den Bäumen hervor auf den Pfad trat. Ihr Herz klopfte bis zum Hals. *Ich träume*, dachte sie. *Ich habe einfach nur einen Traum.* Denn der Mann dort vorne … konnte unmöglich in Wirklichkeit hier sein. Auf einmal blieb die Zeit stehen. Stattdessen begann sich die ganze Welt um Celina herum zu drehen.

Langsam kam Jonathan auf sie zu, und sie konnte es nicht fassen. Sie *musste* träumen. Wie sollte es möglich sein, dass er auf einmal vor ihr auftauchte, mitten im Wald, in dem sie Schutz suchte und allein sein wollte? Wie angewurzelt stand sie da, und ihre Augen ließen ihn nicht los, bis er schließlich kurz vor ihr stehenblieb.

Eine ganze Weile standen sie so da, unbewegt, starrten einander einfach in die Augen. Für Celina hörte sich die Welt auf zu drehen. Vor ihr stand Jonathan, genauso, wie sie ihn das erste Mal gesehen hatte – kräftig, stark, gutaussehend. Seine smaragdgrünen Augen blickten sie an, und Celina fühlte sich in ihren unausweichlichen Bann gezogen. Hier stand sie mit dem Menschen, den sie so sehr vermisst hatte. Wenn es nur ein Traum war, so wollte sie nie mehr aufwachen.

Wie in Trance beobachtete sie, dass Jonathan wie in Zeitlupe vor ihr auf die Knie ging und ihre Hand nahm, um sie zu küssen. Seine Lippen fühlten sich weich und warm auf ihrer Haut an.

Bitte, Gott, lass es nicht nur einen Traum sein, dachte sie wieder und wieder.

Jonathan sah zu ihr auf und sagte, ohne sich wieder zu erheben: »Ich muss dir einiges erklären.«

Celina sagte nichts, sondern lauschte nur gebannt auf den Klang seiner tiefen Stimme. Es war ihr, als würde er von weit weg her sprechen, als käme er aus einer anderen Welt.

»Als ich nach Tainbridge kam, um meinen Bruder zu besuchen, habe ich zu Hause in Schottland eine Freundin von mir im Stich gelassen.«

»Rosalie?«, fragte Celina mit belegter Stimme.

»Woher kennst du ihren Namen?«, fragte Jonathan nach einer kurzen Pause, in der er sie verwundert angeschaut hatte.

»Ich war da«, flüstere sie und konnte nicht verhindern, dass ihr bei der Erinnerung an diesen Nachmittag die Tränen in die Augen stiegen.

»Wo?«

»An dem Tag, bevor du abgereist bist, war ich im Hotel. Und Rosalie war in deinem Zimmer.«

Jonathan nahm erneut ihre Hand und fuhr sich mit seiner anderen freien Hand über die Stirn, als hätte er schreckliche Kopfschmerzen. »Ich kenne Rosalie schon sehr lange«, versuchte er zu erklären. »Sie hat einen Mann namens Morton Swan geheiratet, einen Trunkenbold und Spieler, hauptsächlich wegen seines Geldes.« Seine Augen verdüsterten sich. »Sie war nicht glücklich mit ihm. Noch dazu war er ein Dummkopf.« Er seufzte. »In Schottland habe ich ab und an auch um Geld gespielt.« Celina konnte sehen, dass er nicht sonderlich stolz darauf war. »Als Morton mich herausforderte, nahm ich an, und an diesem Abend verlor er sein gesamtes Geld an mich. Offenbar war das zu viel für ihn. Er betrank sich und torkelte nach Hause. Am nächsten Morgen ging die Nachricht durch die Stadt, dass Morton tot war.« Jonathan schwieg kurz, und Celina sah ihn wie gebannt an. »Er hatte alles Geld verspielt und war ein schrecklicher Ehemann gewesen. Rosalie ist eine starke Frau, wenn sie auch körperlich einer zerbrechlichen Porzellanpuppe ähnelt. Ich dachte, Rosalie hätte … seinem Tod nachgeholfen«, sagte er kleinlaut. »Deshalb habe ich Schottland verlassen.« Er sah sie an. »Celina, ich habe in Schottland kein besonders tugendreiches Leben geführt. Dass Andrew mich verdächtigt hat, kann ich ihm kaum übel nehmen. Immer wenn er gearbeitet hatte, auch früher schon, habe ich mir die Zeit vertrieben: sei es das Jagen oder das Spielen. Fleißig war ich jedenfalls nie. In dem Moment, als ich dachte, dass Rosalie Morton umgebracht hatte, war es sogar für mich zu viel. Ich wollte damit nichts zu tun haben. Trotzdem fühlte ich mich mitschuldig, weil *ich* ihm ja das Geld abgeluchst hatte.« Er blickte auf ihre schmalen Finger, die er noch immer in seiner Hand hielt. »Mein Motiv, hierher nach Tainbridge zu kommen, war tatsächlich, um mich mit meinem Bruder zu versöhnen. Rosalie allerdings schrieb mir Briefe, die ich jedoch nie las, weil ich dachte, sie wollte mich nur dazu überreden, sie zu heiraten. Natürlich wegen des Geldes, wobei sie mit mir als Ehemann auch eindeutig einen besseren Fang gemacht hätte als mit Morton.« Wäre diese Angelegenheit nicht so ernst gewesen, hätte Jonathan an dieser Stelle mit Sicherheit gegrinst. »Genau genommen hatte sie auch eben das vorgehabt, als sie schließlich hier in Tainbridge auftauchte. Sie war die Witwe eines Mannes, der sein gesamtes Geld verspielt hatte. Sie besaß nichts mehr außer dem Haus, in dem sie lebte. Sie brauchte meine Hilfe, und ich konnte nicht anders, als mit ihr nach Schottland zurückzugehen, um sie zumindest soweit zu versorgen, dass sie über die Runden kommt.« Jonathan sah nachdenklich in die Ferne. »Rosalie wird nicht lange brauchen, bis sie einen neuen Ehemann findet.« Nach einer Pause blickte er zu ihr auf, und seine Augen sahen sie schuldbewusst an. »Ich war dir diese Erklärung schuldig«, sagte er, und seine Stimme klang traurig und niedergeschlagen.

Celina schluckte schwer bei dieser Wahrheit, die so plötzlich ans Licht kam. Diese wenigen Minuten waren nicht genug, um das Gehörte zu verarbeiten. Was er erzählt hatte, kam ihr so unwirklich vor. Sie schloss die Augen und versuchte zu begreifen, was Jonathan ihr erzählt hatte. Was hatte das alles zu bedeuten?

»Warum … hast du mir nichts gesagt?«, sprach sie nach einer Weile die Frage aus, die am meisten Schmerz in ihr ausgelöst hatte. »Du hättest dich doch wenigstens verabschieden können.« *Weißt du nicht, welche Qualen ich gelitten habe?,* hätte sie ihm am liebsten ins Gesicht geschrien.

Jonathan sah beschämt zu Boden. »Ich weiß. Es tut mir leid. Ich … ich …« Rastlos wanderte sein Blick von Baum zu Baum. Er hatte sich fest vorgenommen, ehrlich zu sein. Wenn er jetzt nicht ehrlich war, würde er es nie sein können, ohne dass alles zerbrach, worauf er gehofft hatte. »Ich wusste nicht, wie sich die Dinge entwickeln würden.« Er strich über ihre Finger und hob seinen Blick. Seine Augen suchten in ihren nach Verständnis. »Kannst du dich noch daran erinnern, wie ich sagte, ich wäre nur manchmal wirklich frei?« Er fuhr sich über die Lippen, als Celina nickte. »Jetzt wo ich weiß, dass Rosalie versorgt ist und ich keine Schuld am Tod ihres Mannes hatte, weil er einfach starb, ohne dass … sie nachgeholfen hat … bin ich frei, endlich zu tun, was ich will.

Aber … bevor ich … bevor ich ging … wusste … ich nicht … nicht genau, ob ich …« Er verstummte und blickte erneut zu Boden. War das schwer! Wenn sie ihn nur nicht falsch verstehen würde!

»… ob du wiederkommen würdest?«, vollendete sie seinen Satz, und Jonathan sah gespannt zu ihr auf. Würde sie es verstehen? Celina sah sein kaum merkliches ängstliches Nicken. Ihr Blick forschte in seinen Augen nach der Wahrheit und stieß auf Ehrlichkeit.

»Ich habe Abstand gebraucht, um zu wissen, ob …«, wollte Jonathan weiter erklären, aber Celina legte einen Finger auf seine Lippen und bedeutete ihm zu schweigen. Sie hatte doch schon längst verstanden! Er war sich nicht sicher gewesen, ob er sie liebte. Aber er war wieder hier, er war zu ihr zurückgekommen! Und das hieß, dass er sich für *sie* entschieden hatte. Nicht für Rosalie oder irgendeine andere Frau. Sie brauchte keine weitere Erklärung mehr. Ab jetzt zählte nur noch das Heute. Celina versuchte den Augenblick zu fassen, aber ihre Gefühle kamen noch nicht so schnell mit. Noch immer fühlte sie sich wie im Traum. Erneut schloss sie die Augen und versuchte zu verstehen, was das alles für sie bedeutete. Am liebsten hätte sie geweint, gelacht, gejauchzt und vor Freude getanzt, aber keine einzige Emotion konnte sich den Weg aus ihrem Herzen nach außen bahnen. War es wirklich wahr? Konnte es sein, dass all ihre Träume wieder zum Leben erwachen durften? Noch während Celina so dastand und diese Fragen in ihrem Herzen bewegte, wusste sie, dass letztendlich die Sehnsucht nach Jonathan alle Zweifel besiegen würde. Alle Trauer rückte immer mehr in Vergessenheit, alle Zweifel immer mehr in den Hintergrund, je mehr Zeit verstrich. Alle ihre Träume und Hoffnungen blühten ein zweites Mal auf. Nein, eigentlich ein drittes Mal, schließlich hatte sie schon einmal geglaubt, er sei ein Schwindler, als er unerwartet nach Lowestoft ging. Als Celina ihre Augen wieder öffnete, sah sie Jonathan vor sich, wie er noch immer vor ihr auf dem Boden kniete und sie mit sehnsüchtigem Blick ansah.

»Celina, ich will nur dich«, sagte er mit rauer Stimme, die klang, als würde er jeden Augenblick in Tränen ausbrechen, was ein Wunder war bei seiner sonst so kühlen und starken, unerschütterlichen Art. »Mehr als alles andere, was ich mir sonst im Leben gewünscht habe, will ich *dich*. Das ist mir klargeworden, als ich so lange ohne dich in Schottland war.« Sie fühlte, wie sein Daumen über ihre Hand strich. »Ich … will nie wieder ohne dich sein.« Es sah aus, als würde er jeden Augenblick nicht mehr Herr über seine Emotionen sein, so sehr beschlich ihn die Angst, dass Celina ihm nicht verzeihen könnte. »Willst du … willst du … meine Frau werden?«

Celina konnte nicht fassen, diese Frage heute zu hören und schnappte überrascht nach Luft. Vor ihr kniete der Mann ihrer Träume und fragte sie, ob sie ihn heiraten wollte! Konnte das wahr sein? Ach, und selbst wenn es ein Traum war. In jedem einzelnen Traum wäre sie ihm um den Hals gefallen.

»Ich … ich verstehe es, wenn … du es nicht mehr willst«, sagte Jonathan mit einer Stimme, die jeden Moment drohte zu versagen. »Es ist so viel geschehen. Du …«

Jonathans Augen waren schmerzerfüllt, als Celina ihn ansah. *Was redet er da nur?* Sie schüttelte den Kopf und lächelte. Vor Freude liefen ihr die Tränen über die Wangen.

»Ja«, rief sie. »Ja, ich will. Ich will, ich will, ich will.«

Jonathan lachte erleichtert und konnte seine Augen nicht von ihr wenden. So wunderschön wie in diesem Augenblick hatte sie noch nie ausgesehen. Es war als ginge ein Licht in ihr auf, ein Strahlen, dass sie erleuchten ließ. Er erhob sich dankbar und erleichtert.

Celina stimmte in sein Lachen mit ein, als er sie fest in den Arm nahm, sie hochhob und im Kreis herumwirbelte. Ihr war völlig schwindelig, was nicht nur an der Tatsache lag, dass die sich drehten, sondern vielmehr an Jonathans Nähe.

Celinas Kopf war plötzlich völlig leicht. Alle Sorgen und Zukunftsängste waren wie weggeblasen. Sie fühlte sich, als würde sie schweben! Sein liebes Gesicht war tatsächlich vor ihr, seine grünen Augen blickten sie liebevoll an. In ihrem Kopf rauschte es, ihr Herz raste, dass sie dachte, sie müsste gleich in Ohnmacht fallen. Sie fühlte, wie er sie sanft auf den Boden gleiten ließ, sich zu ihrem Gesicht hinunterbeugte und seine Lippen die ihren berührten. Es war ihr, als müsste sie nur ihre Arme ausbreiten, um fliegen zu können. Mit ihm zusammen. Ab jetzt und für immer.

Liebe Ella,
ich kann es noch immer nicht glauben. Vor zwei Tagen haben sich Luke und Celina verlobt! Also nicht die beiden zusammen, sondern Luke mit Sarah, ein Mädchen aus der Stadt, und Celina mit Jonathan Brown! Ja, er ist tatsächlich zurückgekommen! Es ist unfassbar! Beide am gleichen Tag, unabhängig voneinander haben sie ihre Partner für's Leben gefunden. So glücklich habe ich Luke und Celina selten gesehen. Gerade in diesem Moment sitzen die vier doch tatsächlich zusammen und planen ihre Doppelhochzeit!

Wir sind alle im blühenden Garten, genießen den Sonnenschein, und die Stimmung ist grandios! Joyce ist so aufgeregt, dass sie quietschend auf und ab springt. Sie hat sich ebenfalls in Jonathan verliebt, glaub ich, oder zumindest in seinen lustigen schottischen Akzent. Sie kann sich so freuen, wie kein anderer, wenn Jonathan etwas sagt, egal, was es ist.

Und Jeremy lässt sich eine Geschichte nach der anderen von ihm erzählen, wie er über die schottischen Hügel geritten ist, um ein Reh zu erlegen oder einen Fuchs, oder er setzt ihm Flausen in den Kopf, wie toll es wohl in Amerika sein soll. Nun, mir soll es recht sein. Vielleicht spornt es Jeremy an, in Geographie besser aufzupassen.

Sarah ist ein Goldschatz. Sowohl Lynnie als auch Celina verstehen sich bestens mit ihr. Ich hätte mir kein lieberes Mädchen für Luke vorstellen können.

Und Jonathan … passt einfach perfekt zu Celina. Er ist trotz allem von Grund auf ein wahrer Gentleman. Sie war zu Tode betrübt, als er sie verlassen hatte. Und nun ist sie glücklicher als je zuvor!

Ach, wer hätte gedacht, dass es so schnell gehen würde, dass die Kinder erwachsen werden … Wenigstens bleiben mir Lynnie, Jeremy und vor allem Joyce noch für eine ganze Weile. Ich werde jedenfalls jeden Augenblick mit meinen Kindern genießen, der mir geschenkt wird. Es muss schrecklich sein, am Ende seines Lebens aufzuwachen und sehen zu müssen, wie viel Liebe und glückliche Stunden man verpasst hat, weil man nicht gelernt hat, sich an anderen zu freuen.

Graham ist übrigens auch noch da. Er taut immer mehr auf, und ich denke, es tut seiner Seele unbeschreiblich gut, hier zu sein. Ich bin gespannt, was wir noch alles mit ihm erleben werden. Wenn erst einmal die Angst aus seinem Herzen verschwindet, kann ich mir vorstellen, dass viele funkelnde Schätze in ihm zu finden sind … Ich bete, dass er sich bald öffnen kann, aber es braucht eben Zeit, viel Zeit, wenn man im Leben so sehr verletzt wurde. Das weiß ich aus eigener Erfahrung.

Lynnie malt übrigens immer noch eifrig und hat inzwischen ihr erstes Gemälde an Sarahs Vater verkauft! Ich bin so stolz auf sie. Auch wenn sie sich in all ihrer Bescheidenheit kaum loben lässt, kann ich sehen, wie sie sich über die Anerkennung freut.

Ach, Ella, ich erlebe hier gerade eine so glückliche Zeit und wünschte, du könntest hier sein, um all diese Freude in den Gesichtern zu sehen.

Ich sende dir die liebsten Grüße von meiner ganzen Familie und wünsche dir Gottes reichen Segen!

Hoffentlich auf ein baldiges Wiedersehen,
deine Mary-Ann

Mary-Ann blickte von ihrem Brief auf und spürte, wie William hinter sie trat. Glücklich strahlte sie ihn an, und er lächelte. »Gott segnet unser Haus«, sagte er leise an ihrem Ohr, als er sich zu ihr hinunterbeugte, um ihr einen Kuss auf die Wange zu drücken. Er war genauso überwältigt von all der guten Fügung.

»Doch noch ein Happy End«, flüsterte Luke Celina in einem kurzen Moment zu, in dem Sarah und Jonathan von den Kindern abgelenkt wurden, und seine Augen zwinkerten ihr zu.

»Ja«, flüsterte Celina freudestrahlend zurück und konnte nicht glauben, dass man in einem Moment so viele schöne Emotionen auf einmal empfinden konnte. Liebe, tiefe Erleichterung, Dankbarkeit, Frieden, übersprudelnde Freude, wahre Zufriedenheit und unendliches Glück. Aus ihrem Auge stahl sich eine Freudenträne, und Jonathan beugte sich zu ihr, um sie wegzuküssen. »Ich liebe dich«, sagte er zärtlich. »Und ich werde nie wieder unentschuldigt von deiner Seite weichen. Das ist mein Versprechen an dich.«

Celina lachte und fuhr mit ihren Fingern durch sein rötliches Haar. »Und ich verspreche, dass ich das nie vergessen werde.«

Dank

Als erstes möchte ich meinem Gott danken für all die Wunder, die er an mir vollbracht hat. Das Talent fürs Schreiben und der Spaß daran gehören dazu! Ohne *ihn* könnte ich nichts tun!

Ein riesengroßes *Danke* gilt meinen Eltern. Ich möchte euch für all eure Unterstützung danken, dass ihr schon mein ganzes Leben lang hinter mir steht und dass ich wissen darf, dass ihr stolz auf mich seid! Ihr seid unglaublich!

Ein ganz, ganz großes *Danke* an meine Schwestern Jana und Maren! Was wäre ich nur ohne euch? Ihr seid spitze, und ich hab euch total lieb! Deine kreativen Ideen und ehrlichen Bemerkungen, Jana, haben mir unendlich geholfen!

Ein großartiges *Danke* an Tina, meine beste Freundin. Danke, dass du immer deine ehrliche Meinung zum Roman gesagt hast und dass du mir die Melodie meines Herzens vorsingst, wenn ich sie vergessen habe.

Danke an Valeria, dass du mich ermutigt hast, mit dem Schreiben anzufangen und weiterzumachen!

Last but not least: *Danke* an alle meine Freunde, die mich mit Ideen unterstützt haben oder einfach für mich da sind! *Ihr* wart die Inspirationen für das Buch!

Tabea Halbmeyer

Der Advokat und das Mädchen

Paperback, 13,5 x 20,5 cm, 304 S.
Nr. 394.986, ISBN 978-3-7751-4986-0

Tainbridge, Ende des 18. Jahrhunderts. Der Vater der 11-jährigen Mary-Ann wird unschuldig nach Australien verbannt. Nach Jahren findet Mary-Ann Arbeit auf einem Gut und lernt einen Advokaten kennen. Werden sie beweisen können, dass ihrem Vater Unrecht geschehen ist?

Julie Klassen

Die Lady von Milkweed Manor

Paperback, 13,5 x 20,5 cm, 416 S.
Nr. 395.078, ISBN 978-3-7751-5078-1

Charlotte zahlt einen hohen Preis für eine Nacht. Ihr Vater verstößt sie, als ihre Schwangerschaft nicht länger zu verbergen ist. Ihre Zuflucht: Milkweed Manor. Eine ergreifende Liebesgeschichte aus dem England der Zeit um 1800.

Bitte fragen Sie in Ihrer Buchhandlung nach diesen Büchern!
Oder schreiben Sie an: SCM Hänssler, D-71087 Holzgerlingen
E-Mail: info@scm-haenssler.de

Jamie Carie

Ein Engel im Schnee

Paperback, 13,5 x 20,5 cm, 272 S.
Nr. 394.975, ISBN 978-3-7751-4975-4

Alaska 1897: Eine zierliche Frau liegt halb erfroren vor Noahs Blockhütte – auf der Suche nach Gold am Yukon. Noah verliebt sich in seinen »Engel im Schnee« und ahnt nichts von ihrer Vergangenheit.

Chris Coppernoll

Werden wir uns wiedersehen?

Paperback, 13,5 x 20,5 cm, 288 S.
Nr. 394.971, ISBN 978-3-7751-4971-6

Jacks Buch hat sich millionfach verkauft. Nun schreibt er seine Memoiren und begegnet dabei den Schatten der Vergangenheit. Was soll er riskieren, um sein dunkles Geheimnis zu wahren? Und wird er seine Jugendliebe Jenny jemals wiedersehen?

Bitte fragen Sie in Ihrer Buchhandlung nach diesen Büchern!
Oder schreiben Sie an: SCM Hänssler, D-71087 Holzgerlingen
E-Mail: info@scm-haenssler.de